테스터

테스터

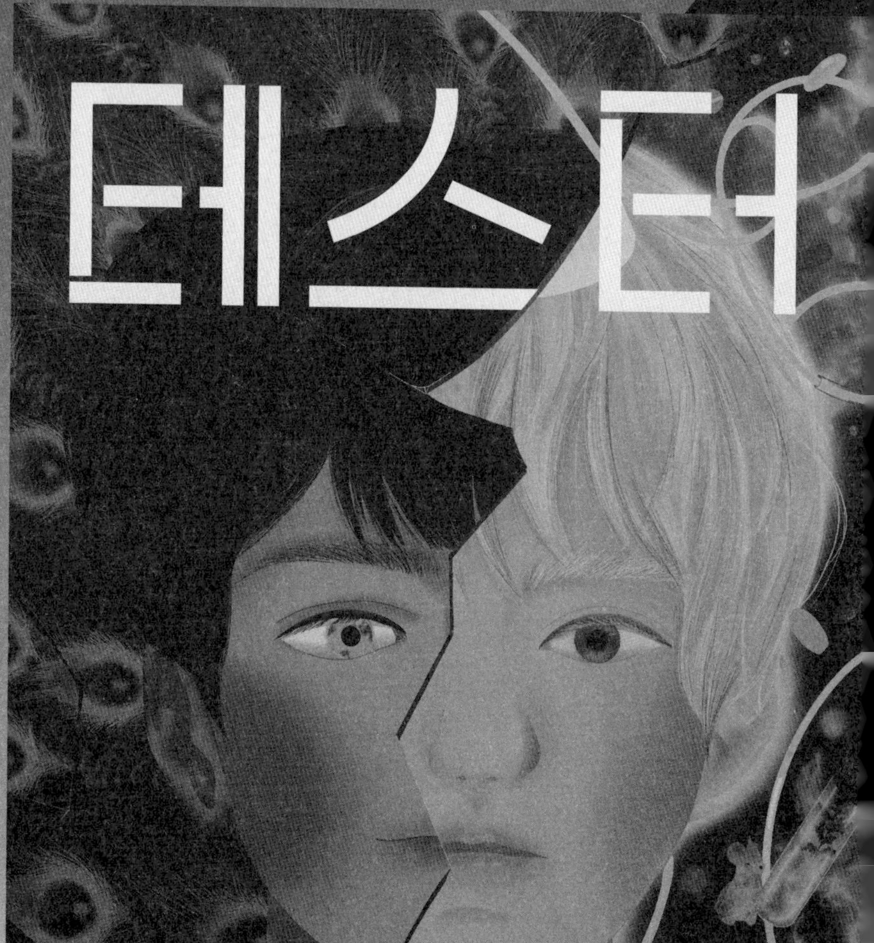

이희영
장편소설

허블

차례

프롤로그

사라진 것들

동굴에는 신神이 살았다. 형체나 냄새, 소리조차 없지만, 모두 알수 있었다. 그곳에 인간이 아닌 기묘한 존재가 살고 있다는 것을.

보이지 않는 존재는 검은 입구에 발을 들여놓은 인간을 용서치 않았다. 그들 모두에게 차례로 저주를 내렸다. 동굴 안에는 신을 지키는 수신獸神이 있었다. 깊이를 알 수 없는 어둡고 축축한 공간을 환하게 비춰주는 오방새. 그 찬란한 깃털을 갖기 위해, 사람들은 제 발로 동굴에 들어섰다.

그들은 시간이 흘러 하나둘 원인 모를 병으로 죽어갔다. 무지한 인간은 자신들이 무슨 짓을 저질렀는지 알지 못했다. 그저 오랜 시간 잠들어 있던 무서운 힘을 깨웠다는 것 정도만 감지할 뿐이었다. 결과는 상상했던 것 이상으로 끔찍했다. 각오했던 것보다 비참했다.

동굴에 다녀왔던 누군가는 하루아침에 노인이 됐다. 어떤 이는 검붉은 피를 토해냈다. 또 다른 이는 온몸에 종기와 부스럼이 일어났다. 눈이 먼 이도 있었다. 그렇게 모두 서서히 죽어갔다. 사람들은 동굴의 저주라 말했다. 오방새의 원한이라 울부짖는 이도 있었다.

모든 이들이 죽어나간 건 아니었다. 그중 몇몇은 목숨을 건졌다. 어른들을 따라 동굴에 간 철부지들이었다. 어린것들은 고열을 앓기 시작했다. 사나흘 부모 속을 까맣게 태우고는, 거짓말처럼 자리에서 일어났다. 아무리 동굴의 저주라 해도, 어린 목숨은 지켜주는구나 싶었다. 하지만 수신을 경험한 아이들은 쉬이 배앓이를 했다. 코피를 자주 흘렸고, 뼈가 굵어지지 않았으며, 쉽게 살이 오르지 않았다. 함께 태어난 또래보다 명이 훨씬 짧았다.

"업보대로 벌을 받는 것이야."

마을의 용하다는 무당이 말했다. 아비를 잃은 아들이, 자식을 잃은 어미가, 남편을 잃은 아내가 동굴 앞 소나무에 목을 맸다. 벼랑 꼭대기에서 미련 없이 몸을 날렸다. 식음을 전폐하고 시름시름 앓다 죽었다. 저주가 또 다른 저주를 불러들였다.

사람들은 서둘러 동굴 입구를 막기 시작했다. 안에서 다급한 날갯짓 소리가 들려왔다. 파닥거림이 선명해질수록 모두들 공포에 몸을 떨었다. 그러나 동굴을 막는 일만은 멈추지 않았다. 그래야 자신들이 살 수 있다 믿었다.

그렇게 인간에게 저주를 내리는 영험한 신도, 그것을 지키는 오방새까지도 전부 검은 세상 속에 가둬버렸다. 부디 전처럼 조용히 잠들기를, 두 번 다시 깨어나지 않기를 기도했다.

사람들은 간절히, 온 마음을 다해 제를 올렸다. 동굴을 향해 깊이 고개를 숙였다.

"그러니까 지금 말하는 오방새가 레인보우 버드라는 말이죠?"

본부장이 의자 깊숙이 몸을 묻었다. 홀로그램이 꺼지자 눈앞의 모든 것이 사라졌다. 어두운 동굴과 19세기 사람들, 깃털이 화려한 새들과 내레이터까지. 사무실에 환하게 불이 들어왔다.

"정확히는 알 수 없습니다. 그러나 많은 것이 레인보우 버드와 일치합니다. 깃털이 화려하고…"

"깃털이 화려한 새가 어디 레인보우 버드뿐입니까?"

본부장의 목소리에 짜증이 묻어났다. 한 팀장이 손끝으로 안경을 밀어 올리며 말했다.

"아시겠지만, 레인보우 버드는 꾀꼬릿과입니다. 학명은 오리올러스 치넨시스^{Oriolus chinensis}…"

"지금 새의 학명 따위를 듣자는 게 아니잖아요."

쿠가 가만히 그의 팔을 붙잡았다. 흥분하지 말라는 뜻이었다. 본부장의 권태로운 시선이 왼쪽으로 돌아섰다. 쿠는 언제 어디서든 냉정함을 잃지 않는 여자였다. 그녀의 직위는 COO^{Chief Operating Officer}, 회사의 최고운영책임자였다. 회장의 신뢰를 독차지

하는 부사장으로서, 본부장의 아내이자 회장의 하나밖에 없는 며느리였다. 아버지가 며느리인 그녀를 얼마나 의지하는지는, 그도 모르지 않았다. 본부장이 망쳐놓은 사업을 여봐란듯이 복구시키지 않았는가.

그는 자신의 아내를 COO의 문자 그대로 쿠라 불렀다. 정답게 속삭인다는 사전적 의미처럼 애칭인 듯 장난인 듯 친숙하게 느껴졌다. 본부장은 그렇게라도 무너진 자존심을 감추려 했다.

그가 달에 지은 호텔 셀레네는 폐업 위기에까지 내몰렸다. 세계적인 기업들의 최고급 호텔도, 가볍게 찾아온 여행객들을 위한 저렴한 캡슐룸도 아닌 셀레네의 입지는 애매했다. 달까지 날아가 어중간한 호텔을 이용하려는 사람들은 없었다. 최고급 호텔의 완벽한 서비스를 원하거나, 정반대로 숙식은 가장 저렴한 곳에서 간단히 해결하려 했다. 둘 중 어느 축에도 속하지 못한 게 셀레네였다. 객실 가득 달의 먼지 바람만 휘돌았다.

호텔 사업에 뒤늦게 뛰어든 쿠는 제일 먼저 달을 주 무대로 제작되는 영화 정보를 수집했다. 그들에게 제작비 일부를 지원한다는 조건을 내세워 셀레네를 배경으로 촬영을 하게 했다.

영화 배경은 대부분 특수효과로 만들어졌다. 그렇기에 영화나 드라마가 실제로 촬영되었던 장소는 세간의 관심이 쏠리며, 곧바로 유명 관광지가 되었다. 쿠의 예상은 빗나가지 않았다. 영화 흥행과 더불어, 주인공들이 사랑을 나눈 호텔은 사람들의 입소문을 타고 빠르게 퍼져 나갔다.

달 여행 성수기 때조차 대부분이 공실이던 셀레네는 쿠가 경영에 손을 댄 후론 마법처럼 1년 내내 만실이 되었다.

"말했잖아. 인간에게 필요한 건 추가적인 서비스나 돈 몇 푼 깎아주는 할인 쿠폰이 아니야. 바로 철학과 이야기지. 아닌 척해도 인간은 자신을 남들과 다른 특별한 존재라 생각해. 그 욕구를 현실로 만들어 주는 공간이나 위치에 있다고 느낄 때 아낌없이 지갑을 열지."

그도 알고 있었다. 사람들이 가상공간에 점점 더 싫증을 느낀다는 사실을. 그렇기에 과감히 달에 호텔을 지은 것이다. 메타버스가 아닌, 직접 경험하고 느낄 수 있는 실세계를 보여주기 위해서.

쿠는 거기에서 한 걸음 더 들어갔다. 단순히 여행을 넘어, 달에서만 경험할 수 있는 색다른 추억과 이야깃거리를 제공한 것이다. 그것은 대단한 기술이나 막대한 자본을 요구하지 않았다. 조금만 생각을 전환하면 누구나 쉽게 기획할 수 있었다. 물론 그 아이디어는 본부장도 충분히 떠올릴 수 있을 만큼 간단한 것이었다. 그러나 누구나 아는 그 법칙을 언제 어떻게 사업에 응용하느냐가 늘 관건이었다. 삶이란 원래 그런 것이었다. 10도 1도 아닌 0.5퍼센트의 생각 차가 성공과 실패를 좌우했다. 그를 좌절시키는 건 언제나 그 미세한 몇 퍼센트의 차이였다.

"뾰꼬릿과 중에 밤이면 어두운 동굴로 들어가는 다른 새는 존재하지 않습니다. 레인보우 버드밖에는요."

한 팀장의 설명이 멍한 본부장을 깨웠다.

"재생."

쿠의 한마디에 홀로그램이 켜졌다. 눈앞에 또다시 작은 새 한 마리가 나타났다. 몸길이는 15센티미터에 전체적으로 회색과 검은색이 뒤섞여 있었다. 얼핏 보면 꾀꼬리와 비슷하지만 긴 꼬리 깃털이 있다는 점이 달랐다. 공작처럼 화려한 꼬리는 개체마다 조금씩 다른 개성이 엿보였다. 어떤 녀석은 파랗고 또 다른 녀석은 노랗게 물들어 있었다. 붉거나 연분홍빛을 띠기도 했다. 수컷이 암컷보다 조금 더 컸다. 암수는 붉은 볏의 유무로 구별 가능했다.

깃털이 화려한 새는 많기에, 굳이 레인보우 버드만 고집할 필요는 없었다.

"불 꺼요."

조명이 꺼지자 새의 꼬리 깃털에서 빛이 뿜어져 나왔다. 쿠가 빙긋이 한쪽 입꼬리를 말아 올렸다.

레인보우 버드만의 특색은 바로 이것이었다. 밤이면 박쥐처럼 동굴에서 서식했는데, 어두운 곳에서는 형광물질처럼 꼬리에서 빛을 내뿜었다.

"반디 새라고 불렸다며?"

본부장이 말했다.

"반디 새라고 불리겠지. 앞으로는 말이야."

쿠가 검지를 세워 좌우로 흔들었다. 외국에서는 한 번도 발견되지 않은 한국의 토종 새였다. 레인보우 버드란 이름은 영국

선교사가 붙였다는 기록이 오래된 문헌에 남아 있었다. 화려한 꼬리 깃털을 자랑하던 이 새는 20세기 초에 완전히 멸종했다.

두드러진 꼬리 색 때문에 천적에게 쉽게 발견되었을 것이다. 스트레스에도 예민하여 조그마한 자극에도 번식을 포기했다. 그러나 레인보우 버드를 단시간 내에 멸종시킨 존재는 다름 아닌 인간이었다. 화려한 꼬리 깃털로 장신구를 만들거나, 새장에 가둬놓고 밤마다 빛나는 꼬리를 구경했다. 레인보우 버드 역시 지구상에서 사라진 수많은 개체와 운명을 같이했다.

몇몇 과학자들이 레인보우 버드의 사체를 동결 보관했다. 그러다가 21세기에 들어서는 멸종 개체의 유전체 DNA 정보만 따로 보관해 놓았다.

잘 보존된 세포만 있으면 도시 한복판에 매머드도 불러낼 수 있었다. 작은 새를 되살리는 것 정도야, 홀스크린^{hologram screen} 터치 한 번으로 쇼핑을 하는 것만큼 간단한 일이었다.

"이 아름다운 아이를 홀로그램 속에만 가둬놓는 건 참 슬픈 일이야. 안 그래요, 팀장님?"

쿠가 엷게 웃었다. 한 팀장이 큼큼 목을 가다듬었다.

"좋잖아요. 오래전에 멸종된 동식물들을 복원한다는 게. 세계적인 기업들이 너도나도 뉴 바이오 공학과 생명과학 기술에 투자하고 있어요."

두 사람의 시선이 쿠에게 향했다.

"'무너진 생태계를 다시 복구하자.' 인류의 마지막 사명처럼 느껴져요. 기업 이미지에도 적잖은 메리트가 될 것이고. 어때요? 우리 기업도 그 사명에 동참하는 것이."

그녀가 나노 칩이 내장된 손끝으로 허공을 터치했다.

"여긴 프라이빗 오피스이니 괜찮죠?"

허락을 구하는 것이 아니었다. 그 사실을 한 팀장이 모를 리 없었다. 화면이 열리며 허공에 홀로그램 와인이 떠올랐다.

"한잔하자고."

본부장이 동조하듯 어깨를 으쓱해 보였다. 잠시 뒤 회의실 문이 열리더니, 누군가 안으로 들어섰다. 손에 든 쟁반 위에는 쿠가 선택한 와인과 크리스털 잔이 놓여 있었다.

프라이빗 오피스에 출입 가능한 직원은 몇 명 되지 않았다. 한 번도 본 적 없는 낯선 얼굴을 향해 본부장이 물었다.

"누구신지?"

한 팀장이 안심하라는 듯 가볍게 대답했다.

"새로운 어시드입니다."

"와우! 진짜 사람인 줄 알았어요."

쿠가 휘파람을 불고는 말을 이었다.

"이렇게 튜닝해도 돼요?"

한 팀장이 눈짓하자 어시드가 능숙한 솜씨로 와인을 따랐다.

"어차피 회사 내에서만 사용하는 어시드입니다. 건물 밖으로 나갈 이유가 없지 않습니까."

"부딪히면 제가 먼저 '죄송합니다', 인사하겠군요."

본부장의 시선이 어시드를 찬찬히 훑어 내렸다. 60대 초반으로 보이는 남자 모델이었다. 희끗희끗한 은발이 멋스러웠고, 주름진 입가는 푸근해 보였다. 미소는 인자했으며 175센티미터 정도의 키에 곧은 체형을 지녔다.

"칠레 3대 와인 중 하나인 알마비바 2081년산입니다."

중저음의 목소리는 편안함과 신뢰감을 주었다. 잔에 와인이 차올랐다. 회의실에 묵직한 과일 향이 퍼져 나갔다.

어시드assid는 비서나 보조를 뜻하는 '어시스턴트'와 인간 모형의 로봇인 '휴머노이드'를 합성한 단어였다. 문서 작업과 자료 조사부터 빌딩의 설비 관리, 간단한 회의 준비까지 가능했다. 모든 부서를 차례로 돌며 업무를 보조했고, 가끔은 외부 손님들에게 하는 회사 홍보도 도맡았다.

다양한 종류의 어시드가 있지만, 인간과 100퍼센트 흡사한 모델은 없었다. 가장 큰 이유는 자칫 범죄에 악용될 수도 있다는 점 때문이었다. 더불어 인간과 똑같은 모습을 보며 사람들이 느낄 불쾌감도 무시할 수 없었다.

어시드가 휴머노이드라는 사실은 누구나 눈치챌 수 있었다. 그러나 몇몇 회사들은, 암암리에 VIP 고객들을 위한 맞춤형 어시드를 생산하기 시작했다. 모 정치인의 보좌관이 실은 어시드라는 소문이 돌았다. 유명 연예인의 숨겨놓은 애인이 인간이 아니었더라는 뉴스도 있었다. 그들은 인간과 비교해 업무 처리 능력이 뛰어난 데다가 무엇보다 민감한 사생활이 외부로 새어 나가는 것을 방지했다.

"특별 주문 제작한 모델입니다. 아직 다른 직원들은 모릅니다."

한 팀장이 말했다. 상황 파악이 끝났다는 듯 본부장이 고개를 끄덕였다.

"우리 아버지 돈 좀 썼나 보네."

"그래도 약간 이질감이 있어."

쿠의 말은 사실이었다. 얼핏 보면 인간과 구분되지 않았지만 조금 더 찬찬히 뜯어보면 휴머노이드 특유의 기묘함이 느껴졌다.

"아마 향후 몇 년 내로 인간과 전혀 구분되지 않는 어시드가 개발될 겁니다. 단순히 외모뿐만이 아니라, 사용자의 취향에 따라 성격까지 맞춤으로…"

"우리가 어시드 개발하는 거 아니잖아요."

'안 그래요?'라고 덧붙이며 쿠가 빙긋이 웃었다. 한 팀장이 큼큼 목을 가다듬었다. 그사이 와인을 서빙한 어시드는 회의실을 빠져나갔다.

본부장이 레인보우 버드를 보며 잔을 기울였다. 쌉싸름한 포도 향이 입 안 가득 퍼져 나갔다.

인공장기가 세상에 선보인 지 수십 년이 지났다. 애타게 기증자를 기다리던 시대는 막을 내렸다. 그러나 세상에 절대적으로 완벽한 것은 없었다. 종종 인공장기의 부작용을 호소하는 환자들이 있었다. 그런 이들을 위해 개발한 것이 이종異種 간 장기이식용 동물이었다. 사람에게 장기를 이식할 목적으로 태어날 때부터 이미 인간과 흡사한 장기를 지니도록 유전자를 조작한 동물들을 가리켰다.

거대 바이오 회사와 생명공학자들은 실험과 연구를 거듭했다. 그 과정에서 지구상에 멸종된 동물을 복원하는 프로젝트가 진행되었고, 누구도 예상치 못한 결과로 이어졌다. 이종 간 장기 이식기술과는 전혀 관계없는 사업에 불을 붙인 것이다.

"인간이 왜 우주를 정복했는데? 미지의 것을 보고 듣고 만지고 싶기 때문이지. 그런데 새로운 것이 비단 지구 밖에만 있을까?"

멸종된 검은 코뿔소, 붉은 늑대, 골드 타이거, 코끼리거북이 홀로그램을 뚫고 되살아났다. 멸종동물의 복원 사업에 세계적인 항공사와 여행사들이 지원을 아끼지 않은 이유는 분명했다. 자본이란 본디 사람들의 호기심과 관심이 쏠리는 곳으로 집중되니까.

"두고 봐. 호텔 셀레네와는 비교가 안 될 거야. 세계 각국의 영화사나 드라마 제작사들이 우리 동굴에서 한 컷 찍게 해달라고 통사정을 하게 될 테니까. 컴퓨터그래픽이 아닌 진짜 살아 있는 레인보우 버드를 촬영했다고 하면 영화 홍보에도 큰 도움이 되겠지."

그렇게 20세기 초에 멸종된 레인보우 버드가 복원되었다. 어두운 동굴을 환하게 비춰줄 수만 있다면, 빛나는 꼬리로 새들의 루미나리에를 구현해 준다면, 전 세계인들이 찾는 유명 관광명소가 되는 건 시간문제였다.

처음 쿠가 새를 이야기했을 땐 의아했다. 이왕 멸종동물 복원 사업에 투자한다면, 한국 늑대나 표범처럼 단 한 마리만 복원에 성공하더라도 사람들의 이목을 집중시킬 개체를 선택해야 한다 믿었다.

"말했지? 별은 우주 밖에만 있는 게 아니야."

쿠는 이번에도 한 걸음 더 들어갔다. 단순히 멀리서 동물들을 관찰하는 것에 그치지 않고, 가까이에서 직접 그 모습을 체험하자는 것이다. 사람들은 가상세계에 슬슬 싫증을 내기 시작했다. 그들이 원하는 리얼 라이프를 만족시켜 주는 것이 핵심이었다. 새들의 루미나리에 동굴 탐험이라니, 역시 그녀다운 아이디어였다.

"다 좋아. 그런데 아까 그 이상한 이야기는 뭐야?"

본부장이 빙글빙글 잔을 돌렸다. 핏빛 와인이 쏟아질 듯 요동쳤다.

"오방새의 저주에 대한 설화입니다."

흘낏 눈치를 보며 한 팀장이 대답했다.

"설화든 민담이든, 그런 기분 나쁜 이야기를 왜 홀로그램으로 제작까지 하셨느냐 묻는 겁니다. 그 오방새 이야기를 듣다보면, 누구라도 레인보우 버드가 떠오를 것 아닙니까?"

"맞아. 떠오르라고 일부러 제작했어."

대답은 옆자리의 쿠에게서 날아왔다. 그녀가 작게 소리 내어 웃었다.

"레인보우 버드 동굴 투어를 광고하면서, 동굴에 새 잡으러 갔다가 죽은 이야기를 들려주겠다고?"

본부장이 미간에 굵은 주름을 만들었다. 쿠가 와인 한 모금을 마셨다.

"인간이란 원래 기묘한 마력에 끌리는 법이야. 사람들이 왜 흡혈귀, 구미호, 마녀, 늑대인간에게 매력을 느낄까? 인간이 지닌 잔인성과 악을 그럴듯하게 꾸며준 이야기잖아."

"결론이 뭐야?"

그녀가 대답 대신 한쪽 눈을 찡긋거렸다. '뭘까?' 하고 되묻는 듯한 장난스러운 표정이 그를 긴장시켰다. 빈속에 마신 와인이 혈관을 타고 빠르게 퍼져 나갔다. 본부장이 의자 등받이에 몸을 기댄 채 길게 한숨을 내뱉었다.

다른 생명의 피를 마시고 고기와 간을 취하며 늦은 밤 제 욕망을 주체하지 못해 미쳐 날뛰는 존재가 바로 인간이었다. 그러나 흡혈귀와 구미호, 마녀까지 모든 이야기 속 악은, 바로 그런 인간에 의해 사멸되었다.

"인간이 좋아하는 건, 어쩌면 선이 아닐지도 몰라. 자신들보다 더 악한 존재를 사랑하지. 왜냐하면 그런 가상의 존재들이야말로 자신들의 치부를 교묘하게 가려주니까."

쿠가 잔을 내려놓고는 테이블에 턱을 괴었다.

"지금이 2095년이니까 대략 200여 년 전에 멸종된 새잖아. 인간의 무지가 이 아름다운 생명체를 지구상에서 영원히 지워버렸어. 그런데 과학의 힘으로 부활시켰지. 깃털이 예쁘고 빛난다는 이유로 마구잡이로 잡아들였던 사람들과 우린 다르다고. 오래전 인간이 벌을 받은 건 당연하지만 우리는 아니야. 이렇게 다시 깨워서 잘 보호하고 있잖아."

쿠의 미소 속에는 어떤 자부심마저 깃들어 있었다. 하지만 그게 전부는 아니었다. 그녀의 자조 섞인 비웃음은 무엇을 의미할까? 본부장은 알 수 없었다.

"사람들은 저주와 마법을 좋아해. 짜릿한 이야기 말이야. 인간이 흡혈귀나 마녀, 미지의 외계 생명체를 사랑하는 이유지. 사람들이 거부감을 느끼지 않을 정도로만 이야기하면 그만이야. 그 이상은 위험해."

"그 이상은 또 뭐야."

"설화나 민담엔 각기 다른 버전이 있어. 더 잔인하고 비참한 이야기도 많다는 거지. 그게 무엇인지는 중요치 않아. 우리는 사람들이 흥미를 느낄 포인트만 잘 찾으면 돼."

본부장이 따분한 얼굴로 뒷머리를 긁적였다. 뭐가 어찌 되었든 이번 사업이 잘된다면, 발끝까지 추락한 아버지의 신용을 되찾을 수 있었다.

"진행은 어디까지 된 겁니까?"

그가 물었다.

"다섯 마리가 1차 인공부화에 성공했습니다."

한 팀장이 대답했다.

"겨우 다섯 마리요? 그럼 그 커다란 동굴을 언제 레인보우로 채웁니까?"

귓가에 잔이 부딪히는 소리가 들려왔다. 본부장의 시선이 테이블에 닿았다. 아내가 그의 잔에 건배했다.

"그 많던 개체가 단시간에 멸종됐어. 인간의 무지에 의해서 말이야. 그러니까 다시 단시간에 불러내야지. 인간의 눈부신 과학으로."

와인 한 모금이 그녀의 하얀 목울대를 울리며 넘어갔다.

"시간문제야."

그래. 개체를 멸종시키는 것도, 다시 깨어나게 하는 것도 시간문제였다. 더 정확하게는 인간의 필요에 의한 선택적 시간.

"그럼 복원에 성공한 다섯 마리는 지금 어디에 있습니까."

"뤼나 연구소에 있습니다."

한 팀장이 대답했다. 쿠가 와인을 한 모금 더 마시고는 본부장에게 물었다.

"그건 왜?"

"왜냐니? 보고 싶으니까 그렇지."

말이 끝나기 무섭게 쿠가 허공에 손가락을 튕겼다.

"바로 그거야. 두 눈으로 직접 레인보우를 보고 싶은 거, 다른 사람도 분명 그럴 거야."

"부화에 성공했다며."

"아니. 부활에 성공했지."

원형 테이블 위 홀로그램 화면이 꺼졌다. 눈앞에서 반짝이던 붉은 깃털의 새도 사라졌다. 회의실에 환하게 불이 들어왔다. 쿠가 날쌘 몸짓으로 자리를 털어냈다.

"어디 가?"

본부장이 물었다.

"보고 싶다며? 지금 가자고."

또각또각 경쾌하던 구두 소리가 멈춰 섰다. 그녀가 몸을 돌려 한 팀장에게 말했다.

"참, 지난번에 말씀하신 기획 괜찮네요. 내년 초 일반인들에게 공개하는 시기에 맞춰 진행하는 게 좋겠어요."

"알겠습니다."

한 팀장이 목례로 답했다. 문이 열리고 쿠가 밖으로 나갔다. 그 뒤를 그녀의 남편이 쫓았다.

"무슨 기획?"

"아이들 대상으로 미술대회 하려고. 레인보우 버드 그리기."

"아이들?"

두 사람의 구두 소리가 텅 빈 복도를 울렸다. 멀리 청소 중인 로봇이 보였다. 바닥 먼지를 빨아들이는데 조금의 소음도 나지 않았다. 걷고 먹고 숨 쉬는 것까지. 소음조차 어느덧 인간들의 전유물이 되어버렸다. 물론 어떤 위치에 있는 인간인지에 따라서 다르겠지만…

"어떤 아이들?"

그가 다그쳤다.

"후원하는 곳 있잖아. 거기 아이들."

"이미지 관리 차원에서야?"

본부장의 한마디에 바닥을 찍어대던 구두 소리가 멈췄다.

"입 조심해. 후원 뜻 몰라?"

그 대가로 아이들을 동원해 그럴싸한 홍보 효과를 누리시겠다? 하고 싶은 말은 많지만, 그는 피식 웃는 것으로 끝냈다.

"완벽하네. 동물과 아이들. 사람들이 좋아하잖아."

"순수하니까."

"유용하지."

쿠의 얼굴에 불쾌감이 어렸다. 그가 재빨리 두 손을 들어 보였다.

"그 순수함 빨리 보러 가자고."

조용한 복도에 또다시 구두 소리가 퍼져 나갔다.

하늘에는 색색의 기체機體들이 날아다녔다. 택배 드론이 상품을 운송 중이며 경찰 드론이 도시 곳곳을 정찰 중이다. 지상은 바퀴 달린 것들이, 바다는 거대 엔진이, 하늘은 하드웨어들이 모조리 점령했다.

"온천지가 기계뿐이니, 다들 진짜 새를 보고 싶어 하겠지."

본부장이 차창을 보며 읊조렸다. 서류를 넘기던 쿠가 고개를 들었다.

"무슨 소리야?"

"다음 주 금요일 무슨 날인지 알아?"

거리에 묶여 있던 시선이 옆자리로 돌아섰다.

"알아. 결혼기념일."

쿠가 심드렁히 말했다. 본부장의 얼굴에 어색한 표정이 지나 갔다. 늘 일에 파묻혀 있지만, 아내는 기념일을 잊지 않았다. 그러 나 목소리에는 명백한 귀찮음이 묻어 있었다. 그날도 쿠는 자정 이 되어서야 들어올 테지. 안 봐도 빤한 일이다.

"기억하고 있다는 사실만으로 만족해야겠지?"

귓가에 팔랑 종이 넘기는 소리가 들려왔다. 책부터 서류까지 그녀는 언제나 종이만을 고집했다. 인쇄된 활자로 읽는 것이 집 중력에 좋다 했다.

"그날 오후 스케줄 다 취소했어. 스위트룸 예약했으니까 당신 도 끝나고 거기로 와."

지극히 사무적인 말투였다. 그러나 본부장은 자신의 두 귀를 의심했다.

"방금 뭐라고 했어? 어디를 예약했다고?"

그녀에게 1순위는 늘 일이었다. 자신의 생일조차 귀찮아하는 사람이었다. 워커홀릭에게 결혼기념일 따위 추첨이 끝난 복권 한 장보다 의미 없을 것이다. 그런 아내가 호텔 스위트룸을 예약해 놨다니. 놀란 그가 두 눈을 느리게 끔뻑였다.

"마침 그날 가장 확률이 높다고 나왔어."

"확률?"

서류를 팔랑 넘기며 쿠가 덧붙였다.

"처음에 삐거덕거렸던 사업들이 궤도에 잘 안착했어. 지금이야 몇몇 부호들만 가지만 화성 관광은 이제 달만큼이나 흔한 일이 될 거야. 지금도 많이 늦었어. 화성 관광사업도 본격적으로 추진해야 해."

화성 테라포밍도 머지않아 끝날 것이다. 화성의 하루는 24시간 37분으로 지구와 크게 다르지 않았다. 자전축은 25도로 기울어져 있어, 23.5도인 지구의 그것과 흡사했다. 전 세계는 화성 테라포밍에 막대한 기술과 자본을 쏟아부었다. 화성은 국경과 언어, 인종의 구분조차 존재하지 않는 신세계였다. 누가 먼저 깃발을 꽂느냐가 관건이었다. 정부가 손쓰기 전에 거대한 자본들이 먼저 움직였다.

화성에 강과 바다가 존재했었다는 증거는 넘쳐났다. 화성이 막 생성됐을 무렵에는 지구보다 좋은 기후였다 말하는 이도 있었다. 물이 풍부했던 만큼 생명이 살기에 적합했을 거라고.

몇몇 과학자는 화성의 거대 운석 충돌설을 주장했다. 그 여파로 화성의 생명체가 전멸했고 DNA 중 일부가 지구로 전해졌을 거라는 이론이었다. 화성 탐사를 떠난 각국의 우주인들은 한목소리로 말했다. 이 모든 도전이 인류의 미래를 위한 것이며 다음 세대에게 넘겨줄 선물이 될 거라고. 그러나 사람들은 이미 알고 있었다. 선물을 받을 수 있는 세대는 지극히 한정적이란 사실을.

"과연 전 세계 인구의 몇 퍼센트가 그 사업을 누릴 수 있을까? 그때는 인간보다 로봇과 휴머노이드가 압도적으로 많겠지. 어쩌면 로봇을 위한 사업을 생각해 내는 게 더 현명할지 몰라."

"만일 정말로 화성이 테라포밍된다면 누가 가장 먼저 이주하겠어?"

쿠가 물었다. 본부장이 피식 코웃음 쳤다.

"당신이 이미 말했잖아. 지금도 화성에 가는 사람들은 몇몇 부호들이라며. 이미 답은 나온 거 아니야?"

쿠의 시선이 돌아섰다. 그도 차창 밖으로 고개를 돌렸다. 자율 주행차들이 빠르게 곁을 스쳐 지나갔다. 누군가는 운전석에 앉아 잠이 들었고 어떤 사람은 스크린을 봤으며 또 다른 이들은 마주 보며 이야기를 나눴다. 강물 위에선 소형 보트가 물살을 갈랐다. 하루가 저물어 가고 있었다. 노을이 붉게 타올랐다. 크고 작은 드론들이 점점이 날아갔다. 멀리서 보니 영락없는 새떼였다.

"그건 1차원적인 생각이고."

"1차원?"

본부장이 되물었다. 차창에 묶여 있던 시선이 돌아왔다.

"관광과 거주는 엄연히 다르잖아. 휴머노이드가 아닌, 인간의 거주가 가능한지 어떤지 충분한 데이터가 필요하다고. 일종의 셰르파라고나 할까?"

"히말라야 등반할 때 길 안내해 주는?"

먼 과거의 이야기였다. 지금은 산악 전문 휴머노이드가 짐을 나르고 길을 안내해 주니까.

"화성이 얼마나 안전한지, 먼저 살아보고 안내해 줄 인간들이 필요해."

쿠가 짧게 한숨을 내쉬고는 말을 이었다.

"우리 아이가 안전하게 생활할 수 있도록."

"무슨 소리야. 우리한테 아이가 어디 있다고?"

그가 말을 멈추고 두 눈을 크게 부풀렸다.

"지금 무슨… 설마 당신."

"앞서가지 마. 아직 아니니까."

본부장은 그제야 아내의 말들이 이해되었다. 그날과 확률의
의미가 무엇인지를.

"당신, 아이를 원하는 거야?"

"원하지 않는다고 말한 적 없어. 언제가 좋을까 심사숙고했을
뿐이야."

그 기간이 생각보다 길었다. 결국 두 사람 사이에 2세는 없으
리라 생각했다. 결혼 후 출산이라는 공식은 오래전에 사라졌다.
출산은 결혼과 전혀 상관없이 이루어졌다. 부모보다는, 보호자
라는 호칭이 보편화되었으니까.

"고마워. 나는 당신이 아이는 절대 원하지 않는다고 믿었어."

"우리 기업이 화성까지 진출하고 그곳에서 탄탄한 입지를 다
지기 위해서는 생각보다 많은 시간이 걸릴 거야."

쿠가 차창을 내리자 차갑고 싸늘한 공기가 밀려들었다. 시
린 냉기에 본부장이 살짝 몸을 떨었다. 아내가 원하는 것은 자신
의 뒤를 이을 후계자였다. 그 생각이 얼음 손이 되어 등허리를 쓸

어내렸다. 그러나 그는 이내 도리질 쳤다. 이유가 뭐든 상관없었다. 두 사람의 아이가 후계자가 되는 건 당연한 일이니까. 아버지의 얼굴이 머릿속에 스쳐 갔다. 애써 아닌 척하지만, 누구보다 손주를 기다리고 있을 것이다. 아버지는 4년 전 어머니가 돌아가신 이후로 부쩍 말수가 줄었다. 사업은 날이 갈수록 확장됐고, 위태로웠던 호텔 셀레나마저 호황을 누렸다. 그러나 아버지의 표정은 좀처럼 밝아지지 않았다. 외롭기는 그 역시 마찬가지였다. 형제도 없었고, 아내마저 가장 가까이에 있는 남편보다 일을 더 사랑했다. 그런데 만약 아이가 태어난다면 얼어붙은 마음에 새봄이 찾아올 것이다. 그런 생각이 들자 늘 보던 노을마저 눈부시도록 아름다웠다. 그가 아내의 손을 꽉 잡았다.

"잠깐, 전화 왔어."

쿠가 거칠게 손을 빼고는 귀 뒤를 터치했다. 그녀의 손가락과 귀에는 Embeded Smart Chip, 즉 ESC가 내장돼 있었다. 몸속에 넣는 나노 칩이니만큼 분실의 우려도, 외부에 사생활이 유출될 위험도 적었다. 전화기는 스마트 기기에서 웨어러블 폰을 거쳐 인체에 내장하는 칩 형태로 진화를 거듭했다. 덕분에 이제 디자인에 신경을 쓸 필요도 없고, 불필요한 자원 낭비도 줄일 수 있었다. 소프트웨어를 업데이트하듯 새 버전을 다운로드하면 그만이니까.

"지금 연구소에 가는 중입니다. 거의 다 왔어요. 오늘 저녁 7시에…"

쿠의 미간에 살짝 주름이 잡혔다.

"아닙니다. 그럼 제가 지금 가겠습니다. 오래 걸리지 않습니다. 잠깐 찾아뵙죠. 늦어도 1시간 안에 도착합니다."

다급한 말투였다. 본부장은 쿠가 누구와 통화를 하는지 알 것 같았다.

"아버지?"

그가 물었다. 쿠가 피로한 듯 손끝으로 눈언저리를 마사지했다.

"오늘 저녁에 본사로 들어가기로 했는데, 최 교수님 오시나 봐."

"아저씨가 웬일로?"

최 교수라면 아버지의 죽마고우였다. 그도 어릴 적부터 잘 알고 지냈는데, 서글서글한 외모와 달리 신약 개발에 있어서는 광기에 가까운 집착을 보였다. 최 교수가 원하는 건, 단순히 질병과 싸워 이겨내는 게 아니었다. 그보다는 인간의 생로병사를 관장할 수 있는 신적 능력을 원하는 게 틀림없었다.

'그 친구는 인간의 몸에 미쳤지. 그런데 세상은 그런 몇몇 미친 놈들에 의해 진보를 거듭하게 되어 있는 거야.'

아버지의 말처럼, 누군가는 인간의 신체에, 또 다른 이는 인간의 유희에 미쳤다. 그 결과 한 명은 저명한 의대 교수가, 나머지 한 명은 세계적으로 유명한 여행사 CEO가 되었다. 아버지의 말은 사실이었다. 세상은 몇몇 미치광이에 의해 돌아가고, 그 거대한 소용돌이 속으로 나머지 사람들이 휘말려 들어가고 있었다.

차들이 거대한 물살처럼 쉼 없이 흘러갔다.

"아마 또 연구비 후원을 부탁하려는 모양이지."

그녀는 최 교수에게 썩 좋은 감정이 없었다. 아마 적대라는 표현에 더 가까울 것이다. 오랜 친구라는 핑계로 연구비 후원을 요구하는 것이 꼴 보기 싫겠지.

"그럼 도착지 재설정해?"

그가 급히 대화를 돌렸다.

"아니야. 레인보우 보고 싶다며. 곧 도착하니까 당신은 연구소로 들어가."

기분 좋은 대답은 아니었다. 그러나 오늘만큼은 어떤 말을 들어도 상관없었다. 구름 위를 걷는 듯 마음이 포근포근했다.

"알았어. 그럼 나는 연구소에 갈게. 조심히 다녀와."

"참, 내일 회의 때 넥타이 하는 거 잊지 마. 회장님 노타이 질색하시는 거 잘 알면서 왜 매번 그래? 지난번에 파란색 실크 넥타이 잘 어울리더라. 그거 꼭 해."

절대 적응 안 되는 게 넥타이였다. 안 그래도 답답한 회의 시간 내내 목을 꽉 죄는 넥타이까지 하고 있으면 절로 숨이 막혔다.

"걱정 마. 절대 안 잊어버려. 파란색 꼭 할게."

그는 아내의 기분을 건드리지 않으려 노력했다. 늘 그래왔지만, 오늘은 더욱더 세심하게 신경을 썼다.

"스트레스에 민감한 종입니다. 외부 자극에 취약한 점이 멸종

된 이유 중 하나죠. 아시다시피 꼬리 깃털의 특성상 반디 새라고
도 불렸습니다. 저희는… 무지개 버드에만 있는 특이유전자… 그
일부를 골드 꾀꼬리 세포핵에… 유전체를 편집… 무지개 버드만
의 고유 유전체… 세포핵을 추출하여… 암컷 골드 꾀꼬리 난자
핵과 바꿔… 무지개 버드를 탄생… 꼬리 깃털 색깔… 선명해지는
효과…"

연구원이 말을 멈추고 헛기침을 했다. '지금 제 설명을 듣고 있
습니까?'라고 말하는 듯한 노골적인 눈빛에 본부장이 곧바로 얼
굴에서 웃음기를 지웠다. 연구원이 감정을 추스르려는 듯 길게
심호흡을 한 뒤 다시 설명을 시작했다.

"인공부화장에서 깨어난 녀석들은 모두 건강합니다. 컨디션
이 너무 좋아 다소 공격적인 반응을 보일 때가 있습니다. 그러나
크게 걱정하실 필요는 없습니다. 어린 새들의 호기심일 뿐이니
까요."

생각은 또다시 미래로 향했다. 아직 찾아오지도 않은 아이가
눈앞에 아른거렸다. 누구를 더 닮았을까? 얼마나 예쁘고 귀여울
까? 얼마나 신기할까? 그리고 얼마나 사랑스러울까? 생각만으로
도 온몸에 오스스 기분 좋은 소름이 돋았다.

"예, 설명 잘 들었습니다. 그럼 지금 잠깐 볼 수 있을까요?"

본부장이 자리에서 일어나 밖으로 나갔다. 뒤따라온 연구원
이 보충 설명을 했지만, 아무것도 귀에 들어오지 않았다. 그가 가
볍게 휘파람을 불었다.

"기분 좋은 일이라도 있으신 모양입니다."

"레인보우 버드가 세상에 태어나지 않았습니까? 정말 오랫동안 기다려 온 녀석들입니다."

복도 끝에 있는 연구실 문이 열렸다. 눈앞에 또 다른 유리벽이 나타났다. 그 너머에 숲속을 옮겨놓은 듯한 작은 인공부화장이 보였다. 그가 가까이 다가서자 새끼 다섯 마리가 옹기종기 모여 있는 둥지가 보였다. 하나같이 깃털이 화려하고 선명했다. 저렇게 작은 몸에서도 빛이 나는데, 성체가 됐을 때는 얼마나 화려할까? 본부장이 마른침을 꿀꺽 삼켰다.

"저 안으로 들어가 볼 수 있을까요?"

설화 속 수신獸神처럼, 녀석들은 사람을 끌어당기는 기묘한 매력이 있었다. 지구상에서 영원히 사라진 존재가, 홀로그램이 아닌 살아 있는 진짜의 모습으로 눈앞에 서 있었다. 그는 이 펄떡이는 생명을 자신의 손끝으로 직접 느끼고 싶었다.

"곧 먹이를 주는 시간이긴 합니다. 어시드가 안으로 들어가 먹이를 줄 겁니다."

"잠깐 들어가서 보고 오겠습니다."

"아직 어린 녀석들이라…"

연구원이 난처한 표정을 지었다. 그러나 결국 유리문의 버튼을 눌렀다. 이 프로젝트에 들어간 막대한 비용이 어디서 나왔는지 그도 결코 모르지 않았으니까.

"저희도 아직 녀석들의 습성을 완전히 파악하지 못했습니다."

본부장이 싸늘한 표정으로 손바닥을 들어 보였다. 그만하라
는 의미였다. 그래봤자 태어난 지 얼마 안 된 어린 새였다. 아직
여물지 않은 날개로는 도망갈 수조차 없었다.

안으로 들어서자 비릿하고 기묘한 냄새가 풍겨 왔다. 낯선 향
기를 새들도 느낀 모양이었다. 짧고 선명한 색색의 꼬리 깃털들
이 일제히 퍼드덕거렸다. 그 모습이 바람에 하늘하늘 흔들리는
꽃잎을 연상케 했다.

그가 새 둥지를 향해 조심스레 걸음을 옮겼다. 홀로그램으로
봤을 때보다 훨씬 더 선명했다. 병아리처럼 삐악삐악 우는 게 어
쩐지 귀여웠다.

"어린것들은 다 예쁘지."

머리 위에 보일 듯 말 듯 벼슬이 난 녀석이 있었다. 수컷인 모
양이었다. 작은 머리를 향해 팔을 뻗는 순간, 손끝에 날카로운 통
증이 전해졌다. 놀란 그가 짧게 비명을 내질렀다.

"무슨 일이십니까? 괜찮으세요?"

스피커를 통해 연구원의 목소리가 들려왔다. 부리가 제법 날
카로웠다. 손끝에 피가 맺혔다. 본부장이 손가락을 입에 물고는
나직이 중얼거렸다.

"내가 너희들을 깨웠어. 생명을 준 사람에게 하는 감사 인사치
고는 너무 과격하잖아?"

밖은 이미 어둠에 물들어 있었다. 검붉게 타오르던 태양도 강
속으로 서서히 녹아들었다. 손끝에 아린 통증이 전해졌지만, 그

보다 더 큰 기대가 가슴을 뛰게 했다.

"그만 나오시는 게 좋을 듯싶습니다."

유리벽 밖에서 연구원이 말했다. 그는 문득 홀로그램으로 본 이야기를 떠올렸다. 설화 속 수신이 정말 이 새일까? 더 끔찍한 버전이라면 어떤 이야기일까? 짙은 암갈색의 눈동자가 이제 막 세상에 태어난 레인보우 버드에게로 향했다.

"네, 알겠습니다."

본부장이 대답하고는 뒤돌아 성큼 발걸음을 옮겼다. 등 뒤에서 새들의 지저귐이 들려왔다.

1장

白

"화학 못지않게 생물학 역시 물리학과 깊은 연관성이 있습니다. 우리가 알고 있는 에너지 보존 법칙을 먼저 발견한 계기가 바로 생물학입니다. 이 법칙은 마이어라는 의사에 의해 처음 입증되었습니다. 그는 생명체가 흡수하는 열량과 방출하는 열량을 연구하다 이 사실을 발견하게 되었죠. 생명이 있는 동물들의 생물학적 과정을 자세히 관찰하면 정말 다양한 물리적 현상들이 숨어 있습니다. 가장 대표적으로 심장의 펌프질로 인한 피의 순환을 들 수 있습니다. 그 밖에도 뾰족한 것에 찔리거나 베었을 때 느끼는 통증 또한 하나의 전기 신호와 같은 원리입니다. 손에 전달된 신호가 신경 계통을 거쳐 통증을 느끼는 대뇌…"

"죄송한데요. 오늘은 여기까지 하면 안 될까요?"

마오가 톡톡 손목을 가리켰다. 손목을 가리키는 게 왜 시간을 의미하는지 알 수 없지만 몇 번 따라 하다 보니 습관이 됐다. '시간 됐습니다'라고 말로 하는 것보다 조금 덜 민망했다. 비록 인공지능이라 해도 상대는 선생이었다. 인간으로서는 상상도 못 할 엄청난 지식을 가지고 있으니, 손목을 가리키는 것의 의미 정도야 간단하게 이해했겠지.

"수업이 끝나려면 정확히 4분 55초가 더 남았습니다. 그러나 표정을 보니, 집중력이 현저히 저하되었다는 결론이 나왔군요. 더 이상의 수업은 학습에 오히려 방해가 될 것입니다. 오늘 물리 수업은 여기까지 하겠습니다. 숙제는 게시판에 올려놓겠습니다. 오늘 자정까지 제출해 주시기 바랍니다. 수고하셨습니다."

선생님이 가볍게 목례를 했다.

"수고하셨습니다."

마오도 꾸벅 고개를 숙이고는 허공을 터치했다. 투명 고글을 벗자 전자 칠판과 선생님이 사라졌다. 교실이었던 곳이 방으로 돌아왔다. 밖에서 똑똑 노크 소리가 들려왔다.

"들어와, 보보."

문이 열리자 소형 로봇이 안으로 들어섰다.

"수업 끝나셨죠?"

"심장의 펌프질로 인한 피의 순환, 뾰족한 바늘에 찔렸을 때의 전기 신호."

마오가 AI 선생님의 목소리를 따라 하고는 길게 한숨을 내쉬었다.

"그 설명을 듣는데, 왠지 기분이 안 좋았어. 결국 인간도 정교한 기계라는 거잖아. 그럼 나는 망가진 기계인 건가."

"아닙니다. 마오 님은 곧 건강해질 거예요."

보보는 가정용 메이드봇^{maidbot}이다. 삼각형의 몸통에 가늘고 긴 두 팔을 지녔다. 동그란 얼굴 위에는 센서처럼 감지할 수 있는 미니 안테나가 달렸다. 다리는 커다란 바퀴 모양에 특수 고무로 제작되어 문턱과 계단도 자유롭게 오르내릴 수 있었다. 보보는 제작된 지 10년도 넘은 단종된 모델이었다. 매해 새로 출시되는 최신형 메이드봇에 비하면 디자인은 투박하고 기능도 단순했다. 마오가 보보를 처음 만난 건, 기억도 희미한 꼬꼬마 때였다. 원래 유아들을 위한 놀이와 돌봄용 메이드봇이었던 보보는 온몸이 모서리 없이 굴곡져 있었다. 촉감은 부드럽고 말랑말랑한 인공 피부 재질이었다. 자체 온도조절 센서가 있어, 겨울에는 따뜻했고 여름에는 시원함을 유지했다. 가만히 안겨 있으면 노곤하게 잠이 밀려들었다. 마오에게 보보는 가정용 메이드봇 그 이상이었다.

"나도 벌써 열여섯이야."

마오가 일어나 거울 앞에 섰다. 모습이 변하지 않은 건, 메이드봇뿐만이 아니었다. 마오 역시 어릴 적과 비교해 조금도 달라지지 않았다.

"나는 전혀 변하지 않았어."

등 뒤에서 모터 소리가 들려왔다. 보보가 가까이 다가왔다.

"아닙니다. 그동안 마오 님은 많이 변하셨어요. 키는 작년과 비교해 3센티미터나 자랐습니다. 벌써 165센티미터가 되었습니다. 몸무게도 증가하여 46킬로그램입니다. 배우는 과목도 달라졌습니다. 물론 그에 따라 성적이 크게 향상된 것은 아니지만 그래도 마오 님은…"

"나는 여전히 흡혈귀지."

"아닙니다. 마오 님은 절대 흡혈귀가 아니에요. 흡혈귀란 본디 인간이 만들어 낸 가상의 존재로, 19세기 프랑스 소설가 조릴카를 위 스망이 1891년에 「라바」라는 소설에 처음 발표했습니다."

"보보."

메이드봇이 얼굴의 반을 차지하는 커다란 초록색 렌즈를 끔뻑였다.

"너 누구 맘대로 자꾸 에듀포education and information 프로그램 업데이트하래."

"아닙니다. 제가 마음대로 할 수 있는 것이 아니잖아요. 저를 업데이트시킬 수 있는 분은 마오 님과,"

보보의 얼굴에 느낌표가 떠올랐다. 아차 싶다는 의미였다.

"그래. 진솔 아저씨."

그는 할아버지 곁을 수족처럼 지키는 비서였다. 한 비서라는 호칭이 딱딱해 진솔 아저씨라 부르지만, 사실 그의 주 업무는 마오 관리였다. 더 정확히 말하면 건강과 컨디션 체크라고 해야겠지만.

보보의 주인은 마오였다. 새로운 프로그램을 입력하거나 업데이트를 하려면 사용자의 인증을 위해 마오의 홍채나 지문 인식이 필요했다. 그 밖에 보보의 모든 기능은 마오의 목소리만으로 통제 가능했다.

언제인지 정확하지 않았지만 제일 먼저 보보를 데려온 것은 분명 진솔이었다. 물론 알고 있었다. 그것 역시 할아버지의 명령이었다는 것을. 보보에게 처음 정보를 입력한 사람이 진솔이었다.

"대체 패스워드는 어떻게 입력하는 거야?"

보보는 사용자의 생체 시스템으로 움직였다. 초기 설정 당시 목소리와 홍채, 지문이 입력된 사람만을 주인으로 여겼다. 만일 진솔이 사용자 생체 시스템에 자신의 정보를 입력했다면, 먼저 인식된 진솔의 정보를 지우고 새 정보를 넣으면 된다. 그렇게 마오는 보보의 새 주인이 되었다.

"그건 저도 알 수 없습니다. 제 안의 프로그램이 업데이트되는 동안에는 다른 모든 기능이 자동 오프가 되니까요."

문제는 이것이었다. 로봇인 보보도 자신의 몸에 무슨 일이 벌어지는지 알지 못했다. 마오도 모르는 건 마찬가지였다. 오랫동안 마오의 몸에도 이상한 일들이 벌어지고 있었다. 다만 그것이 정확히 무엇인지 정작 그 주인조차 몰랐다.

진솔이 분명 메이드봇 서비스센터에 연락했을 것이다. 마오가 성인이 되기 전까지는 보호자 자격으로 새 프로그램 입력과 삭제를 대신할 수 있으니까.

"키는 조금 컸지. 몸무게도 늘었어."

마오의 시선이 거울로 돌아섰다.

"하지만 이 모습은 조금도 변하지 않았어."

작고 마른 몸은 상관없었다. 마오가 손을 들자, 거울 너머 소년도 똑같이 움직였다. 암갈색 눈동자를 제외하면 머리부터 발끝까지 눈처럼 새하얀 모습이었다. 마오는 알비노였다. 아니다, 보통의 백색증 환자보다 훨씬 더 하얗고 투명했다.

"나는 여전히 밖에 나갈 수 없어."

가장 큰 문제는 햇빛을 볼 수 없다는 사실이다. 눈이 부셔 시력이 쉽게 저하되고, 살갗에 햇볕이 조금만 닿아도 붉게 부어올랐다. 불에 댄 듯 뜨거운 통증도 느껴졌다. 마오가 스스로를 흡혈귀라 부르는 것도 이 때문이었다. 햇빛을 볼 수 없는 이상한 체질, 단순히 알레르기라 말할 수 있을까? 혹여 저주가 아닐까? 분명 그럴 것이다. 모든 것이 무지개 새의 저주에서 시작되었다. 마오에게 낮의 세상은 존재하지 않았다. 특수 유리로 만든 창문으로는 한 줄기의 햇살도 통과되지 않았다. 모든 문은 달이 떠오른 후에야 열렸다. 이곳은 흡혈귀가 살기에 최적이었다. 최첨단의 거대한 관과 다름없었다.

낮 동안의 외출은 어렵고 불편했다. 빛이 들어오는 것을 막는 셰이드 슈트를 입어야 하는데, 여간 답답한 것이 아니었다. 움직임이나 활동 역시 불편했다. 하지만 할아버지를 걱정시켜 드리고 싶지 않았다. 자주 만날 수 없지만, 세상 누구보다 마오의 건강을

염려해 주는 사람이었다. 치료제 개발을 위해 할아버지는 안 해
본 일이 없었다. 비록 햇볕 한 줌 볼 수 없지만 지금까지 마오가
살아 있는 건, 온전히 할아버지 덕분이었다. 무뚝뚝해서 좀처럼
감정을 드러내지 않는 분이라 해도, 할아버지는 마오의 유일한
가족이었다. 괜한 고집이나 호기심은 금물이었다.

마오는 스스로가 눈사람이 된 것 같았다. 햇볕에 닿으면 녹아
버리는 새하얀 존재. 열여섯 해를 살아오며 낮에 외출해 본 날은
손에 꼽았다. 보통의 아이들처럼 학교에 다닐 수도 없었다. 선생
님들은 죄다 AI 선생님이었다. 모둠 활동이나 토론 수업이 필요
하면 메타버스 속 클래스메이트들이 나타났지만, 수업이 끝나기
무섭게 사라지는 가상 친구들일 뿐이었다.

"언제까지 이렇게 살아야 하지?"

마오가 침대에 풀썩 주저앉았다. 보보가 바퀴를 움직이며 곁
으로 다가왔다. 최신형 메이드봇은 소리가 나지 않았다. 마오는
오히려 그 점이 싫었다. 분명 존재하는데 없는 듯 함께 생활해야
한다니. 그런 삶은 마오 혼자만으로 충분했다. 무소음 메이드봇
은 보는 것만으로 숨이 막혔다.

"마오 님은 곧 건강해지실 거예요. 치료제가 분명 완성될 것입
니다."

한때는 기적처럼 이 모든 저주가 끝나리라, 끝낼 수 있으리라
믿었다. 치료제만 개발된다면, 남들처럼 햇살 속을 걸을 수 있을
테니까. 한낮의 밝은 세계를 경험할 수 있을 테니 말이다. 진짜 등

교를 해보고 싶었다. 홀로그램이 아닌, 눈부시게 반짝이는 여름 바닷속으로 뛰어들고 싶었다. 뜨겁게 달아오른 해변을 걷고 싶었다. 그러나 이 소박한 바람은 언제나 깊은 한숨으로 남아버렸다. 가야 할 길이 멀고, 넘어야 할 장애물도 높았다.

마오에게 가장 큰 문제는 햇빛을 볼 수 없다는 사실이다. 그러나 이 밖에도 크고 작은 문제들이 산적해 있었다. 작은 먼지에도 기침이 터져 나왔고, 조금만 무리를 해도 피로가 밀려들었다. 면역력 또한 최악이라, 가벼운 감기가 쉬이 폐렴이 되는가 하면, 살짝만 부딪혀도 온몸에 멍이 들었다. 한번 출혈이 시작되면 쉽게 멈추지도 않았다. 마오가 생활하는 공간은 24시간 살균과 소독, 공기정화를 하는 클린 하우스였다. 공기정화는 언제나 최고 수준으로 유지되었다. 따라서 집을 벗어나면 1시간도 채 안 돼 피로와 두통이 몰려들었다. 마오의 몸은, 게임이 끝나가는 젠가 블록 같았다. 조금만 건드려도 와르르 무너져 버릴 테니까. 아무런 보호 장비 없이 마음껏 외출할 수만 있다면. 그것이 얼마나 큰 행운이자 감사할 일인지 다른 사람들은 모를 것이다.

"이제 약과 주사라면 지긋지긋해."

셀 수 없이 많은 신약을 복용하고 주사를 맞았다. 통증이 전혀 없는 패치형부터, 굵고 가는 바늘까지 종류도 용법도 다양했다.

어느 정도 효험을 보이는 치료제도 있었다. 그러나 머지않아 더 큰 부작용에 시달려야 했다. 효과가 단기에 끝난 적도 많았다. 한 달 내내 약을 먹은 적도 있었는데 몸에 적지 않은 무리가 와서 결국 복용을 중단할 수밖에 없었다. 결론은 하나였다. 마오의 병을 고쳐줄 완벽한 치료제는 아직 완성되지 않았다는 것이다.

"있잖아, 보보."

바퀴 소리를 내며 보보가 다가왔다.

"나만 이러는 걸까? 아니면…"

"무엇을 물어보는 것인지 모르겠습니다. 조금 더 확실하게 말씀해 주시겠습니까?"

천장을 보던 마오의 시선이 돌아섰다. 눈앞에 커다란 초록 불빛이 반짝였다. 보보는 10년 전에 생산된 구형 모델이었다. 사용자의 홍채와 지문을 읽어내지만, 미세한 목소리의 떨림이나 표정의 변화, 한숨 속에 묻어 있는 감정까지 읽어내지는 못했다. 보보가 말한 정확한 질문이란 바로 진실이었다. 말 흐리지 말고, 어물쩍 넘어가지 말고, 상대가 알아서 추측해 주길 기대하지 말라는 뜻이었다.

보보가 확실한 명령어를 요구할 때면 마오는 가슴이 움찔거렸다. 보보는 감정 없는 로봇으로, 오직 음성언어를 통해서만 인간과 이야기할 수 있었다. 그렇기에 가장 정확한 마음을 내비쳐야 했다. 상대는 메이드봇이었다. 솔직하게 말한다 해서 문제될 것은 없었다. 그런데도 쉽게 입이 떨어지지 않았다. 이 아이러니가 마오를 서글프게 만들었다.

"아니야. 아무것도."

"분명 무언가를 말하려 했습니다. 아니, 물으려 했습니다. 제가 그 말을 알아듣지 못해서 질문을 중단하신 겁니까?"

보보의 얼굴에 두 개의 물음표가 떠올랐다.

"잊어버렸어. 알잖아. 인간은 잘 잊어버려. 방금 하려던 말도 머릿속에서 지워지곤 하거든."

"입력된 것은 지워지고, 입력되지 않은 것은 저절로 재생되고. 저는 잘 이해되지 않습니다."

"입력되지 않은 것이라니?"

"악몽 말입니다."

보보가 대답했다. 마오의 표정이 굳어갔다.

"악몽은 아니야."

"하지만 그 꿈이 마오 님을 괴롭게 하지 않습니까? 꿈에서 깨고 나면 심장박동도 불규칙하고 식은땀을 흘리며 호흡도 거칠어집니다. 인간이 공포를 느꼈을 때 나타나는 신체적 변화를 정확하게 보여줍니다. 고로 마오 님의 꿈은 악몽이라 해도 무방합니다."

틀린 말은 아니었다. 꿈에서 깨어나면 온몸이 부들부들 떨렸다. 호흡이 가빠지고 두 손은 축축하게 젖어 있었다. 얼마나 꽉 주먹을 움켜쥐었는지 손톱이 파고들어 간 흔적이 또렷했다.

그 꿈이 악몽인지는 자신할 수 없었다. 괴물이나 귀신이 나오는 것은 아니었다. 맹수에게 쫓기거나 낭떠러지에서 떨어진 적도 없었다. 좁고 답답한 공간에 갇히거나 어두운 숲속을 헤매지도 않았다. 그러나 꿈은 늘 마오를 괴롭혔다. 한 번도 경험한 적 없는, 본 적 없는 영상들이 반복해서 재생되었다. 꿈에서 깨어나면,

누군가에게 흠씬 맞은 것처럼 온몸이 아팠다. 때로는 숨을 쉬는 것조차 힘이 들 정도로 가슴이 옥죄어 왔다.

"그 얘기는 그만해."

"죄송합니다. 제가 실수를 한 것 같아요."

보보의 얼굴에 땀방울 표시가 반짝였다. 자신의 실수를 인정한다는 의미다. 비록 프로그래밍 된 표정 변화라 해도, 볼 때마다 귀여웠다. 마오가 소리 없이 웃었다.

"아니야. 틀린 말 한 것도 아닌데."

"상대의 감정을 아프게 하는 건 틀린 말입니다."

마오는 이따금 보보가 가진 명확하고 간결한 기준이 부러웠다. 인간은 뭐가 이리 복잡할까? 몸도 마음도 너무 많은 것들이 뒤섞여 있었다. 어딘가 이상이 생기더라도 정확히 무엇이 문제인지 알 수 없었다. 부품을 교체하거나 새로운 프로그램을 다운로드할 수도 없었다. 어떤 약과 주사제로도 이 끔찍한 저주를 풀 수 없는 것처럼.

마오는 그 흔한 ESC조차 이식할 수 없었다. 여기저기 하자투성이인 몸에 통신 칩을 삽입했다가 어떤 부작용을 일으킬지 알 수 없으니까.

"하긴 매일 갇혀 있는데 ESC가 왜 필요해?"

낯선 곳에서 길을 찾을 필요도, 친구들과 연락할 일도 없었다. 원하는 것은 보보나 진솔에게 말하면 그만이었다. 특별히 가지고 싶은 것도 없었다. 아무리 멋지고 좋은 것들을 소유해 봐야 무엇

할까? 보여줄 이도, 자랑할 상대도, 함께할 친구도 없는데. 인간에게서 욕망을 앗아 가는 방법은 의외로 간단하다. 아무도 없는 무인도에 홀로 떨어뜨려 놓으면 된다.

"스크린 온."

한마디에 벽이 검게 변하며 화면이 나타났다.

"인공피부 이식의 부작용을 호소하는 분들이 계셨습니다. 그 문제점은 이제 완벽하게 개선했다 해도 과언이 아닙니다. 인간의 피부조직과 98퍼센트 일치합니다. 피부색의 변화와 괴사, 감각이 없어지는 문제점까지, 모두 해결되었습니다."

화면 속 하얀 가운을 입은 남자가 말했다.

"앞으로 어떤 분들을 위해 사용될까요?"

기자가 물었다.

"인공피부 이식에 거부감을 나타내는 화상 환자이지 않을까 싶습니다."

"그럼 저희가 스킨피기skin piggy를 만나볼 수 있을까요?"

"얼마든지요. 저를 따라오시죠."

두 사람의 등 뒤로 문이 열렸다. 남자가 성큼 걸음을 옮겼다. 그 뒤를 기자가 따랐다.

"스킨피기가 뭐야?"

보보가 초록색 눈을 반짝이며 정보를 찾았다. 신형 메이드봇이라면 사용자의 질문이 끝나기 무섭게 대답이 나왔을 것이다. 마오는 오히려 이런 시간 차가 좋았다. 사람과 대화하는 기분이

드니까.

"인간의 피부를 가지고 태어난 돼지를 의미합니다."

보보가 대답했다. 마오가 고개를 끄덕였다.

"화상 환자 때문이구나."

"꼭 그렇지만도 않다고 합니다."

"무슨 뜻이야?"

초록색 눈이 또 한 번 빛을 냈다.

"스킨피기의 개발 목적은 따로 있다고 주장하는 사람들이 많습니다."

인공피부가 세상에 나왔을 때도 똑같은 말들을 하곤 했다. 피부 괴사와 아토피, 화상 환자를 위해 개발되었다고. 그러나 정작 인공피부 시술을 받는 대부분은 보통 사람들이었다. 주름진 목과 손이 말끔해지고, 처진 볼살이 사라졌으며, 탄력 없이 늘어난 몸매가 20대의 그것으로 되돌아갔다. 인공피부로는 만족하지 못한 사람들이 이제 인간의 피부를 지니고 태어난 새로운 생명체까지 만들었다.

"화상이나 피부질환자를 앞세웠다고 해도 막상 미용 시술에 더 많이 적용될 거라 합니다. 이상은 동물단체들의 인터뷰 기사를 참고했습니다."

초록색 눈동자가 화면으로 돌아섰다. 화면 속 남자가 뒤따라 설명했다.

"스킨피기의 겉모습은 일반 돼지와 크게 다르지 않습니다. 이

가죽 안에 사람의 피부와 똑같은 진피층이 한 겹 더 있습니다."

전형적인 돼지들이었다. 작고 앙증맞은 아기 돼지들이 넓은 우리 안을 이리저리 자유롭게 뛰어다녔다.

"생각보다 넓은 곳이네요."

기자가 주위를 둘러보며 말했다. 남자의 얼굴에 반가운 웃음꽃이 피어났다. 마치 그 대답을 기다리고 있었다는 듯, 격앙된 목소리가 터져 나왔다.

"이 녀석들이 살기에는 최적의 조건이죠. 풍부한 양질의 먹이와 마음껏 뛰놀 수 있는 너른 공간도 마련되어 있습니다. 많은 분들이 동물실험에 반대하고 계시지만, 저희는 이 친구들이 다 자랄 때까지 충분한 시간과 최고의 환경을 제공합니다. 그 결과 피부질환으로 고통받는 분들에게 새 희망을 줄 수 있게 되었죠. 인간과 동물 모두에게 좋은 것 아니겠습니까?"

남자가 카메라를 향해 호탕하게 웃었다. 어쩐지 자신감 넘치는 그 얼굴을 더는 보고 싶지 않았다. 마오가 손가락으로 허공을 터치하자 화면이 다시 벽으로 돌아왔다. 집의 모든 벽은 센서로 이루어져 있었다. 몸에 ESC를 삽입하지 않은 마오가 생활하기에 편하도록 할아버지가 하나부터 열까지 손수 관여해 만든 집이었다. 적어도 집 안에서만큼은 목소리와 손끝만으로 모든 것이 조종 가능했다.

"동물 복지단체 중에 피부로 고생하는 사람은 없나 봐."

피부로 인한 고통, 그것이 무엇인지 마오는 누구보다 잘 알고 있었다. 만약 온몸의 피부를 새로 이식받을 수 있다면 또 모를 일이다. 대낮에도 셰이드 슈트 없이 거리를 활보하고, 끔찍하리만큼 하얀 피부도 건강하게 바뀔는지도. 그 고통을 아는 사람은 절대 그깟 피부 문제라 쉬이 말할 수 없을 것이다.

형편없는 폐와 심장, 뼈와 근육은 차치하더라도, 흡혈귀 같은 외모만이라도 어떻게 할 수 없을까? 그 기대와 희망을 과연 언제까지 놓지 않고 있을는지 마오는 자신할 수 없었다.

"혹시 모르잖아. 나도…"

"죄송하지만, 더 크게 말씀해 주시겠습니까?"

보보가 커다란 초록 눈을 깜빡이며 가까이 다가왔다. 마오의 망연한 시선이 창으로 돌아섰다. 인간보다 메이드봇과 더 많은 시간을 보냈다. 햇빛보다 달빛이 익숙한 삶이 계속되고 있다. 한 개체가 지구에서 완전히 멸종했다가 부활하는 정도의 시간이 흘러야 이 지독한 저주에서 풀려날 수 있을까? 무지갯빛 깃털의 분노는 생각보다 길고 질겼다.

"오늘은 달이 환했으면 좋겠어."

마오의 목소리가 허공에 힘없이 흩어졌다.

◆ ◆ ◆

"그냥 전해 내려온 전설이나 설화가 아니야."

에이가 등받이에 깊게 몸을 묻었다. 시계는 어느덧 밤 9시를 가리키고 있었다. 커피를 물처럼 마셔도 어깨를 짓누르는 피로와 졸음은 쉬 가시지 않았다.

"얼마나 과학적인데."

모니터 속 두 인물을 보며 에이가 중얼거렸다. 저들은 결코 몰랐을 것이다. 그저 오래된 전설로 치부해 버렸으니까. 깃털처럼 가볍게 한 시도가 그토록 엄청난 결과를 불러올지 아무도 상상하지 못했겠지.

그 옛날 동굴로 들어간 사람들은 하나둘 죽어갔다. 그중 유일하게 살아남은 이들은 전부 어린아이였다. 하지만 아이들 역시 남은 생이 짧았다. 그들은 들어가면 안 되는 곳을 들어갔고, 절대 건드려선 안 되는 것을 건드렸다.

동굴은 살아남은 사람들에 의해 봉인되었다. 어느 누구도 저주받은 곳에 다시 발을 들이지 않았다. 감히 수신을 잡을 계획을 세우거나, 화려한 꼬리 깃털을 탐내지 못했다. 1958년이 마지막 공식 기록이었다. 그 후 오방새는 한반도에서 영원히 자취를 감췄다. 사람들이 무서워하던 신의 존재도 사라져 버렸다.

"정확한 기록이 남아 있지 않을 뿐, 생각보다 많은 사람이 이유도 모른 채 죽어갔을 거야. 그 뒤로 일제강점기를 겪었고 해방을 맞이했어. 혼란스럽고 어지러운 사회가 바로잡히기도 전에 전쟁이 터졌지. 위생 상태는 최악에다가 기본적인 먹을 것조차 없었어. 모두 언제 죽어도 이상하지 않을 삶을 살아온 거야."

오방새라 부르던 존재가 무엇인지, 어떤 위험이 있는지 아무도 몰랐다. 그 당시 과학 지식이나 사회적 분위기로 봐서는 그깟 새 한 마리에 관심을 기울일 여력이 없었을 것이다.

"과거의 사람들이 과학을 몰라 무지했다면, 현대인들은 과학을 맹신해 무지하지."

에이가 자리에서 일어나 탕비실로 들어갔다. 커피 심부름 정도는 얼마든지 사무용 어시드에게 부탁할 수 있었다. 하지만 그 때문에 자리에 앉아 있는 시간이 길어졌다. 자칫 직립보행이 뭔지 잊어버릴 판이었다. 이렇게라도 움직여 줘야 구부정한 척추가 잠시나마 펴질 것이다.

"오늘만 여섯 잔째입니다. 카페인 중독 아닙니까?"

등 뒤에서 비의 목소리가 들려왔다. 커피를 내리던 에이가 풋, 웃었다.

"그게 인간이야. 우린 좀처럼 '적당히'를 모르는 무지한 생명체거든."

그것이 단순한 호기심인지, 끝없는 야욕인지 알 수 없었다. 만일 잠들어 있던 레인보우 버드를 깨우지 않았다면, 이렇듯 오랫동안 고통받는 이들은 없었을 것이다. 과학을 맹신한 탓에 현대 사회에서 인간이 고통받아야 할 이유는 차고 넘쳤다.

"그나저나 그 아이 요즘 컨디션은 어때?"

좁은 탕비실에 쌉싸름한 향이 퍼져 나갔다.

"특별히 보고드릴 점은 없습니다."

비가 메마른 목소리로 대답했다. 에이가 커피 한 모금을 넘겼다. 뒷맛이 씁쓸한 건 분명 커피 때문일 것이다. 그렇게 믿고 싶었다. 결국 아이의 상태는 나아지지 않았다. 인간만큼, 어쩌면 그보다 몇 배 더 끈질긴 것이 바이러스다.

"그럼 또…"

에이가 말을 멈추고 고개를 내저었다. 물어봤자 대답은 크게 달라지지 않을 테지.

"알았어. 오늘은 여기까지 하자고."

"알겠습니다. 그럼 돌아가 보겠습니다."

비가 뒤돌아 문을 향해 걸어갔다. 흐트러짐 없는 뒷모습이 조금씩 멀어지다 이내 시야에서 사라져 버렸다. 문이 닫히자 에이가 커피잔을 손에 쥔 채 멍하니 생각에 잠겼다. 처음 최 교수와 프로젝트를 시작할 때만 해도, 일이 이렇게까지 오래 걸릴 줄은 몰랐다. 물론 힘든 싸움이라 각오를 다지긴 했다. 그러나 몇 년 안에 마무리되리라 믿었다. 만약 최 교수의 죽음이 아니었다면 조금 더 빨리 끝났을까?

"인간이 진화할수록 바이러스도 같이 진화한다 하셨죠? 진화뿐만이 아닙니다. 아주 교활해졌어요. 어쩌면 녀석들은 인간보다 훨씬 고등했는지도 몰라요. 단지 눈에 잘 띄지 않았을 뿐이지."

에이가 눈앞에 없는 최 교수를 향해 말을 걸었다. 인간은 자연계에서 최약체에 속한다. 매의 시력도, 범의 발톱도, 악어의 이빨도 지니지 못했다. 코끼리의 힘도, 고릴라의 악력도, 치타의 다리도 없었다. 이 지독한 콤플렉스 덩어리가 가진 것이라고는 오직 욕망뿐이었다. 그런데 그 끝없는 욕망을 밟고 올라선 것은, 날카로운 송곳니나 괴력이 아니었다. 가장 큰 녀석이라 해봤자 600나노미터밖에 되지 않는 미세한 바이러스였다. 인간의 눈에 보이지 않기에 쉽게 어찌해 볼 수 없는 막강한 상대, 에이는 이 엄청난 괴물과 아주 오랫동안 대치 중이다. 언젠가는 이 지루한 싸움도 끝날 테지만, 과연 어느 쪽이 승리할지는 아무도 장담할 수 없다.

"교수님이 보시면 절대 믿지 않으실 겁니다."

허공을 터치하자 눈앞에 화면이 떠올랐다. 그 속에는 각기 다른 모형의 바이러스들이 옹기종기 모여 있었다.

"이 녀석들이 얼마나 개성이 강한지 말이죠."

홀스크린의 화면이 바뀌며 두 남녀의 모습이 나타났다. 만약 지금까지 살아 있었다면, 적잖은 부와 명예를 누렸겠지. 물론 죽기 전에도 이미 그 세계에 속한 인물들이었지만. 사진 속 남자의 얼굴은 누가 봐도 20대 후반이었다. 그렇지만 실제 생물학적 나이는 30대가 훌쩍 넘었다. 젊어 보이는 건, 여자도 마찬가지였다.

"그러게 왜 곤히 잠든 사신死神을 깨웁니까?"

그들이 원한 건 레인보우 버드의 복원이었다. 목적이 빤히 내다보였지만, 멸종된 새의 부활이란 제법 의미가 컸다. 문제는 레인보우 버드 DNA를 복원시키며 그 속에 잠들어 있던 바이러스까지 함께 깨웠다는 점이다.

"아니지. 절대 아니야. 단순히 그 새의 몸속에 있던 바이러스만 깨웠다면 이렇게 문제가 복잡하게 꼬이진 않았을 거야."

그들은 레인보우 버드의 특이 유전자를 골드 꾀꼬리 세포핵에 넣었다. 그로 인해 레인보우 깃털 색은 더 짙고 화려해졌는지 모르겠으나…

"엄청난 괴물을 탄생시켰지."

꾀꼬리 몸속에 있던 바이러스와 레인보우 버드 DNA에 잠들어 있던 바이러스는 함께 결합했다. 그리고 각각의 바이러스는 대단히 원시적인 방법, 즉 상처를 통해 남자의 몸에 침투했다. 그결과 기존의 바이러스와는 차원이 다른 슈퍼 바이러스가 탄생한 것이다.

"두 바이러스와는 완전히 성질이 다른 다음 세대의 바이러스가 태어난 거지. 한마디로 모자이크 된 거야."

인공부화된 새가 인간을 공격했다. 그 시절 남자는 전혀 상상하지 못했다. 그로부터 3개월 뒤 자신에게 무슨 일이 벌어질지. 그건 여자도 마찬가지였다. 달에 호텔을 짓고 화성에까지 사업을 확장하려던 야망은 눈에 보이지 않는 미세한 녀석들에게 무참히 짓밟혀 버렸다.

"불행 중 다행일까? 신의 노여움이 그 정도에서 끝나서 말이야."

최 교수는 이 괴물들을 레인보우 버드의 앞글자를 따 RB 바이러스라 불렀다. 바이러스의 특성상 치사율이 높을수록 전파력은 떨어졌다. 상처에 침투한다거나 수혈이나 성관계를 통해서만 감염되었다. 먼저 증상을 보인 건 새에게 손을 물린 남자였다. 그는 두통과 오한을 호소했지만 단순한 감기라 생각했다. 그렇게 몇 달이 지나고 갑작스러운 호흡곤란이 온 뒤에야 병원에 이송되었다. 하지만 그때는 이미 심장이 멈춘 상태였다. 남자는 온몸의 피가 사라진 듯 창백하게 변해 있었다. 그가 세상을 떠난 지 정확히 3개월 후에 여자도 비슷한 증상을 호소했다. 하지만 그녀는 그 흔한 진통제 한 알 복용하지 않았다. 여자의 몸속에는 이미 새로운 생명이 자라고 있었다.

여자도 오래지 않아 호흡곤란으로 병원에 이송되었다. 그로부터 1시간 뒤 1.2킬로그램의 이른둥이가 태어났다. 안타깝게도 산모는 이미 숨을 거둔 후였다. 아기는 곧바로 인공포궁으로 들어갔고, 기적적으로 살아남았다.

에이가 손가락을 튕기자 남녀의 사진이 사라졌다. 허공에 봉긋이 아이의 얼굴이 떠올랐다.

"네가 살아남은 걸까? 아니면 말이야…"

그사이 커피는 식어 있었다. 향은 사라지고 맛은 더 쓰게 느껴졌다.

"바이러스가 살기 위해 숙주인 너를 살려둔 걸까?"

산모에게 침투한 바이러스는 결국 탯줄을 통해 태아에게 전해졌다. 다행히 아이의 목숨만은 지킬 수 있었다. 바이러스가 다시금 새 보금자리를 찾아낸 것이다. 숙주가 죽으면 자신도 사라진다는, 지극히 상식적인 사실을 깨달은 모양이었다. 하지만 안심할 수 없었다. 녀석들이 언제 어떻게 변덕을 부릴지는 아무도 알 수 없었다.

"너만큼은 절대 죽어선 안 돼. 무슨 수를 써서라도 치료제를 만들 테니까. 그 가느다란 목숨줄 꽉 붙잡고 있으라고."

에이가 한입에 커피를 털어 넣고는 이마를 매만졌다. 저 희멀건 얼굴이 생각보다 대단한 집안의 혈육이었다. 치료제를 만드는 와중에 무슨 일이라도 생긴다면 그날로 끝장이다. 한국을 떠나야 할지도, 어쩌면 삶 자체를 잃어버릴지도 몰랐다.

"내가 너에 대해 너무 많은 것을 알아버려서 말이야."

회장과의 계약 조건은 단순했다. 첫째, 치료제를 개발할 것. 둘째, 이곳에서 보고 듣고 행한 모든 일에 대해 침묵할 것. 그게 전부였다. 계약서 어디에도 계약위반시 받게 되는 처벌이나 손해배상에 대해선 기록되지 않았다.

"약속이 깨지면 그 순간 영원히 침묵시키겠다는 뜻이겠지."

에이가 치료제 개발에 매달리는 건, 단순히 회장에게 목숨을 맡겼기 때문만은 아니었다. 만일 그랬다면 처음부터 이렇게 위험한 거래에 응하지 않았을 것이다.

"내 자존심이 걸린 문제거든."

최 교수는 습관처럼 말했다. 에이가 자신을 쏙 빼닮은 제자라고. 그 말인즉, 에이 역시 연구에 완전히 미쳐 있다는 의미였다.

에이가 팔꿈치를 책상에 대고 턱을 괴었다. 지친 듯 움푹 파인 두 눈이 화면 속 아이의 얼굴에 닿았다.

"이봐요, 부잣집 도련님. 그사이 많이 컸습니다."

바람 앞의 등불이란 표현이 정확했다. 아이의 생명은 미세한 자극에도 힘없이 휘청거렸다. 그러나 아직 불꽃이 남아 있었다. 조그마한 잉걸불, 아주 작은 가능성만 보이더라도 어떻게든 붙잡아야 했다.

"너는 모르지? 네 안에 얼마나 무서운 시한폭탄이 자라고 있는지."

전염력이 약한 바이러스는, 침방울이나 공기를 통해서 감염될 확률은 그리 높지 않았다. 상처에 감염자의 혈액이 들어가거나 성관계를 맺지 않는 한 감염의 위험은 지극히 적었다.

"도련님, 너 하나 때문에 참 여러 사람이 힘들다. 알아?"

누군가 저 소년의 피를 강제로 주입하지 않는 이상 접촉자들은 안전했다. 그러나 언제 이 공식이 깨질지는 누구도 장담할 수 없었다.

"우선 너를 말짱하게 고쳐놓아야 해. 그래야 나도 살 수 있을 테니까."

문제는 아직 그 방법을 찾지 못했다는 것이다. 지금까지 치료제로 기대할 만한 것들을 몇 가지 찾아냈었다. 그러나 잠깐의 효과만 있을 뿐 영구적이지 못했다. 오히려 더 큰 부작용을 낳았던 것들도 많았다. 어쩌면 그 과정에서 바이러스만 더 진화하게 됐는지도 몰랐다.

에이가 자리에서 일어나 문을 향해 돌아섰다. 어둠에 파묻힌 밤하늘이 낮게 웅크리고 있었다. 큰 이변이 없는 한 오늘도 연구실에서 새벽을 맞이할 것이다. 까만 하늘에 동이 터 오기 시작하

면 그땐 이곳을 벗어날 수 있을까? 복도 가득 터벅터벅 낡은 슬리
퍼 끄는 소리가 이어졌다.

2장

林

해가 지기 무섭게 창이란 창은 남김없이 열어젖혀졌다. 자동으로 집 안의 공기정화 시스템이 최고 수준으로 작동되기 시작했다. 이곳의 누군가는 조그마한 미세먼지에도 호흡기에 문제가 생긴다.

마오의 집은 도시에서 떨어진 외곽에 위치해 있었다. 손자의 건강을 위해 할아버지가 특별히 마련한 숲속 별장이었다. 마오는 주로 2층에서 생활했다. 창문을 열면 멀리 반짝이는 마천루들의 불빛이 보였다.

1층에는 원격진료를 볼 수 있는 스마트룸이 있었다. 몸에 간단한 리모트 칩만 부착하면 발열과 호흡, 맥박과 심전도, 그 밖의 미세한 신체 변화를 감지할 수 있었다.

숲속 집은 스마트룸 이외에도 다양한 의료 설비가 즐비했다.

병원을 통째로 옮겨 왔다 해도 과언이 아니었다. 만일의 사태에 대비해 1층은 병원 그 자체라 할 수 있었다. 마오는 되도록 아래 층에는 발을 들이지 않았다.

집 주변은 아름드리나무들이 울울하게 둘러싸고 있었다. 도 시와 달리 이곳의 공기는 맑고 깨끗했다. 그런데도 공기정화 시스템이 늘 최고 수준으로 작동 중이다. 마오가 발코니에 서서 밤 공기를 힘껏 들이마셨다. 도시의 불빛보다 약하게 반짝이는 별들이 어쩐지 서글펐다.

"누가 보면 유령이라 할 거야."

2층 발코니에 서 있는 새하얀 형상을 본다면 누구라도 놀라지 않을까. 여전히 귀신의 존재를 믿는 사람들이 있었다. 인터넷에는 심령사진들이 넘쳐났다. 그중에 아직 숲속 별장 유령 사진은 없는 것으로 보아 마오를 찍은 이는 없는 것 같았다.

"정말 여기엔 아무도 안 오나 봐."

마음속이 어지러웠다. 유령이라 해도 좋으니 누군가 자신을 봐줬으면 싶었다.

"미쳤군."

머리부터 발끝까지 새하얀 모습을 과연 누구에게 보여줄까. 창백한 피부는 차치하더라도 머리카락, 눈썹, 심지어 몸의 털 한 올 한 올까지 전부 새하얗다. 그나마 다행인 것은 눈동자는 암갈색이었다. 하긴 눈동자마저 하얀색이라면 앞을 볼 수 없었을 테니까. 차라리 진짜 유령이라면 상관없을 텐데. 사람들의 이상한 시선을 떠올리면 상상만으로도 온몸에 소름이 끼쳤다.

빽빽한 나무숲 위로 둥근 달이 떠올랐다. 이제 마음만 먹으면 누구나 달에 갈 수 있었다. 몇몇 학교는 달로 수학여행을 떠난다 했다. 달에는 할아버지의 호텔 셀레나가 있었다. 몇 년 전에 내부 인테리어를 바꾼 후 새롭게 문을 열었다. 유명 연예인들이 참석한 화려한 축하 행사를 마오는 화면으로밖에 볼 수 없었다.

"요즘 같은 시대에 지구 밖에서 지구를 못 본 사람은 나밖에 없을 거야."

지구 밖은커녕 집 밖으로조차 쉽게 나갈 수 없었다. 이 모든 갑갑한 현실을 생각할수록 가슴만 답답해졌다. 이미 달을 식민지화했고 화성의 테라포밍마저 끝나가고 있었다. 지금은 다국적 기업의 과학자들과 연구원, 각국의 특수부대원과 휴머노이드가 화성에서 생활하고 있었다. 그리고 머지않아 화성에 정착할 첫 이주민들이 선발될 것이다.

콜럼버스가 신대륙을 발견한 지 600년이 지났다. 그 후로 인간은 대륙이 아닌, 제2의 지구를 찾아 나섰다. 아니, 만들어 냈다는 것이 더 정확하겠지.

이렇듯 고도로 발달된 과학과 의학 기술로도 인간의 몸속 바이러스 하나 퇴치하지 못하다니. 새하얀 손이 핏기 없는 창백한 얼굴을 쓸어내렸다. 그 순간 멀리서 작은 나비처럼 하늘하늘 춤추는 불빛이 보였다. 빠르게 다가오는 것을 보니, 정체를 알 것 같았다. 마오가 뒤돌아 방으로 들어왔다.

"아무도 안 오는 건 아니지."

바퀴가 주차장에 깔린 자갈을 짓이기는 소리와 함께 1층에서 목소리가 들려왔다. 두 사람, 아니 메이드봇과 한 사람의 짧은 대화가 이어졌다 끊어지기를 반복했다.

마오가 침대에 누워 천장을 바라보았다. 더는 꼬꼬마가 아닌데, 머리 위에는 불을 끄면 반짝이는 야광별 스티커가 붙어 있었다. 수성, 금성, 지구, 화성, 목성. 마오가 별들을 보며 천천히 숫자를 셌다.

"10, 9, 8, 7, 6, 5,"

짧은 한숨과 함께 나머지 숫자를 내뱉었다.

"4, 3, 2, 그리고 1."

그 순간 문밖에서 노크 소리가 들려왔다.

"보보보다 훨씬 정확하네."

마오가 네, 하고 대답하고는 상체를 일으켰다. 문이 열리며 말끔한 슈트 차림의 남자가 안으로 들어섰다.

"잘 지냈어?"

"뭐 보다시피요."

마오가 어깨를 으쓱해 보였다. 진솔이 엷게 미소 지었다.

"안 보이는 사이 더 큰 것 같아."

"진솔 아저씨 눈에만요."

아저씨라 부르지만, 그의 겉모습은 20대 중반으로밖에 보이지 않았다. 마오가 진솔을 만난 건 일곱 살 즈음이었다. 아니, 훨

썬 이전부터 알고 있었을 것이다. 다만 기억을 못 할 뿐이다.

"너 정말 귀여웠어."

오래전 사진 속에는 새하얀 아이를 안고 있는 남자가 서 있었다. 마오는 사진으로부터 시선을 떼고 찬찬히 진솔을 바라보았다.

그는 조금도 변하지 않았다. 다만 눈가가 조금 깊어지고 표정이 전보다 풍부해졌다. 시간을 멈춘 사람이 비단 진솔뿐만은 아니었다. 많은 이들이 인공피부 시술로 주름살을 펴고 피부 나이를 20대로 되돌려 놓았다. 과학자들은 이제 인공피부를 넘어 인간과 똑같은 피부를 개발했다. 몸속이라고 크게 다르지 않았다. 메이드봇의 고장 난 부품을 새것으로 갈아끼우듯 인간도 고칠 수 있었다. 유전자 디자인과 복제 기술로, 인간의 장기를 지닌 채 태어나는 동물들이 늘어났다. 진솔이 10년 전과 비교해 조금도 달라지지 않은 것은 지극히 당연한 결과였다. 아이들은 자라고 어른들은 늙어간다는 말은 시대에 맞지 않았다. 아이들이 자라는 건 여전했지만, 어른들은 시간을 멈췄다.

"잠깐 앉아도 될까?"

정중한 태도 역시 변하지 않았다. 마오는 진솔이 보필하는 회장의 손자다.

"아저씨 올려다보는 것도 목 아프네요."

동시에 치료제조차 없는, 심각한 바이러스의 보균자다. 공기 중의 비말에 의해서는 전염되지 않으니 가벼운 신체 접촉은 전혀 문제되지 않았다. 함께 밥을 먹거나 목욕을 해도 상관없었다. 바이러스는 지독히도 영리했다. 웬만해서는 숙주의 몸 밖으로 빠져나가지 않았다. 그렇다고 단번에 죽이는 것도 아니었다. 자신이 살아갈 수 있을 만큼만 숙주를 무력화시켰다. 이토록 오랫동안 놈에게 묶여 사는 신세가 될 줄은, 마오는 전혀 상상하지 못했다.

"농담이 늘었구나."

진솔이 의자에 앉았다.

"농담 아녜요."

마오가 두 손을 등 뒤로 뻗어 기댔다.

"차 한잔하실래요?"

"마시고 왔어."

혹여 바이러스 감염자와는 차 한잔 마시는 것도 조심스러울까? 어쩌면 자격지심인지도 몰랐다. 만약 진솔의 돌봄이 없었다면, 마오는 지금까지 살아남지 못했을 것이다. 그러나 가끔 생각했다. 오히려 그편이 더 낫지 않았을까?

"조만간 병원에 가야 할 거야."

진솔이 말했다.

"연구소겠죠."

마오가 쳇, 소리를 내뱉었다.

"병원 안에 있는 연구센터지."

진솔이 다시 정정해 주었다.

"그거나 저거나."

할아버지는 마오를 언론에 노출시키지 않았다. 남다른 외모도 문제지만, 더 큰 이유는 바이러스 때문이었다. 이 흉측한 놈을 아는 사람이 세상에 몇 명 되지 않았다. 언론에 알려지면, 생각보다 시끄러워질 테니까. 그 결과 마오는 병원 출입조차 자유롭지 않았다. 그뿐만 아니라 한낮의 햇빛을 피해야 했고 한번 외출하려 해도 이런저런 번잡한 제약이 따랐다.

"마오 너를 위해서야."

솔직히 병원만큼 위험한 공간도 없었다. 세균과 바이러스의 천국이라 해도 과언이 아니다. 면역력이 강하고 건강한 사람이라면 상관없었다. 그러나 밀물 앞 모래성같이 나약한 몸이라면 조금만 방심해도 위험해질 것이다.

결국 마오가 병원 연구실에 가는 건, 사람들이 이미 퇴근하고 야간 경비 시스템이 가동되는 늦은 밤이었다.

"왜요?"

물으나 마나 한 질문이었다. 피를 뽑고 이런저런 검사를 하겠지.

"가보면 알게 되지 않을까?"

"나 인간 만들어 준대요?"

진솔의 눈빛이 찌르듯 마오의 가슴을 파고들었다. 마오는 더 이상 아이가 아니었다. 이 감옥 같은 생활이 어떤지 고작해야 한 달에 한두 번 찾아오는 그가 알 턱이 없었다.

"너는 인간이야."

"차라리 흡혈귀라면 밤에 맘껏 다니기라도 하지. 이건 뭐 밤낮

없이 갇혀 지내야 하니."

진솔의 입가에 가만한 미소가 지나갔다. 어린아이 보는 듯한 시선이 마음에 들지 않았지만 사실 마오도 모르지 않았다. 떼를 쓰거나 화를 낸다고 해결할 수 있는 문제가 아니란 사실을.

"너를 위해 밤낮없이 연구실에 갇혀 있는 사람들이 있다."

"알았어요. 그러니까 잔말 말고 여기 있으라면 있고, 저기로 가라면 가고, 조용히 지내라는 거잖아요. 여기서 유일하게 말할 수 있는 상대는 보보와 AI 선생님밖에 없어요. 그 흔한 SNS 계정 하나 만들 수 없다고요. 알잖아요. 할아버지가 내 정보로는 어떤 것도 가입할 수 없게 해두었다는 걸. 혹여 이 모습이 외부에 유출 될까 봐 전전긍긍한다는 걸 나도 잘…"

갑자기 숨이 막혀 왔다. 마오가 콜록콜록 마른기침을 내뱉었다.

"마오야. 천천히 호흡해. 흥분하지 말고. 괜찮아. 자, 천천히 숨을 내쉬어 봐."

진솔이 부드럽게 등을 어루만져 주었다. 익숙한 손길에 기침이 잦아들며 거친 호흡이 가라앉았다. 두 눈에 그렁그렁 눈물이 맺혔다.

"기침 때문이에요."

마오가 거칠게 눈가를 훔치며 말했다.

"묻지 않았는데?"

진솔이 빙그레 웃었다. 늘 이런 식이었다. 조금만 흥분해도 기침이 터져 나왔다. 숨이 가빠지며 식은땀이 흘렀다. 작은 스트레스에도 죽고 만다는 개복치보다 형편없는 몸이었다.

"이제 좀 진정되니?"

마오가 힘없이 고개를 끄덕였다. 진솔이 몸을 돌려 의자에 걸터앉았다.

"너도 벌써 열여섯이구나."

"..."

"장난감과 게임만으로는 만족할 수 없단 뜻이군. 그래도 이 녀석들은 여전히 가지고 있네?"

진솔이 길고 하얀 손으로 창틀에 놓인 다섯 마리의 생쥐 인형을 가리켰다. 목각으로 만든 쥐들이었는데, 각기 빨강, 노랑, 파랑, 흰색, 검정의 고깔모자를 쓰고 있었다. 언제 저 인형을 선물받았는지 기억나지 않지만, 가만히 보고 있으면 다섯 녀석이 저마다 쫑알쫑알 이야기하는 것 같았다.

"아저씨. 나 겨우 기침 멈췄어요. 괜한 시비 걸지 말아요."

진솔이 졌다는 표정으로 두 손을 들어 보였다. 제발 진정하라는 의미였다.

"할아버지는 너무 바쁘셔서 자주 오지 못하신다. 네가 이해해."

처음에는 단순히 바쁜 업무 때문인 줄 알았다. 하지만 마오도 이제 알게 되었다. 할아버지가 왜 하나밖에 없는 손주를 찾아오지 않는지.

"완전한 인간이 되면, 그때는 쳐다봐 주시겠죠."

진솔이 등받이에 몸을 기댄 채 다리를 꼬아 앉았다.

"외롭다는 뜻이니?"

'허' 소리와 함께 마오가 고개를 내저었다.

"아니요. 행복해 죽겠다는 뜻인데요?"

"반어법을 쓰는구나."

"그냥 혼자 있는 게 낫겠네요. 아저씨랑 더 얘기하다가는 진짜 답답해 죽을지도 몰라요."

귓가에 나직한 웃음소리가 들려왔다. 그 순간 한 가지 생각이 머릿속을 스쳤다.

"그나저나 보보 프로그램은 어떻게 업데이트하는 거예요? 사용자 생체 인식은 다 제 것으로 입력되었잖아요."

마오가 물었다. 진솔이 입가에서 느긋한 미소를 지워냈다.

"너는 모르겠지만 오래된 모델이라 잔고장이 많아. 이번에 아예 새 모델로 교체하는 게 어떨까?"

"안 돼요."

보보는 단순한 메이드봇이 아니었다. 마오의 친구이자 형제이며 지금은 함께 생활하는 유일한 가족이었다.

"이미 몇 번 오류를 일으켰어. 만일 지금보다 더 큰 문제가 발생하면."

"괜찮아요. 큰 문제 없어요. 만약에 내 허락 없이 보보 건드리는 날에는 진짜 가만있지 않을 거예요."

마오가 매섭게 노려봤지만, 진솔은 어린 소년의 시선 따위 여유 있게 받아냈다. '네가 가만있지 않으면 어쩔 건데' 하듯 소리

없이 비웃고, '해보고 싶은 대로 맘껏 해봐' 하듯 조롱하는 눈빛으로. 아니, 아니었다. 이 모든 것은 마오 스스로 만든 환청이자 착각일 뿐이었다. 자격지심과 분노는 상대가 아닌 지독히도 멍청한 스스로를 겨냥했다.

"알고 있어. 너에게 보보가 어떤 의미인지. 걱정하지 마. 네 허락 없이는 아무것도 안 해."

"미안하지만 아저씨보다 훨씬 가까워요. 유일한 친구니까."

진솔이 '그래?' 하고 묻는 듯한 표정으로 날렵한 턱을 쓰다듬었다.

"너에게 친구 한 명 더 소개해 줄까?"

"말했잖아요. 새로운 메이드봇 필요 없어요."

"아니. 로봇 말고 사람 친구 말이야."

마오가 피식 코웃음을 터트렸다. 오늘따라 신경을 건드리는 진솔에게 슬슬 짜증이 일었다.

"왜요? 친구 대행 사이트에서 아르바이트라도 구해 오려고요? 물론 이곳에서 있었던 일들을 철저하게 함구하라는 계약서까지 받아내고서겠죠. 저를 보고도 놀란 척하지 말라거나, 신상에 대한 어떤 질문도 금지한다거나."

진솔의 말은 사실이었다. 장난감이나 게임으로 무료함을 달래기엔 마오는 너무 커버렸다. 건강한 열여섯이라면 중학교 졸업을 앞두고 고등학교 진학에 대해 고민하고 있겠지. 하지만 마오에게는 평범한 학교생활도, 그럴싸한 미래도, 연락할 친구도 없었다. 인간은 사회적 동물이라는데, 사회가 빠져버린 마오는 그저 우리에 갇힌 동물과 다름없었다.

"왜요, 그렇게라도 스트레스를 좀 줄여주려고요?"

마오에게 위험한 것은 햇빛과 먼지, 추위와 더위뿐만이 아니었다. 스트레스로 인한 면역력 저하와 심리적 불안도 신체에 즉각적인 지장을 주었다. 약간의 흥분만으로 쿨럭 기침부터 터져 나오지 않았는가. 열여섯 외톨이가 걱정돼 친구를 만들어 주려 하다니. 마오는 생각할수록 웃음이 났다. 차라리 아무것도 모르는 꼬맹이였다면 마냥 신났을 것이다. 그러나 산타 할아버지를 믿기에는 열여섯은 너무 오래 살았다. 지금까지 용케도 살아남았다.

"아저씨, 고작 서류 몇 장으로 제 존재가 비밀에 부쳐질 것 같아요? 외부에서 사람이 오는 즉시 소문이 쫙 퍼져 나갈 겁니다."

바로 그 때문에 이런 외딴곳에서 생활하는 게 아니겠는가. 그 흔한 SNS 계정 하나 만들지 못하고, 가상세계에서 할 수 있는 게임도 한정적이었다. 그런데 이곳에 할아버지와 진솔 이외에 다른 사람이 온다고? 말이 안 되는 얘기였다. 마오가 절레절레 고개를 내저었다.

"그래. 잘 알고 있구나. 맞아. 세상에는 비밀이 없어."

열어놓은 창으로 싸늘한 밤공기가 밀려들었다. 진솔이 자리에서 일어나 창문을 닫고는 달빛에 물든 숲을 바라보았다.

"인간은 생각보다 남의 일에 참 관심이 많거든."

"아저씨는 아닌 것처럼 얘기하네요."

창밖에 묶여 있던 진솔의 시선이 마오를 향해 돌아섰다.

"나는 남의 일에 딱히 큰 관심이 없다. 내가 해야 할 일만 생각하지."

그 단순한 마음가짐이야말로, 할아버지가 진정 원하는 것이다. 진솔이 오랫동안 마오 곁을 지킬 수 있는 것도, 저렇듯 생각을 읽을 수 없는 눈빛과 침묵 덕분이었다.

"이것도 할아버지의 지시인가요?"

굳이 물을 필요가 없었다. 진솔이 이곳에 방문한 것 자체가 명령 때문이니까.

"회장님은 화성 관광 개발 프로젝트를 준비 중이시다. 곧 민간인의 이주가 시작되면 화성이 제2의 지구가 되는 건 시간문제야. 이런저런 계획으로 바쁘시다. 당분간 너를 잘 부탁한다고 하셨어. 머지않아 화성에 한번 다녀오실 예정이야. 표현을 잘 못 하실 뿐이다. 세상 누구보다 네 건강을 염려하고 계셔."

"언제 가시는데요?"

진솔이 또다시 턱을 쓰다듬었다.

"연세도 있고 하셔서 DP^Direct Path 는 힘드실 거야. 조금 오래 걸리긴 해도 DST^Deep Space Gateway 를 거쳐 가신다는 이야기가 있었어. 아직 구체적인 계획은 나오지 않았다."

DP는 화성으로 곧바로 날아간다. 그에 반해 DST는 달에 있는 우주기지를 거쳐서 가는 노선이었다. 비행기가 경유하는 것과 같달까. DST라면 최소 반년은 넘게 걸릴 것이다.

"그러니 너는 우선 네 건강만 염려해라. 필요한 것이 있으면 언제든지 얘기하고."

한낮에는 완벽하게 햇살을 가려주는 특수 창과 24시간 가동되는 공기정화 시스템, 각종 게임과 운동기구, 원격으로 진료를 볼 수 있는 스마트룸까지. 이보다 더 완벽한 곳은 없었다. 이곳은 물과 먹을 것이 풍부하고 풍광까지 아름다운 무인도 그 자체였다.

"친구 얘기는 없었던 것으로 하자. 네가 원치 않는 것 같구나."

마오의 예감은 적중했다. 혹여 외로움이 건강에 문제라도 일으킬까 걱정한 것이다. 임시방편으로 누군가를 데려오려 했다니. 비록 방법이 잘못되었지만, 마오는 이해할 수 있었다. 그것이야말로 할아버지의 진심일 테니까.

"진료 일정이 확실하게 잡히면 다시 올게. 그때까지 몸 건강히 잘 있어라."

"화성 테라포밍이 완벽하게 이루어지면요. 그러니까 모든 사람이 화성에 이주할 수 있게 되면 그땐 지구는 어떻게 될까요?"

이 질문이 왜 하필 지금 나왔는지는 정작 마오도 알 수 없었다. 하지만 묻고 싶었다. 사람들이 모두 떠난 후 지구는 과연 어떻게 되는 걸까.

진솔이 특유의 표정 없는 얼굴로 마오를 바라보았다.

"갑자기 그게 왜 궁금하지?"

"그냥."

잠시 망설이던 마오가 조심스레 입을 열었다.

"쓸모없어져서 결국 사람들에게 버려질까요?"

모든 사람이 지구를 버리고 떠난 후 혼자 남겨질 것 같은 이 불안감의 정체는 무엇일까? 자원은 고갈되고 대기는 오염되어 더는 아무도 살 수 없는 황폐한 땅에 아무렇게나 굴러다니는 쓰레기처럼, 마오는 자신 역시 그렇게 버려질 것만 같았다.

자박자박 발소리와 함께 진솔이 가까이 다가왔다. 길고 커다란 손이 어깨에 닿자, 마오가 흠칫 놀라 몸을 떨었다.

"아직 첫 이주자는 발표되지도 않았다. 너무 먼 얘기 아니니?"

"…"

"손을 떨고 있구나."

마오가 어지러운 심경을 숨기려고 두 주먹을 움켜쥐었다. 창백한 손등에 새파란 혈관이 기묘한 무늬를 그려 넣었다.

"마음이 불안정해 보인다. 보보에게 말해 약을 좀 부탁할까?"

그래봤자 수면제나 신경안정제일 뿐이다. 먹고 나면 온종일 멍하게 지내야 했다.

"괜찮아요."

진솔이 어깨를 다독이고는 문을 향해 돌아섰다. 그러고는 한마디 가볍게 내뱉었다.

"참, 내가 말 안 한 게 있는데. 내가 말한 친구는 말이야."

"…"

"너를 위해 고용한 사람이 아니야. 마오 너랑 비슷한 문제를 가진 아이거든. 물론 정확히 너와 똑같은 증상은 아니지만."

비슷한 문제라니, 같은 증상이라니? 마오가 소리 없이 물으며 미간을 구겼다.

"지금 무슨 말을 하는 거예요?"

"그 친구도 레인보우 버드에 대해 아주 잘 알고 있을 거야."

문이 열리자 진솔이 뚜벅뚜벅 밖으로 걸어 나갔다. 계단을 밟아 내려가는 익숙한 발걸음 소리가 들리고, 뒤이어 보보의 목소리가 전해졌다.

마치 꿈을 꾸는 듯 약을 먹은 듯 마오는 머릿속이 몽롱해졌다.

"무슨 소리야? 레인보우 버드를 알고 있다니?"

어두운 창 너머에는 온몸이 새하얀 소년이 앉아 있었다. 무지개 새의 저주로, 색을 완전히 빼앗겨 버린 인간이 넋이 반쯤 빠진 채 창밖을 보고 있었다. 마오는 문득 뉴스에 나왔던 스킨피기가 떠올랐다. 가죽 아래 인간의 피부를 가지고 태어난, 아기 돼지들의 모습이 하나둘 환영처럼 스쳐 갔다.

"지금쯤 잘 자라고 있겠지?"

창밖의 유령은 아무 대답도 하지 않았다. 갑자기 왜 스킨피기가 떠올랐는지, 온몸이 백색으로 물든 저 아이는 알 수 없을 것이다.

3장

鳥

처음 인공동굴을 찾은 관광객은 전부 열 명이었다. 그중 아빠와 함께 온 아기도 있었다. 사람들은 열을 맞춰 잘 닦인 길을 따라 이동했다. 안쪽으로 걸음을 옮길수록 주위의 조명이 약해지며, 마치 밤을 뭉쳐놓은 듯 동굴이 어둠에 물들어 갔다. 잠시 뒤 사람들의 입에서 하나둘 작은 탄성이 터져 나왔다. 꼬리 깃털마다 빛을 내뿜는 레인보우 버드가 무려 100년의 시간을 날아와 인간의 눈앞에 모습을 드러냈다. 그 화려한 빛깔에 사람들은 모두 넋 나간 표정이 되었다. 박쥐도 아닌 것이 동굴에서 서식했고 반딧불이도 아닌 것이 깃털에서 빛을 뿜어냈다. 이 신비한 생명체는 인간에 의해 오래전에 멸종됐다가 거짓말처럼 인간의 손에 부활했다. 지구, 아니 이 광활한 우주 그 어디에서도 이 새를 볼 수 있는 장소는 단 한 곳뿐이었다.

"손바닥에 먹이를 두면, 날아와 먹을 겁니다. 조금 더 가까이에서 보고 싶으신 분은 앞으로 나오세요."

동굴 안내를 하는 휴머노이드가 말했다. 괜찮겠느냐고 묻는 아내의 말에 남편은 안심하라는 듯 고개를 끄덕였다. 아내는 아기를 걱정했지만, 아빠는 아기를 위해 자원했다. 조금 더 가까운 거리에서 아름다운 새를 보여주고 싶었다. 아기를 품에 안은 채 아빠가 손바닥 위에 먹이를 올려놓았다.

동굴의 종유석과 석순, 바위 틈새에 앉아 있던 녀석들이 빠끔히 고개를 내밀었다. 인간을 피해 숨어 있으려던 모양인데 크게 소용없었다. 동굴이 어두울수록 사방은 별처럼 빛났으니까. 녀석들은 모르고 있었다. 자신들이 무엇을 지니고 있는지.

지구의 많은 생명체가 그랬다. 자신의 털가죽과 무늬, 뿔과 상아가, 발톱과 송곳니가, 날개와 단단한 껍질이 얼마나 아름다운지 알지 못했다. 그들은 풀숲에 숨어들고, 나무 위로 도망치고, 심장이 터질 듯 전력질주했지만, 인간은 지구 끝까지 쫓아왔다. 마지막 하나까지 벼랑 끝으로 몰아붙였다. 그들은 아름다웠고, 가치가 있었으며, 인간의 삶에 쓸모가 있었다. 지금 눈앞에 반짝이는 레인보우 버드처럼…

몇몇 녀석들이 허공을 향해 힘껏 날갯짓하더니, 그중 용감한 녀석이 인간 곁으로 날아왔다. 하지만 아무도 눈치채지 못했다. 남자의 손에 내려앉은 그 아름다운 깃털 속에 무엇이 숨어 있는지를. 인간의 쓸모에 의해 사라지고, 필요에 따라 탄생한 것들은 굳게 다짐했다. 이제 더는 쫓기지 않겠다고. 이번에 벼랑 끝으로 내몰리는 건 결코 우리가 될 수 없다고.

"무슨 소리야. 그 사업은 바로 끝냈다며. 레인보우 버드는…"

새들이 어떻게 되었는지는 굳이 얘기하고 싶지 않았다. 쓸모가 사라지다 못해 인간에게 위협을 가하는 존재의 최후는 늘 정해져 있었다.

"본부장님이 바이러스에 감염된 지 정확히 3개월 22일 만에 증상이 나타났습니다. 잠복기가 100일 정도 된다는 의미죠. 그사이 일반인들에게 세 번의 동굴 투어를 개최했습니다. 전부 홍보 목적이었습니다."

동굴 투어는 시작하기도 전에 막을 내렸다. 그 사업을 기획한 COO, 즉 운영총괄 부사장과 그녀의 남편인 본부장이 차례로 목숨을 잃었다. 그들의 몸에서 지금까지 발표된 적 없는 신종 바이러스가 발견되었는데, 그 원인이 무엇인지는 크게 고민할 필요가 없었다. 모든 계획은 당장에 백지화되었다. 레인보우 버드 복원 사업과 관련된 자료는 모두 폐기되었다. 그렇게 처음부터 존재하지 않았던 것처럼 모든 것을 지워버렸다. 비밀을 알고 있던 이들이 퇴사하거나, 해외 또는 더 먼 곳인 달로 거취를 옮겼다. 그런 와중에 홍보를 위해 예정돼 있던 이벤트 투어가 시작되었고, 그사이 동굴에 들어간 관광객 중 RB 바이러스 감염자가 생긴 것이다.

"바이러스에 걸린 사람은 그 아빠와 아기?"

"네."

"왜 두 사람만이야?"

보보가 초록색 눈동자를 반짝이며 더 자세한 정보를 찾기 시작했다. 마오가 손바닥에 배어난 땀을 바지에 닦았다. 긴장감으로 온몸에 열이 올랐다.

"아기 때문이라 나와 있습니다."

성체가 된 새는 손바닥에 앉아 먹이를 먹을 정도로 온순했다. 공격적인 쪽은 오히려 인간이었다. 더 정확히는 아빠 품에 안긴 아기가 그랬다. 단순한 호기심이었는지도 몰랐다. 아기가 레인보우 버드에 손을 뻗자, 놀란 새가 발톱으로 아빠의 손을 할퀴고서 거친 날갯짓으로 아기의 귀에 상처를 입혔다. 찰나의 순간이 지나고, 새는 곧바로 동굴 위로 솟구쳤다. 아빠는 손에 묻은 피를 습관처럼 혀로 핥았다. 아기 귀 뒤의 상처는 미처 발견하지 못했다.

"그때 레인보우 버드에게 상처를 입은 사람은 두 사람뿐이라 이거지?"

"세 사람이죠."

"왜? 아빠와 아기라며?"

"엄마도요."

"엄마는 왜?"

마오가 말을 멈추고 끙, 소리를 내뱉었다. 자신이 어떻게 감염되었는지 잊고 말았다. 남편이 바이러스 보균자고 그 사실을 전혀 몰랐다면, 아내 역시 감염될 확률은 100퍼센트였다.

"그래서 그 사람들은 어떻게 됐어?"

"부모는 모두 사망했습니다. 물론 약간의 시간 차는 있었습니다."

마오가 숨을 깊게 들이마시고는 다시 물었다.

"아이는."

보보의 눈이 또다시 초록으로 빛났다.

"모릅니다. 기록을 찾을 수 없습니다."

"죽었어?"

"그것조차 찾을 수 없습니다."

마오가 새하얀 얼굴을 쓸어내렸다. 문득 오방새 설화가 떠올랐다.

오방새의 원한이라 울부짖는 이도 있었다. 모든 이들이 죽은 건 아니었다. 그중 몇몇은 목숨을 건졌다. 어른들을 따라 동굴에 간 철부지들이었다. 어린것들은 고열을 앓기 시작했다. 사나흘 부모 속을 까맣게 태우고는, 거짓말처럼 자리에서 일어났다. 아무리 동굴의 저주라 해도, 어린 목숨은 지켜주는구나 싶었다. 하지만 수신을 경험한 아이들은 쉬 배앓이를 했다. 코피를 자주 흘렸고, 뼈가 굵어지지 않았으며, 쉽게 살이 오르지 않았다. 함께 태어난 또래보다 훨씬 명이 짧았다.

아이는 죽지 않았을 것이다. 대신 면역력이 비정상적으로 약해졌겠지. 그로 인해 각종 질병에 시달릴지도 몰랐다. 조금만 흥분하거나 스트레스를 받아도 몸에 무리가 올 테니까. 동굴의 저주가 어린 목숨은 지켜준다고 하지 않았나. 하지만 그것이야말로 진짜 저주가 아닐까. 오랫동안 인간들에게 보낼 경고의 메시지가 필요할 테니까.

마오가 자리에서 일어나 방을 서성였다. 새하얀 머리를 쓸어넘기다, 문득 한곳을 응시했다. 레인보우의 저주에서 살아남은 건 오직 한 명뿐이라 생각했다. 그런데 아닐지도 몰랐다. 실제로 동굴에 들어가 눈앞에서 레인보우 버드를 본 누군가가 여전히 살아 있었다.

'너를 위해 고용한 사람이 아니야. 마오 너랑 비슷한 문제를 가진 아이거든. 물론 정확히 너랑 똑같은 증상은 아니지만.'

진솔의 말은 사실일까. 마오가 풀썩 의자에 주저앉았다.

"미세한 신체 변화가 감지됩니다. 체온이 올라가고 호흡도 불안정합니다. 병원에 연락해 두겠습니다. 준비되면 다시 올게요. 그때까지 침대에 누워 편안하게 몸을 이완시켜 주세요."

보보는 평소보다 1.5배는 더 빠른 속도로 말했다. 그만큼 상황이 위급하다 느낀 것일까. 서둘러 돌아서는 보보를 마오가 멈춰 세웠다.

"아니야, 보보. 나 아프지 않아. 그냥 좀… 머리가."

"열이 납니다. 안색도 훨씬 창백해졌습니다. 생체리듬을 나타내는 그래프가 가파르게 치솟고 있습니다. 신체에 어떤 문제가 생겼음이 틀림없습니다."

"신체가 아니라 마음이야. 어쩌면 생각일 수도 있고."

머리가 아픈 건 사실이지만 단순한 두통은 아니었다. 마음속 평화가 깨진 것이다. 고여 있던 연못에 누군가 돌을 던졌고 잔잔했던 수면이 출렁이며 둥글게 동심원을 그려 나갔다. 불안이 높은 파고처럼 마음 곳곳에 밀려와 부딪혔다.

"심리적 요인이 신체에 끼치는 영향은 알고 있습니다. 다만 그 결과가 늘 같지 않다는 사실이 문제이지요. 한 달 전에 옥상에서 별을 관찰했죠. 그때 별똥별이 떨어졌습니다. 그 모습을 본 마오 님의 신체는 지금과 별반 다르지 않았습니다. 얼굴에 열이 났고, 심박수도 빠르게 뛰었죠."

생각해 보면 인간의 환희와 기쁨, 절망과 분노는 쌍둥이처럼 닮아 있었다. 온몸의 피가 머리로 몰리고 심장이 빨리 뛰며 정확히 무어라 형용할 수 없는 어지러운 감정에 휘말리니까.

"말했잖아. 인간은 기뻐도 울고 슬퍼도 운다고."

"전혀 다른 명령과 자극에 똑같은 반응을 보인다는 것이 잘 이해되지 않습니다."

"보보, 그건 나도 마찬가지야. 나 역시 전혀 이해되지 않아."

"마오 님은 인간이지 않습니까?"

"인간이니까 모르지."

마오가 대답했다. 보보의 얼굴에 커다란 물음표가 떠올랐다.

"제 프로그램만 업데이트할 게 아니라, 인간의 마음도 주기적으로 상향 조정이 필요합니다."

상향 조정까지는 필요 없을 것이다. 다만 깊게 들여다볼 시간이 필요했다. 기존의 불필요한 것들을 정리하고 새로운 생각과 감정을 내려받을 수 있다면, 이유 없는 불안으로 가득 찬 마음속 휴지통을 통째로 비울 수 있다면 얼마나 좋을까?

"병원에 연락 안 해봐도 될까요?"

보보의 커다란 두 눈이 세심하게 마오를 살폈다.

"괜찮아. 너무 늦었다. 그만 자야겠어."

숲속 집에서 서로에게 유일한 가족인 인간과 메이드봇은 그렇게 늦은 밤까지 이야기를 나눴다. 시간이 지날수록 이런저런 생각들로 머릿속이 뒤엉키고, 정체를 알 수 없는 기묘한 감정이 새벽안개처럼 차갑게 온몸을 휘감았다. 오늘은 쉽게 잠들 것 같지 않지만, 마오는 이쯤에서 대화를 끝내기로 했다.

"그럼 편히 쉬세요."

메이드봇이 몸을 돌려 문으로 움직였다. 커다란 바퀴가 부드럽게 굴러갔다.

"그런데 보보."

마오의 목소리에 나직한 모터 소리가 멈췄다. 바퀴는 정지한 채, 보보는 상체만 뒤로 돌아섰다.

"왜 이 이야기를 지금 하는 거야?"

레인보우 버드에 관해서라면 지금껏 수없이 물었고 진솔과 보보를 통해 그 결과를 보고 받았다. 그러나 부모님 외에 또 다른 감염자가 있다는 사실은, 그중 누군가가 생존해 있다는 충격적 진실은 오늘에서야 알게 되었다.

"응?"

마오가 다시 물었다. 보보의 초록색 눈이 반짝였다.

"처음 물으셨습니다."

"내가?"

이번에 눈동자를 부풀린 쪽은 마오였다.

"네. 레인보우 버드의 복원과 관광사업에 관해서만 물어보셨습니다. 부모님의 죽음과 그 후에 마오 님에게 일어난 일들에 대해서만 물어보셨죠. 또 다른 바이러스 감염자가 있었는지는 물어보신 적 없습니다."

"…"

"물론 감염 생존자에 관해서도 마찬가지입니다."

정말 한 번도 묻지 않았을까? 어쩌면 그랬는지도 모르겠다. 두 사람이 바이러스로 인해 사망한 후, 레인보우 버드의 관광사업은 완전히 끝나버렸다. 어떤 기록도 남지 않았다. 또 다른 바이러스 감염자에 대해선 아무런 정보도 찾을 수 없었다. 그 사업과 관련된 사람들이 줄줄이 회사를 떠나고 멀리 몸을 숨겼다. 언론에 새어 나갈까 철저하게 비밀에 부쳤다. 완벽한 증거까지 이렇게 숨어 살고 있지 않은가. 벌써 16년이라는 시간을 아무에게도 발각되지 않은 채, 죽은 듯 조용히.

보보의 말은 사실일 것이다. 아니다, 거짓일 수 없었다. 그런 구체적인 사건까지 물어보기에 마오는 많이 어렸다. 정확하고 논리적인 질문 대신 감정에 호소하는 투정이 많았겠지.

또 다른 감염자가 존재했다는 것도 그중 생존자가 있다는 사실도, 온통 생소한 이야기였다.

"네 말이 맞아. 내일 보자, 보보."

"편히 쉬세요."

보보가 문을 빠져나가자 두 개의 바퀴가 멀어져 갔다. 마오가 풀썩 침대에 몸을 뉘었다.

"잘 거야."

한마디에 취침 등이 켜지고, 그 외에 모든 전등이 꺼졌다. 천장에 별들이 반짝였다.

"누굴까?"

나무숲 사이로 어스름한 달빛이 스며들었다. 천장의 우주도, 택배 드론의 활공 소리도, 아래층에서 들려오는 보보의 움직임도 전부 꿈처럼 느껴졌다.

마오가 침대에 모로 누워 두 무릎을 끌어안았다. 진솔은 친구라 했다. 그 당시 아기였다면, 마오보다 연상일 것이다. 정말 만날 수 있을까. 혹여 원망을 듣지 않을까. 부모를 잃은 것도 바이러스 감염자가 된 것도 모두 너희 때문이라며 경멸의 눈빛을 보내면 어쩌지.

마오가 또 다른 감염자를 몰랐듯, 상대 역시 마오를 몰랐을 것이다. 진솔은 왜 갑자기 그 사람의 정체를 밝혔을까. 장난감과 게임으로는 더는 답답함을 달래줄 수 없는 열여섯이라서?

"어디에 있을까?"

공기정화 시스템이 완벽하게 가동되고, 위급 상황이면 곧바로 병원에 이송할 수 있는 숲속 집은 최첨단 감옥이라 해도 과언이 아니다. 하지만 배부른 투정에 불과했다. 만일 할아버지가 없었다면, 이렇듯 24시간 철저하게 보호받을 수 없었을 것이다. 금방이라도 부서질 듯한 작은 조각배 주제에, 열여섯 해나 침몰하지 않고 버틸 수 없었겠지. 그 이유를 마오도 모르지 않았다. 이 모든 것이 회장의 유일한 혈육이기에 가능하며 오직 자신만이 누릴 수 있는 호화로운 고독이라는 사실을.

만약에 같은 바이러스에 감염됐다면, 그 역시 평범하게 생활하기란 쉽지 않을 것이다.

"어디에 있을까…"

마오가 허공을 향해 손을 들어 보였다. 다섯 개의 마르고 하얀 손가락이 달빛에 반사되어 기괴하게 반짝였다.

합창 소리가 들려왔다. 피아노 선율에 맞춰 다 함께 노래를 불렀다. 화음이 아름다웠다. 열린 문틈으로 빛이 스며들자 따뜻하고 밝은 기운이 느껴졌다. 비강 가득 초콜릿의 달콤한 향기가 풍겨 왔다. 문 너머로 가려니 가슴이 두근거렸다. 달콤한 향기가 짙어지고 노랫소리는 점점 더 크게 들려왔다. 문을 밀고 나가려는데 누군가 손목을 낚아챘다. 강한 악력이 가슴까지 꽉 움켜쥐는 듯했다. '도망쳐야 해.' 본능이 먼저 소리쳤다. 벗어나려 버둥거

릴수록 노랫소리가 서서히 멀어져 갔다. 달콤한 향기와 부드러운 피아노 선율도 멈춰버렸다. '제발 놔줘.' 한마디가 얼음이 되어 목을 틀어막았다. 노래를 기억하려, 멜로디를 놓치지 않으려, 온 신경을 문밖에 집중했다. '안돼. 들어가게 해줘.' 사방은 짙은 어둠으로 물들고 거칠게 끌고 가던 손도 이내 사라졌다. 그 순간, 폭죽처럼 강한 불빛이 머리 위에서 쏟아져 내려왔다. 그 빛은 수백 개의 바늘이 되어 온몸에 내리꽂혔다.

"그만."

벌컥 문이 열리며 바퀴가 요란스레 움직였다.

"불 켜지 마."

마오가 소리쳤다.

"알고 있습니다."

누군가에게 맞은 듯, 온몸이 아팠다. 말아 쥔 손을 펴자, 손바닥에 손톱 자국이 선명했다. 얼마나 꽉 움켜쥐고 있었던 걸까? 대체 왜, 무엇 때문에 온몸이 빳빳하게 굳고 베개가 젖을 정도로 식은땀을 흘렸을까.

"또 악몽을 꾸셨나요?"

노랫소리와 향긋한 냄새까진 기억났다. 그 뒤의 기억은 흔적 없이 증발해 버렸다.

"모르겠어. 악몽인지."

커다란 손이 떠올랐다. 그게 뭐 어쨌다는 거야.

"보보, 아저씨에게는 얘기하지 마."

"삭제하시겠어요?"

이른 새벽 악몽에서 깨어났다. 새된 비명소리를 듣고 메이드 봇이 달려왔다. 모든 과정이 고스란히 소프트웨어에 기록되었을 것이다. 보보에게는 마오의 생체리듬을 24시간 체크하는 기능이 있었다. 갑작스러운 호흡곤란과 체온 변화, 그 밖에 몸에 나타나는 이상을 감지했다. 그 결과는 고스란히 진솔에게 보고될 것이다. 하지만 보보의 주인은 마오였다. 원한다면 얼마든지 삭제할 수 있었다.

"아니야. 그냥 잠에서 깬 것뿐이야. 신경 쓰지 마."

구형 메이드봇은 사용자를 한 명밖에 입력하지 못했다. 진솔은 분명 메이드봇 서비스센터를 통해 원격으로 프로그램을 다운로드했을 것이다. 그렇지 않고서야 제삼자가 보보의 소프트웨어를 바꿀 수는 없을 테니까.

'내 거예요. 할아버지가 날 위해 사줬다고요. 아저씨가 뭔데 마음대로 보보를 건드려요.'

'그럼 보보는 그냥 놔두고 새로운 메이드봇이 한 대 더 필요하다고 보고드릴까?'

'다른 메이드봇 필요 없다고 했잖아요.'

'이보세요, 도련님. 내가 매일같이 와서 너를 손수 체크해야겠니? 아니면 네가 아침마다 네 상태를 일일이 보고할래? 둘 중 마음에 드는 쪽을 택하시죠. 이 고집불통 도련님아.'

이쯤 되면 아무리 고집 센 마오라도 한발 물러설 수밖에 없었다. 새로운 메이드봇을 들이느니 차라리 보보에게 사용자 헬스케어 시스템을 다운로드하기로 했다. 위급 상황이 아닌 경우, 진솔에게 실시간으로 전송하는 기능은 차단했다. 덕분에 원한다면 얼마든지 기록을 삭제할 수 있었다. 진솔이 메이드봇 프로그램을 허락 없이 업데이트하는 것처럼, 마오 역시 보보의 기록을 멋대로 편집했다. 그것이 두 사람, 마오와 진솔 사이에 암묵적으로 통하는 규칙이었다.

"따뜻한 차를 내오겠습니다. 마음을 진정시키고 숙면하는 데 도움이 되실 거예요."

보보가 바퀴를 돌려 1층으로 내려갔다. 꿈은 백사장에 써놓은 메시지 같았다. 읽으려는 찰나에 파도가 밀려와 지워버렸다. 어지럽게 뒤섞인 기억들이 파장을 일으키며 심장을 건드렸다.

1층으로 내려간 보보가 서둘러 돌아왔다. 쟁반 위에 유리컵이 놓여 있었다.

"알맞은 온도가 되었어요. 뜨겁지는 않으실 겁니다."

투명한 컵 속에는 꽃이 떠 있었다. 하얀 꽃잎에 파란색 무늬가 인상적이었다. 마치 수면 위에 물감을 풀어놓은 듯 화려했다. 늘 마시던 캐모마일이나 라벤더가 아니었다.

'뭐야?' 마오가 눈으로 물었다.

"시계꽃 차예요. 정신적 불안감을 줄이는 데 좋습니다. 숙면에 도움이 되실 거예요."

"시계꽃?"

"꽃 모양이 시계처럼 생겼다 해서 유래된 말입니다."

마오가 천천히 한 모금을 마셨다. 입 안 가득 화한 향이 번져 나갔다.

"이 차를 마시면 시간을 이동했으면 좋겠어."

"어디로요?"

타임머신처럼 원하는 시간대로 갈 수 있다면 언제로 돌아가야 할까? 아버지가 레인보우 버드에 손을 다치기 전? 그 새를 복원하기 전? 엄마가 새 관광사업을 구상하기 전? 마오가 태어나기 전? 아니, 인간들이 멸종동물을 복원할 수 있는 기술을 터득하기 전? 동물을 멸종시키기 전으로? 어쩌면 인간이 진화하기 이전으로 가는 게 좋지 않을까?

"모르겠어."

"식기 전에 더 드세요."

차 한 모금에 온몸이 나른해지며 마음이 편안하게 진정되었다. 바깥은 깊은 어둠 속에 잠겨 있었다. 긴장이 사라지자 서서히 졸음이 몰려왔다.

"보보."

"예, 마오 님."

메이드봇의 형상이 눈앞에서 조금씩 이지러졌다.

"너 업데이트돼도 변한 건 없지?"

보보가 초록색 눈동자를 반짝였다.

"프로그램이 약간 변할 뿐입니다."

"…"

"그뿐입니다."

마오가 눈을 감았다. 보보의 바퀴 소리가 조금씩 멀어져 갔다.

◆ ◆ ◆

"우리 도련님이 눈치를 채셨다? 하긴 세상에 완벽한 비밀이란 없지. 처음부터 그랬어. 사건이 새어 나가지 못하게 원천 봉쇄를 한 건 아니었으니. 슬금슬금 빠져나가는 정보를 돈으로 막은 거지. 이제 더는 꼬꼬마가 아니라는 거군. 많이 크긴 컸어. 그 오랜 시간 집에만 틀어박혀 있었으니 할 수 있는 한 뭐든지 들쑤셔 보고 싶었을 거야."

그 아이가 알아차렸다. RB 바이러스에 노출된 사람이 혼자가 아님을, 또 다른 생존자가 존재한다는 사실을 말이다.

"만나고 싶어 합니다."

비가 말했다. 에이가 손끝으로 관자놀이를 긁적였다.

"회장님은 뭐라 하셔?"

"회장님이 직접 지시를 내렸습니다."

에이는 자신의 두 귀를 의심했다. 누가 무엇을 지시했다고? 그 아이의 존재를 일부러 밝히라 했단 말인가? 물론 비가 괜한 이야기를 하지는 않을 것이다. 회장이 직접 명령했다는 건, 틀림없는 사실일 테다. 대체 왜? 그 오랜 시간 숨겨왔던 비밀을 다른 누구도 아닌, 손자에게 털어놓으려는 걸까.

"뭐야. 그럼 진짜 둘을 만나게라도 하겠다는 거야?"

"네."

"미쳤군."

에이가 자리에서 벌떡 일어났다.

"갑자기 왜?"

"그건 저도 알 수 없습니다."

그가 회장의 마음을 알 리 없었다. 그건 에이도 마찬가지였다. 다만 한 가지만은 확실했다. 회장이 아무 이유 없이 명령을 내리진 않았을 것이다.

"뭔가 새로운 실험을 하고 싶은 모양인데."

에이가 인중과 턱 사이에 손가락을 얹었다. 답이 빤한 공식은 재미없었다. 에이가 RB 바이러스에 매달리는 이유도 비슷했다. 전혀 예측할 수 없는 녀석들이었고, 기존의 공식으로는 그 어떤 답도 도출할 수 없었다.

실험의 시작은 언제나처럼 단순했다. RB 바이러스를 실험용 쥐에 투여하자, 감염되는 즉시 쥐들이 죽어나갔다. 그중 몇몇 녀석에게서는 특정 항체가 분비되었고, 그렇게 RB 바이러스를 공격할 수 있는 기본적인 탄환이 만들어졌다. 이제 게임은 끝났다. 항체를 인공으로 배양해 생산하면 RB 바이러스의 치료제는 완성된다. 하지만 문제는 그때부터였다. RB 바이러스에 감염된 쥐들은 제각기 다른 증상을 보였다. 어떤 쥐는 털이 빠지는가 하면,

또 다른 쥐는 온몸에 물집이 생겼다. 다른 쥐는 열꽃이 피어 죽어 갔다. 에이는 그 사실을 뒤늦게서야 눈치챘다. 쥐에게서 각각 다른 변종바이러스가 발견된 것이다. 에이는 그 즉시 항체를 인공 배양하여 RB 바이러스에 감염된 다른 쥐에게 투여했다. 결과는 충격적이었다. 치료제를 맞은 쥐들이 엄청난 부작용을 일으키며 모조리 죽어버렸다. 빠르게 변종을 퍼트린 바이러스에 한 종류의 치료제가 먹힐 리 없었다.

변종이 잘 생기는 바이러스엔, 하나의 항체는 무용지물이었다. 결국 다른 항체들을 섞어 치료제를 만들어야 했다. 여러 가지 술을 섞어 만드는 칵테일처럼. 지금까지 에이가 만들어 낸 칵테일 항체만 해도 수십 종류였다. 그러나 어떤 것도 완벽하게 RB 바이러스만을 공격하지 못했다. 부작용은 생각보다 심각했고 그에 따른 위험도 컸다. 어쩌면 당연한 일인지도 몰랐다. RB 바이러스는 숙주에 침투하기 무섭게 새로운 옷으로 갈아입었다. 적에게 침투한 스파이처럼 기존의 모습을 버리고 새롭게 탈바꿈했다. 거듭된 실험에서 이미 답은 나와버렸다. 비록 치료제를 만든다 해도, 모든 쥐에게 효과가 있는 것은 아니었다.

동굴에 다녀왔던 누군가는 하루아침에 노인이 됐다. 어떤 이는 검붉은 피를 토해냈다. 또 다른 이는 온몸에 종기와 부스럼이 일어났다. 눈이 먼 이도 있었다. 그렇게 모두 서서히 죽어갔다.

"말했잖아. 단순한 설화가 아니라니까. 이보다 더 과학적인 기록이 어디 있어. 오방새의 저주는 말이야, 정확한 사실에 근거한 한 편의 과학 논문이라고."

실험 결과만 놓고 보자면 답은 의외로 간단했다. 개개인을 위한 맞춤형 치료제를 개발하라는 뜻이었다. 똑같이 RB 바이러스에 감염되더라도 철수와 영희는 각각 다른 치료제가 필요했다. 철수에게 맞춘 치료제를 함부로 영희에게 투여할 수 없었다. 그건 혈액형과 비슷한 논리였다. 각각의 혈액형별로 수혈받을 수 있는 피가 다르니까. 다만 RB 바이러스에 누가 어떤 반응을 보이는지는 몇 가지 실험으로 파악 가능했다. 그러나 지금까지의 연구로는 충분한 데이터를 수집하지 못했다. 완벽한 결과를 위해서는 수많은 사람이 바이러스에 감염되고 각각의 특이 증상을 수집해야 하는데, RB 바이러스는 아직 세상에 알려지지 않은 비밀 폭탄이었다. 지구상에 살아가는 인간으로서는 다행한 일이지만, 바이러스에 반쯤 미쳐 있는 연구원에게는 다소 안타까운 현실이었다.

"갑자기 무슨 말씀입니까?"

비가 물었다. 에이가 아니라는 듯 고개를 저었다.

"아니야. 그 집 일이니까. 나는 특별히 상관할 것 없지 않아? 그냥 연구실에서 틀어박혀 있으면 그만이잖아. 물론 회장님이 이쯤 해서 모든 연구를 접자고 하진 않으실 거야. 그러려면 이미 오래전에 그만뒀겠지. 이제 거의 다 왔다는 사실은 누구보다 가장 잘 아시니까. 시간이 오래 걸렸지만, 결국 조금씩 양쪽 시소의 균형을 맞춰놓았어."

개개인을 위한 치료제를 만들 수 없다면, 방법은 한 가지뿐이었다. 영희와 철수 둘의 상태를 강제로 똑같이 맞추면 그만이었다. 윤리적으로는 말이 되지 않았다. 그런데 윤리를 판단하는 것도 엄연히 인간이었다. 윤리나 도덕 따위, 얼마든지 잘게 부숴 새 모이로 던져줄 수 있었다. 그것이 인간이 가진 아이러니였다.

"비인간적이라는 것 말이야. 그것만큼 가장 인간적인 말도 없지 않아?"

회장은 뼛속까지 사업가였다. 밑지는 장사는 절대 하지 않았다. 다만 에이는 궁금했다. 대체 갑자기 왜 그 아이의 존재를 밝히려는 것일까. 꼭 움켜쥐고 있던 마지막 패를 왜 보여주려 하는 것일까.

"내일이라 들었습니다."

비가 말했다. 에이가 허공에 홀스크린을 띄우고는 영상을 재생시켰다. 날짜는 이틀 전으로 기록되어 있었다. 녹화 시간은 새벽 0시 25분부터 35분까지 10분간이었다. 어젯밤 강 회장으로부터 날아온 파일이었다.

"알아. 잘 모셔야지."

에이가 이렇게 대답하고는 잠시 생각에 잠겼다.

"아마 고매하신 도련님께 보여주려는 모양이야."

"무얼 말씀입니까?"

에이가 흘낏 비를 곁눈질했다.

"세상 돌아가는 이치."

비는 아무것도 묻지 않았다. 하지만 에이는 느낄 수 있었다. 회장이 모든 것을 공개하려는 의도를. 이제는 털어놓아도 된다 생각했을까. 다 보여줘야만 한다고. 그래야 자신이 어떤 위치에 있으며 어떤 눈높이로 살아가야 하는지 깨달을 테니까.

"과연 우리 도련님이 그 이치를 잘 이해하실까 모르겠네."

최 교수는 습관처럼 말했다. 무언가를 얻기 위해서는 딱 그만큼의 희생이 필요하다고. 에이는 그 생각이 마음에 들었다. 그것이 세상이 돌아가는 순리이며 우주의 법칙이니까. 이 명징한 원칙을 모르는 사람은 없었다. 다만 그 희생에 자신은 포함되지 않는다는 믿음이 전제돼야 했다.

"회장님은 그걸 보여주고 싶으신 거야. 잃는 게 자칫 네가 될 수도 있다고."

마지막에 모든 것을 잃게 되는 건 누구일까? 생각해 보면 해답은 의외로 간단했다. 아무도 정답을 들여다보지 않을 뿐이다. 에이가 자리에서 일어나 바지 주머니에 손을 찔러 넣었다. 휴지와 볼펜, 떨어진 단추 사이에서 바스락거리는 소리가 들려왔다. 에이가 주머니에서 종이 한 장을 꺼내 들었다.

"그게 뭡니까?"

비가 물었다. 에이가 어깨를 으쓱해 보였다.

"내 행운을 시험해 보고 싶었거든."

행운의 주인공은 이미 정해졌는지도 몰랐다. 그럴 소지가 다분했다. 세상에는 눈에 보이지 않고 손에 잡히지 않을 뿐 엄연히 존재하는 것이 있었다. 공기와 바이러스, 그리고 숨길 수 없는 진실이 바로 그것이었다.

비의 눈동자가 종이를 향했다. 에이가 그것을 구겨 쓰레기통에 넣어버렸다.

"비웃지 마. 당첨될 리 없다는 거 잘 아니까."

비는 감정 없는 표정으로 그 자리에 서 있었다.

"비웃지 않았습니다."

"가끔은 상대도 비웃고 그래야, 사는 게 재미있지."

에이의 시선이 비의 얼굴을 지나 목으로 내려왔다.

"허구한 날 양복 차림. 지겹지도 않아?"

"회장님이 원하십니다."

꼬장꼬장한 성격답게 강 회장은 스타일마저 고지식했다. 그것이 그의 진짜 힘임을 에이는 모르지 않았다. 자신이 원하는 것이, 지정한 장소에, 명령 내린 모습대로 있어야지만 직성이 풀리는 인간. 그 완벽한 사람이 어쩌자고 아이의 존재를 들켰을까? 혹여 일부러 흘린 것은 아닐까?

"그런데 왜 늘 파란색 넥타이야?"

"이것 역시 회장님의…"

에이가 재빨리 손을 들어 보였다. 그만하라는 몸짓에 비가 입을 닫았다.

"아니. 왜 파란색인지는 내가 더 잘 알고 있어."

홀스크린 속 남녀의 얼굴은 수도 없이 확인했다. 덕분에 눈썹 한 올까지 머릿속에 쾅쾅 각인되었다. 본부장이 메고 있던 넥타이와 비의 것이 똑같은 건, 그저 우연의 일치일까?

"그 넥타이 아주 잘 어울린다고."

에이가 휘파람을 불며 문으로 걸어갔다. 낡은 슬리퍼가 까딱까딱 소리를 내며 끌려갔다.

4장

星

검사는 늘 똑같았다. 뇌를 스캔하고 뼈를 확인하고 각종 장기를 체크했다. 마지막으로 혈액검사를 했다. 손끝에 맺힌 붉은 피를 보며, 마오는 입술을 깨물었다.

"아파?"

이 선생님이 물었다. 마오가 배시시 웃었다.

"전혀요."

숟가락을 손에 쥐기도 전부터 바늘과 먼저 친해졌다. 피 한 방울 내는 정도야 일도 아니었다. 지금보다 어릴 때는 다리에서 채혈하기도 했고, 머리에 링거를 꽂은 적도 있었다.

"내 기술이 좋다는 의미겠지? 하지만 통증이 전혀 없어도 문제야."

선생님이 고른 치아를 내보이며 웃었다. 진솔이 늙지 않는다면, 선생님은 다른 의미에서 한결같았다. 하나로 질끈 묶은 머리에 목이 다 늘어난 티셔츠, 보풀이 일어난 낡은 바지에다가 천진한 웃음까지. 처음 봤을 때와 조금도 달라지지 않았다. 외모는 늘 잠에서 막 깬 것처럼 부스스하고 초췌했지만, 의학에서 약학까지 두루 섭렵한 일명 천재로 손꼽혔다. 선생님을 만날 때면 마오는 어쩐지 편안했다. 보보에게서 느끼는 것과는 또 다른 감정이었다. 같은 인간이라는 것, 굳이 말하지 않아도 상대의 기분을 읽을 수 있다는 것. 그것이 공감이라는 사실을, 마오는 선생님을 통해 배웠다.

"기분은 어때?"

"선생님과 비슷해요."

지친 눈이 잠시 허공을 더듬었다. 그렇게 상대의 대답 안에 숨은 뜻을 찾는 듯했다.

"이 늦은 시각까지 퇴근도 못 하고 환자를 봐야 하는 기분과 아주 흡사하다고요."

마오에게 낮 동안의 이동은 금물이었다. 병원은 늦은 밤에나 올 수 있었다. 자연스레 누군가도 원치 않은 야근에 당첨되었겠지.

"나 지금 엄청 신중하게 대답해야 하는 거지?"

"그냥 솔직하면 돼요."

"그럼 솔직하게 말할게. 이렇게라도 마오 얼굴 보니까 나야 정말 좋지. 지난번보다 몸무게도 1킬로그램 늘고 그사이 키도 더 컸어. 얼마나 대견해?"

빈말일지라도 기분이 제법 좋았다. 누군가 자신을 보고 싶어 했다는 대답이, 마오를 기쁘게 했다. 그러나 애써 모른 척했다. 일일이 감정을 내비치는 건 어쩐지 유치하게 느껴지니까. 열여섯은 그런 나이다.

"반응이 왜 이렇게 미적지근해? 사람이 진심을 말하는데."

선생님이 밉지 않게 눈을 흘겼다.

"그럼 오늘 컨디션은 괜찮은 걸로 알고 시작해 보자. 지난번 항생제가 나쁘지 않았나 봐. 폐에 남아 있던 곰팡이가 많이 좋아졌어."

"누가 알면 시험이라도 본줄 알겠어요. 나 합격이에요?"

"합격?"

선생님의 입가에 흐릿한 미소가 지나갔다.

"아직은 장담 못 해. 그래도 특별 부상은 기대해."

"됐어요. 저 열여섯이고 곧 열일곱 돼요. 사탕이랑 초콜릿 때문에 오는 거 아니거든요."

머지않은 과거에는 오직 간식을 위해 병원에 왔었다. 초콜릿 때문에 주사를 맞았고 과자 하나에 얌전히 쓴 약을 삼켰다. 숲속 집에서는 간식이 허용되지 않았다. 견과류와 말린 과일, 보보가 만들어 준 감자칩이 전부였다. 툭하면 여기저기 말썽인 몸이었다. 화학첨가물이 들어간 과자도, 과한 조미료를 넣은 음식도 금물이었다. 하지만 마오는 인간이었다. 사탕 한 알이나 과자 하나에 영혼도 팔 수 있는 꼬꼬마였다. 주사는 아프고 약은 썼다. 무섭고 이상한 기계 속에 1시간 가까이 갇혀 있어야 했다. 그럼에도 병원행은 나쁘지 않았다. 모든 시간을 견딘 후에는 상이 주어졌으니까.

"너야말로 됐거든. 고작 열여섯인 주제에. 지난번에 왔을 때 말했던 초콜릿 쿠키. 요즘 인기가 엄청나서 어딜 가든 품절이야. 마오 너 주려고 편의점을 몇 군데 돌아다녔는지 알아? 인터넷으로는 주문도 안 돼. 상품 올리기 무섭게 품절돼서. 겨우겨우 구했는데, 싫으면 말고."

입소문을 타고 인기가 빠르게 번진 쿠키 얘기였다. 한 번쯤 먹어보고 싶은데, 밖으로 나갈 수도, 인터넷으로 주문할 수도 없었다. 진솔에게 부탁해 봤자 몸에 안 좋다는 빤한 대답만 돌아올 것이다. 그 잘난 헬스케어 프로그램 덕분에 보보에게도 통하지 않았다. 그러니 어쩔 수 있나. 선생님에게 몰래 부탁하는 수밖에.

"선생님."

"쿠키 맛보고 싶지? 그러게 갑자기 왜 어깨에 힘주는데? 확 내가 다 먹어버릴까 보다."

"쿠키는 선생님 드세요. 대신 저 오늘 다른 부탁이 있어요."

"그새 또 다른 신상품이 나온 거야? 아 진짜… 간신히 구했는데."

물으면 대답해 줄까? 선생님도 모르지 않을까? 마오가 초조한 표정으로 입술을 잘근거렸다.

"RB 바이러스에 감염된 사람 저 말고 또 있죠?"

한마디에 선생님의 얼굴에 머물던 표정이 사라졌다.

"뭐야, 쿠키 얘기하다 갑자기 무슨 소리를. 당연히 너 말고도 있었지. 설마 마오 네가 어떻게 이 바이러스에 감염됐는지 잊어버리진 않았겠지?"

진솔도 알고 있는 사실을 마오의 주치의가 모를 리 없었다.

"저희 부모님 말고 또 있었잖아요. 두 사람 발병 전에 동굴에 다녀간 사람들."

선생님은 애써 웃으려 했지만, 한번 굳어진 얼굴은 좀처럼 풀리지 않았다. 당혹스러운 표정이 대답을 대신했다.

"갑자기 그게 무슨…"

"그 당시 바이러스에 감염된 사람 중에 어린아이가 있었죠?"

"…"

"그리고 여전히 생존해 있을 거예요, 저처럼."

혹시 이곳에 와본 적 있을까. 어떤 모습일까. 나처럼 온몸이 하얗게 변했을까. 이런저런 생각들이 마오의 머릿속을 헤집어 놓았다. 머리카락을 단정하게 빗듯 뇌도 깨끗하게 정리되었으면 좋겠다. 보보처럼 머릿속을 리셋할 수만 있다면.

여름 휴가철이면 적지 않은 사람들이 달로 떠난다. 머지않아 화성으로의 첫 이주가 시작될 것이다. 자신들의 유희와 생존을 위해 이토록 너른 우주를 정복한 인간이었다. 그런데 고작해야 1,400그램밖에 되지 않는 뇌는 여전히 어찌할 수 없었다. 그 주인조차 마음대로 할 수 없잖은가.

"만약에 살아 있다면 선생님이 모를 리 없어요. 선생님이 이 바이러스 연구에…"

"강마오."

선생님이 싸늘한 목소리로 입을 열었다. 평소답지 않은 엄한 모습이 오히려 마오를 자극했다. 무언가 있는 것이다. 이곳에서 그가 모르는 어떤 일들이 일어나고 있었다.

"나는 연구원이기 이전에 의사야. 나름의 의료윤리가 있어. 함부로 다른 사람을 입에 올릴 수 없는 거 이해해 줘."

"하지만."

"하지만 뭐? 너는 들을 권리가 있다는 거야? 어째서?"

네 마음 따위 훤히 읽을 수 있다는 노골적인 시선이 마오의 가슴을 베어냈다. 의사는 다른 환자의 정보를 공개할 수는 없었다. 비록 그렇다 한들 상황이 특수하지 않은가.

"혹시 다른 이유가 있으신 거예요?"

그게 뭐냐고 묻듯 선생님이 소리 없이 쳐다보았다.

"할아버지."

그 말을 끝으로 두 사람은 침묵했다. 생각보다 무겁고 숨막히는 고요였다. 할아버지의 명령 때문이라 생각했다. 선생님의 무엇을 잘못 건드린 것일까. 아무리 생각해도 답이 떠오르지 않았다. 마오가 하얀 두 손을 꼼지락거렸다. 주먹을 꽉 움켜쥐자 파란 혈관이 튀어나왔다.

그 순간 선생님이 싱거운 웃음을 터트렸다. 어색한 침묵이 공기 중으로 가볍게 흩어졌다.

"강마오 정말 많이 컸네."

"…"

"세상이 어떻게 돌아가는지도 다 알고."

선생님이 짓궂은 표정으로 한쪽 눈을 찡긋해 보였다.

"네가 어떤 위치라는 것도 잊지 않고 말이지."

호수에 던져진 돌멩이처럼 마음이 무겁게 가라앉았다. 그런데 정확히 왜 기분이 나쁜지는 알 수 없었다. 다만 한 가지만은 확신할 수 있었다. 선생님은 절대 아무것도 말해주지 않으리란 사실.

"알고 싶으면 회장님께 직접 물어."

"저는 단지…"

"그게 더 확실하고 빠르지 않을까?"

선생님이 뒤돌아 채혈 도구를 준비했다. 하고픈 질문이 많았지만 아직은 물을 때가 아닌 듯 보였다. 선생님의 말처럼 마오는 더 이상 꼬마가 아니었다. 그 정도 눈치는 있었다.

선생님이 소독약으로 팔뚝을 닦아냈다. 수백 번 반복한 일인데도 섬뜩한 느낌은 절대 익숙해지지 않았다. 차가운 알코올 때문이리라 마오는 스스로를 달랬다.

"요즘도 악몽 꾸니?"

"네?"

"합창 소리 말이야."

뾰족한 통증이 팔뚝을 지나 머릿속까지 파고들었다.

"힘 빼. 바늘 부러져."

악몽을 얘기한 적이 있었나? 오래전부터 시작된 꿈이었다. 지나가는 말로 이야기했을 수도 있었다. 하지만 콕 집어 합창이라 말한 적은 없었다.

"선생님이 어떻게 그걸…"

"몰랐구나? 나, 가끔 네 꿈에도 찾아가는데."

선생님의 또다시 짓궂은 미소로 말했다. 마오가 얼굴에 표정을 지우고는 동그란 두 눈과 마주했다. 때론 침묵이 백 마디 질문보다 더 효과적일 때가 있는데 바로 이런 상황이다.

"알았어. 장난할 기분 아니라는 뜻이잖아. 그렇게 보니까 무섭네, 우리 마오?"

"더 무서워지는 거 보고 싶으세요?"

선생님이 알았다는 듯 두 손을 들어 보였다.

"예전에 네가 악몽 때문에 힘들어한다고 보고받았어. 여기서 하룻밤 자면서 뇌파 검사했는데, 오래전 일이라 기억나지 않겠지만… 어쨌든 새벽에 뇌파가 불안정해졌고 잠에서 깬 네가 합창소리가 들린다며 울었어."

정확히 언제부터 시작됐는지 알 수 없었다. 이곳에 언제부터 출입했는지 기억나지 않는 것처럼. 아무리 오래전이라 해도, 뇌파 검사를 받은 기억은 전혀 떠오르지 않았다. 만약 선생님이 알고 있다면, 진솔도 모르지 않겠지. 보고를 받았다는 것이 그 증거였다. 그런데 왜 지금까지 두 사람 모두 악몽 이야기는 꺼내지 않았을까?

"그 얘기를 왜 갑자기 하느냐고?"

선생님이 마오의 마음을 꿰뚫어 봤다.

"그 이후론 네가 악몽 때문에 잠을 못 잔다는 소식은 없었거든. 그래서 잊어버렸지."

"…"

"말 그대로 갑자기 생각난 거야. 오늘 너 좀 피곤해 보여서. 요즘은 어때?"

싱긋이 웃는 얼굴이 눈앞에 있었다. 마오가 하얀 손으로 목 뒤를 어루만졌다. 온몸에 오스스 소름이 돋았다. 차가운 알코올과 최상의 공기정화 시스템이 유독 서늘하게 느껴졌다. 겨울이 깊어가고 있었다.

혈액을 채취한 다음엔 몇 가지 검사를 했다. 이 선생님은 언제나처럼 실없는 농담을 했지만, 마오는 오늘따라 선생님의 웃는 얼굴이 낯설게 보였다.

이질적인 건 어쩌면 상황뿐인지도 몰랐다. 또 다른 RB 바이러스 보균자가 있다는 사실, 마오를 제외한 사람들이 그를 알고 있다는 것. 한꺼번에 너무 많은 정보가 그야말로 쏟아져 나왔다. 그러나 정작 마오가 할 수 있는 일은 아무것도 없었다. 왜 지금껏 아무도 이야기해 주지 않았을까? 다른 건 차치하더라도 감염자에 대한 간단한 정보만이라도 알고 싶었다. 그러나 선생님은 의료윤리를 운운할 것이며, 진술 역시 함구할 것이다. 방법은 하나밖에 없었다. 할아버지는 지금 어디 있을까?

"나한테 특별하게 넘어온 이상 반응 보고는 없는데, 간밤에 혹시 열이 나거나 가슴 통증 있었어? 기침은 괜찮았지?"

마오가 대답 대신 길게 한숨을 내쉬었다.

"햇빛 알레르기는요? 저 인간 되고 싶다고 했잖아요."

미세먼지는 크게 문제될 것 없었다. 투명한 전자 마스크가 있으니까. 그러나 햇볕에 화상을 입지 않으려면 온종일 셰이드 슈트를 입어야 했다. 마오에겐 무엇보다 햇빛 알레르기 치료가 시급했다.

"미안해. 그게 지금 여러 시도를 하는 중인데, 좀처럼 진행이 더디네."

그 말을 끝으로 선생님이 얼굴에 그늘을 드리웠다. 안 하는 것이 아니라 못 하는 것뿐이다. 치료제 개발 과정에서 얼마나 많은 실패를 경험했는데, 천재도 어쩔 수 없다는 비아냥까지 듣지 않았는가. 어떻게든 방법을 찾으려 분투하는 사람에게 괜한 투정을 늘어놓은 셈이었다.

"죄송해요. 그런 뜻이 아니라…"

마오의 시선이 힘없이 발끝으로 떨어졌다.

"됐어. 틀린 말 한 것도 아니잖아. 우선 컨디션은 나쁘지 않지? 그럼 시작하자. 소매 걷어."

불빛 아래 앙상하고 창백한 팔이 드러났다.

"맞고 나면 사나흘 몸살기가 있을 거야. 우선은 병실 준비해 됐는데. 입원할래?"

"아니요. 집에 갈래요. 그게 편해요."

"무슨 일 있으면 바로 연락해."

따끔한 통증과 함께 팔과 어깨까지 뻐근하게 저려 왔다.

"무슨 약이에요?"

"이번에 새로 개발된 항바이러스 치료제야. 우선 1차 접종하고 경과 지켜보자. 잘되면 지긋지긋한 폐와 심장 통증도 사라질거야."

상태를 지켜보면서 기다리자는 말, 지금까지 너무 많이 들어왔다. 하지만 결과는 늘 좋지 않았다. 그때마다 좌절했지만, 실은 마오도 모르지 않았다. 지금까지 숨이 붙어 있는 건 어찌 됐든 더딘 치료 덕분이란 사실을.

"오늘은 여기까지."

선생님이 두 손을 짝 맞부딪쳤다. 벌떡 자리를 털어내자 눈앞이 하얗게 부서지며 어지럼증이 느껴졌다. 약 기운이 벌써 나타나는 걸까?

"괜찮아?"

선생님이 물었다. 마오가 간신히 고개를 끄덕였다.

"뭐야. 너무 반응이 없는데? 지금 네 몸속에 어마어마한 슈퍼 신약이 들어갔단 말이야."

한때는 주사 한 방이면 깨끗이 완치될 줄 알았다. 무더운 여름 뜨거운 해변을 뛰어다닐 수 있으리라 믿었다. 침대 위에서 방방

뛰며 베개 싸움을 하고, 새하얀 눈밭을 뒹굴 수 있으리라 기대했다. 하지만 그 소박한 바람이 무너지는 데에는 그리 오랜 시간이 걸리지 않았다. 비단 마오만의 절망은 아니었다. 선생님과 할아버지 두 사람이 공들여 쌓아 올린 희망과 기대가 동시에 무너져 내렸다.

"흥분은 금물. 누가 말했죠?"

"과한 흥분은 금물이지만, 너무 반응 없는 것도 맥 빠져."

선생님이 마오의 어깨에 두 손을 얹었다.

"이번에는 제발 부탁한다."

"저도요."

"머지않았어. 끝이 보여. 처음부터 하나하나 다시 해결하자고."

그래, 우선 하나씩 해결해야 한다. 한 가지는 확실했다. RB 바이러스 감염자가 혼자가 아니라는 것. 또 다른 생존자가 존재한다는 것. 베일에 싸인 누군가를 선생님과 진솔, 그리고 할아버지도 알고 있다는 사실 말이다. 벽시계의 초침이 빠르게 움직였다.

"마오야, 너 국어 잘해?"

시간을 체크하며 선생님이 물었다.

"국어는 갑자기 왜요?"

"나 낱말 퍼즐 좋아하잖아. 킬링 타임용으로 그만이야. 그런데 오늘 마지막까지 안 풀리는 단어가 있어서."

천재들은 심심풀이할 때조차 머리를 써야 하는 걸까?

"뭔데요?"

마오가 물었다.

"눈앞에 없던 사람이나 물건이 잠깐 보였다가 사라져 버리는 현상."

"그게 뭐예요? 환영? 신기루?"

선생님이 콧잔등을 찡그리며 고개를 저었다.

"그렇게 간단하면 내가 묻겠니? 순우리말이래. 가로에 곡예사가 나왔으니까. 곡으로 시작하는 세로 두 글자야."

"선생님도 모르는 걸 내가 어떻게 알아요? 그냥 사전 찾아보세요."

"혹시나 했다."

싱거운 잡담을 나누는 사이 이상 반응 체크도 끝났다. 두 사람이 병실을 나와 나란히 복도를 걸었다. 한 무리의 새처럼 밤하늘에 드론이 날아다녔다. 인간은 이미 자신들만의 반디 새를 만들었다. 날카로운 발톱과 부리가 없는, 인간에게 전혀 해를 끼치지 않으며 밤이면 색색으로 반짝이는 것들을 탄생시켰다. 멀리 건너편 건물 옥상에 홀로그램 전광판이 반짝였다.

"아, 맞다. 화성 복권. 한국 당첨자는 내일 아침에 생방송으로 발표한다고 했지?"

창밖으로 보이는 전광판에는 화성 복권 광고가 한창이었다.

"선생님도 화성 복권에 관심 있어요?"

"당연하지. 혹시 내가 내일부터 연락 안 되면 화성 가는 줄 알아."

화성 복권은 전 세계인의 관심사였다. 당첨되면 화성행 우주선을 가장 먼저 탈 수 있었다. 곧 완공될 화성 거주 지역에 입주할 수도 있었다. 모두들 새로운 출발을 원하지만 막대한 비용이 문제였다. 과감히 지구를 떠날 수 있는 용기도 필요했다.

"화성 제1거주자가 되고 싶으세요?"

선생님이 가볍게 어깨를 으쓱했다.

"첫 번째 거주자가 되는 건 위험 부담이 따르긴 하지. 아직 민간인이 살아본 적은 없으니까."

"그런데 복권은 왜…"

"야, 산다고 다 되냐? 나 행운의 여신과 결별한 지 꽤 된다."

행운의 여신과 결별했다는 것은 분명 치료제 개발 실패를 의미했다. 그 생각이 들자 마오는 괜스레 미안해졌다.

"혹시 너는 그런 생각 해본 적 없어?"

선생님의 시선이 홀로그램 전광판에 닿았다.

"이 복권의 당첨자가 이미 정해져 있다는 생각. 화성에 갈 사람들은 이미 오래전에 결정이 된 거지."

"왜요?"

마오가 물었다.

"화성 거주지에 미리 살아볼 테스터가 필요하니까. 지금까지 각국에서 당첨된 사람들이 대부분 빈민가 출신이잖아. 죄다 가족과 아이가 있어. 뭔가 묘한 공통점이 느껴지지 않아?"

어마어마한 확률로 당첨된 사람들이었다. 그런 그들이 단지 테스터라고? 상식적으로 말이 되지 않았다. 빈민가에서 당첨자가 나오는 건 당연했다. 복권을 가장 많이 구매하는 사람들이 어떤 사람들인지 통계만 봐도 알 수 있으니까. 이 간단한 인과관계를 무시하다니, 선생님답지 않은 단순한 추측에 마오가 피식 코웃음 쳤다.

"그럼 애초에 처음부터 화성 거주자를 모집하죠. 저렇게 엄청난 돈을 쏟아부어 가며 복권 발행하고 홍보를 하겠어요? 그것도 전 세계적으로? 종잇값도 비싼데."

선생님의 천재성은 아무래도 의학 쪽에만 국한된 모양이라고 마오는 생각했다.

"'화성에서 생활할 거주자를 모집합니다. 모든 비용은 국가에서 책임집니다. 다양한 인종과 성별과 연령대를 원합니다.' 이렇게 하면 되겠는데 말이지?"

선생님이 두 번째 손가락을 세워 좌우로 흔들었다.

"사람 손 위에 놓인 먹이엔 관심을 안 주다가 올무 위에 뿌려 놓은 먹이는 잽싸게 낚아채는 야생동물이 있어."

"…"

"인간도 가끔 그런 식으로 행동하거든."

올무가 복권이란 뜻일까. 남들이 부러워하는 엄청난 행운을 왜 덫이라고 표현할까.

"저 복권은 전 세계 사람들이 원하잖아요. 그리고 화성에는 이미 각국의 특수부대원과 연구원, 과학자들이 살고 있다고요. 엄연히 말하면, 복권 당첨자들이 화성 제1거주자는 아니죠."

"물론 각 나라의 군대와 과학자, 연구원, 그리고 화성을 개발하려는 사업가들도 몰려가 있어. 하지만 그들은 민간인 거주 지역으로 개발된 곳에서 살지 않아. 안전한 특수 센터에서 살고 있지. 민간인 거주 지역을 개발한 것은 로봇과 휴머노이드야. 그러니 진짜 인간들이 살면 어떨지 전혀 알 수 없잖아? 그곳이 어떤 땅인지, 무엇이 있는지, 인간에게 어떤 위험물질이 숨어 있는지. 단순한 데이터만으로는 알아내는 데 한계가 있어."

선생님이 손가락으로 자신의 관자놀이를 톡톡 건드렸다.

"예를 들어 지구에는 알려지지 않은 새로운 바이러스."

마오가 꿀꺽 마른침을 삼켰다. 선생님이 웃으며 마오의 새하얀 머리를 거칠게 헝클어뜨렸다.

"안 그래도 하얀 애가. 얼굴 펴. 너는 하얗게 질리는 게 아니라 파랗게 질리겠다. 그냥 그렇다는 거야. 내가 대통령이니, 유엔 사무총장이니? 일개 연구원 나부랭이가 뭘 알겠어."

마오가 짓궂은 손길을 거둬냈다. 여전히 꼬맹이 취급하는 태도가 신경에 거슬렸다.

"놀리지 말아요. 아무리 숲에 갇혀 살아도 알 건 다 안다고요."

"인마. 요즘같이 숨 쉬기 힘든 세상에 나무 울울한 숲에 갇혀 사는 건 아무나 하는 줄 알아? 숲의 주인이나 가능한 거야."

그 땅이 누구의 것인지 모르지 않았다. 그래서 될 수 있는 한 조용히 지내려 했다. 그런데 시간이 지날수록 마음은 풀 한 포기 자라지 않는 사막처럼 변해갔다.

"한번 살아봐요."

선생님이 창밖으로 시선을 돌렸다. 도시의 밤은, 드론과 네온 사인으로 얼룩졌다. 그 빛에 반사된 눈동자가 색색으로 일렁였다.

"복권에 당첨된 사람들도 나중에 똑같이 얘기하지 않을까? 당신들도 화성에서 제1거주자로 한번 살아보라고."

"만일 선생님이 생각하는 그런 의도라 해도, 복권을 산 사람들은 다들 지구를 떠나고 싶어 하잖아요. 그들에게 새로운 기회를 준다는 게 나쁜 건가요?"

헬쑥한 얼굴에 광대가 도드라졌다. 불빛에 반사된 선생님의 얼굴이 다소 기괴해 보였다.

"너도 그렇게 생각해?"

"어쨌든 누군가 먼저 터를 잡아놓아야 한다면…"

낡은 슬리퍼가 성큼 가까이 다가왔다. 갑작스러운 선생님의 행동에 마오가 주춤 뒤로 물러섰다. 크게 부풀어 오른 동공 속으로 하얀 얼굴이 비쳤다.

"그래, 맞아. 화성에 휴머노이드만 살 수 없잖아. 인간이 터를 잡는 게 최종 목적이야. 민간인 선발대가 절실하게 필요하긴 하지."

선생님이 얼굴 가득 웃음꽃을 피웠다. 언제나처럼 장난스러운 모습이지만, 두 눈에는 의미를 알 수 없는 서늘한 빛이 고여 있었다.

"그래도 말이야. 내가 가는 건 싫을 것 같아. 야, 이거야말로 정신승리 아니냐? 복권에 당첨될 리 없으니까 이렇게라도 자기 위

안을 해야 하잖아. 저 높은 나무 위에 열린 포도는 아주 신 포도. 생각해 보니 내 인생도 참 처량하다."

어디서부터가 농담이고 어디까지가 진심인지 알 수 없었다. 안 그래도 머릿속이 복잡한데 그깟 화성 복권에 대한 음모론 따위 생각할 여유가 없었다. 마오가 꾸벅 고개를 숙였다.

"안녕히 계세요."

등 뒤에서 익숙한 목소리가 따라붙었다.

"오늘은 일찍 자. 무슨 일 있으면 바로 호출하고."

마오가 몸을 돌리니, 복도 끝에서 손을 흔드는 선생님이 서 있었다.

"행운을 빌게."

이 지긋지긋한 바이러스를 사멸시키는 것과, 화성 복권에 당첨되는 일, 어느 쪽이 확률적으로 승산이 있을까. 그건 직접 화성 복권을 구매하고, 어마어마한 신약을 환자에게 투입한 선생님도 모를 것이다. 마오가 어깨를 으쓱하고는 텅 빈 복도를 걸어갔다.

5장

種

세상에 완벽한 비밀은 없었다. 언젠가는 전부 다 밝혀지기 마련이다. 사람들은 회장이 숨겨놓은 혈육을 궁금해했다. 떠도는 소문으로는 손자가 아닌 아들이라고도 했다. 떳떳하게 밝힐 수 없으니 꼭꼭 숨겨놓은 게 아니냐며. 공식 석상에 공개하지 않는 건 필시 껄끄러운 무언가가 있기 때문이라 믿었다.

할아버지가 마오를 공개하지 않은 이유는 단 한 가지였다. 손주의 몸에 기생하는 원인 불명의 바이러스. 언론은 잘 훈련된 추적견과 같았다. 작은 냄새만으로 목표물을 기막히게 찾아냈다.

회사는 화성 관광 개발에 막대한 투자를 했다. 그 CEO의 손자가 괴 바이러스에 감염되었고 그 원인이 멸종동물 복원 프로젝트 때문이라니. 이 사실이 알려지면 후폭풍이 제법 거셀 것이다. 몸속 바이러스는 숨긴다 해도 외모가 문제였다. 머리카락부터 눈썹까지, 하얀 물감을 뒤집어쓴 듯한 모습이었다. 피부에 햇볕이 닿는 순간, 화상과 맞먹는 알레르기를 일으켰다. 한낮에는 집 밖 외출도 쉽지 않았다. 공식 석상에 모습을 드러내는 건 불가능했다.

먼저 연락하는 쪽은 늘 할아버지였다. 그마저도 진솔을 통해서였다. 언젠가 선생님이 물었다.

'회장님한테 서운하지 않아?'

마오는 침묵했다. 할아버지는 처음부터 그런 존재였으니까.

'모르겠어요.'

그 순간 마오는 문득 외로움을 떠올렸다. 그것이 무엇인지는 조금 더 큰 후에 알게 되었다. 외로움과 상실은, 있었던 무언가가 없어졌을 때의 느낌이었다. 처음부터 그 무엇도 가질 수 없던 마오에게는, 그리움과 원망, 서운함 따위는 없었다. 여름이면 반바지 차림으로 해변을 걷는다는 느낌이 무엇인지 모르는 것처럼. 마오에게 서운함이란 가상현실과 비슷했다. 무언가 존재하지만, 정확히 손에 잡히지 않는 신기루 같은 것.

"혹시 눈앞에 없던 사람이나 물건이 잠깐 보였다가 사라져 버리는 현상이 뭔지 아세요? 신기루나 환영은 아니고, 순우리말이라고 하는데 첫 글자는 곡으로 시작해요."

"곡두일 거야. '곡두 인생'이라는 말이 있거든. 삶의 허무함을 뜻하지."

지금쯤 선생님도 정답을 알아내지 않았을까? 마오가 조용히 곡두, 하고 읊조렸다. 막상 내뱉고 보니 환영이나 신기루보다 몇 배 더 허무한 느낌이 들었다.

"무슨 책 읽어요?"

"스토리텔링에 관한 책이다."

허공에 시선을 둔 채 진솔이 말했다. 귓가에 팔랑거리는 소리가 들려왔다. 진짜 종이책은 아니다. 독자의 시선에 따라 자동으로 페이지가 넘어가는 홀로그램북이었다. 다양한 독서 덕분에 아는 단어도 많은 걸까. 하지만 책은 생각만으로도 지루했다. 마오가 늘어지게 하품을 했다.

"왜요? 글이라도 쓰시게요?"

"스토리텔링이 꼭 글쓰기에만 필요하다는 생각은 너무 1차원적이지 않니?"

"좋겠네요. 다차원적이셔서. 혹시 아저씨도 화성 복권에 관심 있어요?"

책을 읽던 진솔이 고개를 돌렸다. 도로 위 차들이 빠르게 질주했다. 차가 자율주행을 시작한 지도 한 세기가 지났다. 차는 더이상 이동 수단이 아니었다. 휴식 공간이자 개인 사무실이었으며 영감의 원천이기도 했다. 운전대는 필요치 않았다. 사람이 직접 운전하는 자동차는 박물관에서나 볼 수 있었다.

인간에게 가장 큰 경쟁력은 바로 시간이었다. 사람들은 노화를 막기 위해 흐르는 세월마저 멈춰 세웠다. 그렇게 손에 넣은 시간을 각종 유희를 위해 썼다. 윤택한 삶의 척도이자 성공의 기준은 누가 얼마나 많은 시간을 여유롭게 사용하는가에 달려 있었다. 물론 하루를 분 단위로 쪼개 사는 누군가는 차 안에서조차 책을 읽지만.

"그 복권에 당첨되기란 확률적으로 같은 장소에서 번개를 100번 맞는 것만큼이나 희박해. 하지만 전혀 불가능한 게임은 아니잖아?"

"그래서 관심이 있다는 거예요, 없다는 거예요?"

"복권 자체에는 관심이 있어. 다만 내가 그 복권에 당첨될 확률은 전혀 기대하지 않아."

마오가 휘휘 손을 내저었다. 진솔과 말하느니 가상현실에서 아바타와 이야기하는 게 백 번 천 번 나을 것이다.

"그럼 RB 바이러스 감염자는요?"

"너에게 관심 있느냐는 질문인가?"

"저 말고 또 다른 보균자요."

화성 복권을 운운했던 건, 이 이야기를 꺼내기 위해서였다. 상대는 진솔이었다. 그가 복권에 관심 두지 않는다는 걸 모를 리 없었다. 의사에게는 꼭 지켜야 할 의료윤리라는 게 있었다. 그러니 마오 역시 함부로 선생님에 대해 이야기해서는 안 됐다. 상대가 비록 진솔이라 할지라도.

"지난번의 그 얘기를 말하는 거니?"

지극히 담담한 목소리였다. 마오는 왈칵 짜증이 솟구쳤다.

"어떤 친구를 소개해 주고 싶어 했잖아요. 레인보우 버드에 대해 저만큼이나 잘 알고 있다고. 보보한테 물어보니 부모님 이외에도 RB 바이러스에 걸린 사람들이 있었다네요."

진솔의 시선을 따라 또다시 책장이 넘어갔다.

"그중 저와 같은 생존자가 있다는… 네, 별거 없는 그 얘기요."

어린아이의 투정처럼 보이기 싫었다. 물론 화를 낸다 해서 진
솔이 반응하진 않을 것이다. 그가 먼저 또 다른 보균자 이야기를
꺼낸 건 분명 이유가 있어서다.

"그 얘기가 신경 쓰이는 모양이구나."

여전히 책에 시선을 둔 채 진솔이 말했다. 마오의 입에서 허,
하는 탄식이 터져 나왔다.

"종종 잠이 안 올 때가 있어요. 그때마다 보보가 허브 차를 주
거든요."

허브는 심신을 안정시켜 잠을 유도한다고 한다. 그래서인지
보보가 주는 차를 마시면 악몽을 꾸고 난 후에도 다시 쉽게 잠이
들었다.

"그 찻잎 하나만큼 신경 쓰이네요."

똑똑한 사람이니 마오의 빈정거림을 눈치챘겠지.

"신경 쓰인다면, 이야기를 더 해줘야겠지."

"…"

"우선 네 몸부터 신경을 써줬으면 좋겠다. 도착할 때까지 1시
간이나 걸려. 그동안 편히 쉬도록 해라."

얌전히 기다리기. 혼자서 참아내기. 대답이 올 때까지 침묵하
기. 모두 마오의 주특기였다. 16년을 치료제 하나만을 기다리며

버텨냈다. 약의 부작용으로 목숨을 잃을 뻔한 적도 있었다. 그 결과 엄청난 고통도 경험했다. 여전히 작은 충격에도 호흡이 가빠졌다. 속이 뒤틀리거나 각혈을 할 때도 있었다. 마오가 기다리는 건 어쩌면 하루하루인지도 몰랐다. 끔찍한 저주를 내린 새소리와 햇빛이 드리운 아침을 기다렸다. 그것이야말로 아직 살아 있다는 증거일 테니까. 오늘 하루는 살아도 된다는 허락의 의미였다. 1시간 정도는 얼마든지 기다릴 수 있었다. 마오가 좌석 등받이에 상체를 깊게 묻었다. 약 기운 탓인지 몸이 무겁게 가라앉았다.

창밖으로 도시의 빛들이 물결이 되어 흘러갔다. 대형 스크린에선 광고가 반짝였다. 아름다운 남녀 주위로 계절과 사람들이 맴돌기 시작했다. 날짜는 지나가고 계절은 변하며 사람들은 늙어가는 중이었다. 그 속에서 오직 두 사람만이 변함없었다.

삶은 흐름이 아닙니다. 그저 가벼운 변화일 뿐입니다.

새로운 피부이식 기술, 스킨피기의 광고였다. 보보의 말은 틀리지 않았다. 인간의 피부를 갖고 태어난 돼지들은 대부분 미용 목적으로 사용되었다.

건물 벽에는, 돼지 머리를 단 채 한껏 젊음을 뽐내는 사람들이 그려져 있었다. 누군가의 그래피티였다. 마오가 그림에서 눈길을 돌렸다.

"아저씨에게도 삶은 가벼운 변화겠네요."

누군가는 투쟁으로 삶의 거친 파도를 뛰어넘고, 또 다른 누군가는 오히려 그 파도를 즐겼다. 하루 24시간 1년 365일 물리적 흐름은 공평해도, 그 시간의 빛깔은 모두 달랐다. 번데기가 되지 않는 한 날개를 가질 수 있는 애벌레는 세상에 없었다. 종種의 차이만 있을 뿐 지구의 모든 생물은 성장을 위해 힘든 과정을 생략할 수도, 지루한 시간을 건너뛸 수도 없었다. 그런데 오직 인간만이 그 흐름에서 벗어나려 했다. 신이 정해놓은 자연의 규칙에 당당히 도전장을 내밀었다. 마오는 문득 자신이 그 건방진 도전장의 결과물이란 생각이 들었다.

"내 삶은 그저 연속일 뿐이야."

진솔의 시선도 창밖으로 돌아섰다.

"좋겠네요. 연속일 수 있어서."

갑자기 잠이 쏟아졌다. 진솔의 옆모습이 눈꺼풀 너머로 사라졌다. 마오가 까무룩 잠에 빠져들었다.

집에 도착하자 언제나처럼 보보가 달려 나와 반겨주었다. '잘 다녀오셨습니까' 묻는 보보에게 마오는 미소로 대답했다.

"손님이 오셨습니다."

"손님?"

나란히 들어서며 진솔이 입을 열었다.

"말했잖아. 1시간만 기다리라고."

"2층에 계십니다."

보보가 앞장섰다. 이 시각에 방문할 사람은 없었다. 손님이라고 해봤자 진솔이 유일했다. 의아한 표정으로 계단을 오르던 마오가 우뚝 그 자리에 멈춰 섰다.

"병원에서 오는 길이지?"

의자에 앉아 있는 사람은, 익숙하고도 낯선 얼굴이었다.

"할아버지."

마오가 소리치며 달려갔다. 할아버지가 일어나 어린 손자를 조심스레 안아주었다.

"제발 흥분하지 마라. 몸에 좋지 않아. 오늘 새로운 치료제 처방을 받았잖니. 조심해야지."

벌써 보고가 들어갔을까? 분명 그럴 것이다.

"앉아라."

할아버지의 눈짓에 마오가 맞은편 의자에 걸터앉았다.

1시간 뒤에 알게 된다는 진솔의 말은 가볍게 흘려버렸다. 그런데 이런 서프라이즈가 기다릴 줄은 미처 상상하지 못했다. 할아버지가 숲속 집에 찾아오는 건 고작해야 1년에 한두 번이 전부였다. 아무 예고도 없이 불쑥 찾아오시다니. 반가움과 놀라움에 마오가 어색한 미소를 지어 보였다.

"몸은 어떠니?"

할아버지가 물었다.

"전보다 숨 쉬기는 편해졌어요. 가슴 통증도 많이 줄었고요. 아직 햇빛은 볼 수 없어요."

"폐와 심장이 좋아졌다는 말이구나."

할아버지가 환한 미소로 응했다. 이것만으로도 다행이라 여기시는 걸까. 하지만 마오에게 있어서 가장 시급한 것은, 태양을 보는 일이다. 햇빛 알레르기만 치료된다면 지금과는 비교도 할 수 없을 정도로 새로운 삶이 펼쳐질 것이다.

"혈액응고장애도 좋아졌다고 들었다."

가벼운 코피나 상처에도 몇 시간씩 피가 멈추지 않았다. 만약의 사태를 대비해 혈액응고제를 처방받았지만, 이제는 약 없이도 출혈시간이 서서히 단축되어 갔다.

"다행이구나. 결과가 아주 좋아. 너는 견뎌낼 줄 알았다."

단순히 상태를 확인하러 온 것일까? 그게 목적이라면 이미 보고받았을 것이다. 두 눈으로 직접 결과를 보고 싶었는지도 몰랐다. 어쨌든 마오는 할아버지의 유일한 혈육이니까.

"사실 예전부터 묻고 싶은 게 있었다. 다만 네 몸과 마음을 다치게 할까 염려되었어. 그런데 오늘은 컨디션이 아주 좋아 보이는구나."

할아버지가 숲속 집까지 온 목적이 분명해지는 순간이었다.

"예. 뭐든 물어보세요."

마오가 부러 환하게 웃으며 대답했다. 잠시 망설이던 할아버지가 천천히 입을 열었다.

"너는 부사장과 본부장이 한 일이 잘못되었다고 생각하니?"

할아버지는 두 사람을 늘 직함으로 불렀다. 네 엄마와 아빠라거나, 아들과 며느리라는 표현조차 쓰지 않았다. 언젠가 그 이유를 물은 적이 있었다. 대답은 진솔에게서 돌아왔다.

'너를 자극하지 않기 위해서야.'

두 사람은 더는 존재하지 않았다. 두 번 다시 만날 수도 없었다. 할아버지는 어쩌면 자신의 그리움을 그렇게라도 감추려는 건지도 몰랐다.

"무슨 뜻이에요?"

마오가 물었다.

"멸종된 레인보우 버드를 다시 깨운 것 말이다."

질문 너머의 의도를 읽어야 했다. 진솔의 말처럼 1차원적인 생각은 금물이었다. 할아버지를 실망시킬 테니까. 문제는 레인보우 복원 사업이 아니었다. 그로 인해 벌어진 불행이었다. 마오가 무릎 위에 놓인 자신의 새하얀 손등을 내려다보았다.

"결과는 좋지 않았어요."

나쁜 게 결과뿐일까. 애초에 멸종시키지 말았어야 했다. 인간에 의해 사라졌던 개체가 다시 인간에 의해 복원되었다. 그 과정에서 생각지도 못한 것들이 눈을 떴다. 그러나 이제 와 이런 이야기를 해봤자 무엇이 달라질까? 부모님이 살아 돌아오는 것도, 몸속 바이러스가 사라지는 것도 아니다.

"하지만 의도는 나쁘지 않았다고 생각해요."

멸종된 동물의 복원 사업은 현재진행형이었다. 잃어버린 개체들을 지구에 돌려주기 위해. 화성에서도 살아갈 수 있는 새로운 종들을 탄생시키기 위해. 인간의 생명 연장과 치료를 위해. 화석이 되어버린, 전설과 신화로 남은 생명을 세계 곳곳에서 부지런히 깨우고 있다. 부모님도 마찬가지였을 것이다. 관광산업이 목

적이었다 해서, 그 행위가 100퍼센트 잘못된 것이라고 비난할 수
없었다. 만약에 그들이 안전하게 성공했다면 많은 이들이 레인보
우 버드에게 감탄했을 것이다. 예술가들에게 영감을 주고, 아이
들에게 꿈을 선사하며, 과학자들에게 또 다른 가능성을 제시할
수도 있었다. 두 사람은 사업가였다. 자기 일에 최선을 다했을 뿐
이다. 결과가 안 좋았다고 해서, 그 의도까지 나쁘게 매도할 필요
는 없지 않을까.

"정말 그렇게 생각하니? 두 사람이 맡은 일에 최선을 다했다
고?"

마오가 고개를 크게 끄덕였다.

"맞아. 아무도 결과를 예측하지 못했어. 하지만 믿을 수 없는
일이 벌어졌다. 나는 세상에서 가장 사랑하고 의지하던 가족을
모두 잃었어. 불행 중 다행일까. 잿더미 속에서 싹이 나듯, 아직
남은 희망이 있다."

그 희망의 싹이 다름 아닌 마오였다. 할아버지의 유일한 혈육
이 이렇듯 생존해 있었다.

"그런데 내 유일한 희망의 빛이 자꾸만 꺼져가고 있었다. 이런
상황에서 네가 나라면 어떤 선택을 했을까?"

마오가 두 손을 깍지 낀 채 잠시 생각에 잠겼다.

"치료제 개발 말씀인가요?"

할아버지의 침묵이 곧 답임을 마오는 눈치챌 수 있었다. 치료
제 개발은 철저히 극비리에 진행 중이다. RB 바이러스가 세상에

알려지면, 우리 회사는 물론 전 세계 멸종동물 복원 사업에 균열이 생길 것이다. 어쩌면 지금 이 순간에도 새로운 바이러스에 감염된 존재들이 있을 것이다. 사람들이 모르는 곳에서 비밀리에 백신과 치료제 연구가 진행되고 있을지도.

할아버지의 선택이 전적으로 옳다 생각하지는 않았다. 하지만 RB 바이러스를 깨운 이가 아들과 며느리라면, 그로 인해 유일한 혈육이 감염되었다면, 할아버지에게 남은 선택지는 그리 많지 않았을 것이다.

"내 손자를 살릴 수만 있다면, 무엇이든 할 각오가 되어 있었다. 누군가는 말하겠지. 그렇다면 왜 정부에 정식으로 보고하고 질병관리청에 도움을 요청하지 않았느냐고. 왜 사람들에게 비밀로 했느냐고 말이다."

할아버지의 미간에 굵은 주름이 패였다.

"그렇게 일을 진행하자면 너무 많은 절차가 필요했을 거다. 쓸데없는 과정을 거쳐야만 했겠지. 무엇보다 치료제를 개발하는 데 필요한… 시간을 단축해야 했다. 어떤 수단과 방법을 동원해서라도 하루빨리 이 모든 문제를 해결해야 했어."

물론 알고 있었다. 치료제 개발을 위해 할아버지가 기울인 노력들을. 그 덕에 마오가 지금까지 살아 있는 것이다. 운이 좋다면 평범한 삶도 기대해 볼 수 있을 것이다. 유령 같은 모습에서 벗어날 희망도 품고 있었다. 어쩌면 마오와 할아버지 두 사람은 그 바람으로 하루하루를 살아가는지도 몰랐다.

"나는 잃을 수 없었다. 무슨 짓을 해서라도 지키고 싶었다. 내 마음 이해할 수 있니?"

"네, 할아버지. 늘 감사하게 생각하고 있어요."

할아버지가 물기 어린 눈을 감추려 천장으로 고개를 들었다. 마오는 눈앞에 벌어진 이 상황이 혼란스러웠다. 할아버지는 과연 무엇을 말하고 싶은 걸까. 보보보다도 감정을 쉽사리 드러내지 않던 분이 눈물까지 보이다니. 할아버지에게 혹여 무슨 안 좋은 일이라도 생긴 걸까. 마오가 초조함에 아랫입술을 잘근거렸다.

"그래. 적어도 너는 나를 이해할 줄 알았어. 이렇게 살아줘서 얼마나 고마운지, 점점 더 건강해지는 네 모습이 얼마나 나를 기쁘게 하는지 너는 모를 거다."

"알아요."

할아버지가 고개를 내저었다.

"아니. 너는 몰라."

"…"

"너는 네 생각보다 훨씬 더 강한 아이다."

가슴 가득 뜨거움이 밀려들었다. 할아버지는 진심으로 마오를 사랑하고 있었다. 단지 내색하지 않았을 뿐이다. 어쩌면 두려워하는 건지도 몰랐다. 마오는 언제 어떻게 돼도 전혀 이상할 것 없는 상태니까. 그러나 오랜 시간 잘 참아냈다. 위태로운 줄에서 내려와 안전지대로 조금씩 발을 내딛기 시작했다.

"나는 곧 화성에 갈 거다. 내 눈으로 직접 확인해 봐야 할 것들이 많아."

할아버지의 화성행은 진솔을 통해 들어 익히 알고 있었다.

"이번에 가면 언제 돌아올지 확실하게 일정을 잡지 않았다. 생각처럼 쉽게 오갈 수 있는 곳이 아니니까."

"그래서 오셨어요?"

"아니. 오늘 내가 너를 찾아온 진짜 목적은 따로 있다."

오늘따라 할아버지가 초조하고 어딘가 불안해 보였다. 이 말을 하는 게 과연 옳은지 스스로에게 자문하는 표정이었다. 화성이 쉽게 갈 수 있는 곳은 절대 아니었다. 비록 그렇다고 해도, 고작 그런 이유로 마오를 찾아오진 않았을 것이다.

"진솔이 이미 말한 것으로 알고 있다."

"네. 할아버지 화성 가신다고…"

"아니. 그것 말고."

할아버지가 구부정히 상체를 숙였다. 두 사람 사이의 거리가 가까워졌다.

"RB 바이러스 감염자가 또 있다는 사실 말이다."

마오는 자신도 모르게 깍지 낀 두 손에 힘을 주었다.

"그리고 아직 생존해 있다는 것도 말했지?"

해야 할 질문이 많았다. 확인해야 할 사건도 있었다. 그런데 그 중요한 일들을 까맣게 잊고 말았다. 모든 사람이 알고 있는데 정작 마오만 모르고 있었다. 침묵의 수면 위에 파문이 일어났다. 가라앉아 있던 무언가가 눈앞에 서서히 떠올랐다.

"곧 만나게 될 거다."

귓가에 쿵 소리가 들려왔다. 심장이 제멋대로 요동쳤다. 어지러운 감정과 알 수 없는 분노가 한데 뒤섞여 가슴을 짓눌렀다.

"언제 아셨어요?"

할아버지가 끙 소리와 함께 몸을 일으켰다. 마오도 자리를 털어냈다. 눈앞이 이지러지며 몸이 휘청거렸다. 할아버지가 가만히 마오의 어깨를 움켜잡았다. 생각보다 강한 악력에 마오가 흠칫 몸을 떨었다.

"마오 네 말대로 이 모든 일의 의도를 잊어선 안 돼. 절대로 말이다. 그럼 너도 나를 분명 이해할 수 있을 게다."

"…"

"네 몸을 소중히 해라. 오늘 치료제를 맞지 않았니. 모든 건 천천히 다 이야기해 줄 테니까."

어깨를 다독이던 커다란 손이 멈췄다. 할아버지가 문을 향해 천천히 돌아섰다. 마오의 눈앞이 자꾸만 흐려졌다. 정신을 차리려 눈을 비비적거리고 고개를 내저었다. 이제야 약 기운이 퍼지는 것 같았다. 심장이 빠르게 뛰기 시작했다.

"할아버지 제 이름 뜻… 한 번만 더 이야기해 주세요."

머리가 고장 나도 단단히 난 모양이었다. 갑자기 왜 그런 걸 물어봤을까? 하지만 막상 내뱉고 보니 한 번 더 듣고 싶었다. 마오의 의미에 대해.

할아버지가 뒤돌아 마오를 바라보았다.

"원한다면 몇 번이고 말해주마."

"…"

"마법의 아이가 되길 바랐다. 너는 유일하게 남은 내 희망이었으니까."

'마법의 아이'라는 뜻에서 마오라, 몇 번을 들어도 우스꽝스러웠다. 마법은커녕 저주에서 벗어날 수조차 없지 않은가.

"제가 정말 그런 아이가 맞나요?"

할아버지는 곧 화성에 갈 것이다. 마오는 그사이 또 다른 RB 바이러스 감염자를 만나게 될 것이다. 그는 지금껏 마오의 눈에 보이지 않았을 뿐 엄연히 존재했다. 마치 소리 없이 다가온 바이러스처럼…

곡두. 마오가 마음속으로 조용히 읊조렸다.

✦ ✦ ✦

에이가 잔에 와인을 따랐다. 오늘은 아무 생각 없이 쉬고 싶었다. 할 수만 있다면 인간도 메이드봇처럼 전원을 차단할 수 있기를. 잠이 오지 않는 날에는 머릿속 전원 버튼이 더더욱 간절했다. 때로는 수면제와 술이 도움을 줄 때도 있었다. 문제는 다음 날 지장을 준다는 것이다. 집중력이 현저하게 저하되니까.

인간은 생각할 수 있기에 만물의 영장이 되었고, 사고할 수 있기에 스스로를 자멸시켰다. 기계는 사소한 프로그램의 오류에도 작동을 멈췄다. 하지만 인간은 달랐다. 생각의 오류가 망상이 되어 폭발하기도 했고 섬뜩한 광기가 되어 인류를 멸망시킬 어마어마한 것들을 만들어 냈다.

누구도 인간의 생각을 차단할 수 없었다. 그렇기에 신은 죽음을 만든 것이다. 어쩌면 인간은 스스로가 만든 것들로 인해 머지않아 강제 차단될 것이다. 그날이 점점 더 가까워지고 있었다. 모두들 알고 있지만 모른 척할 뿐이다. 모래에 얼굴을 파묻는 타조와 별반 다르지 않았다. 적어도 지금 당장은, 나에게는 아무 일도 일어나지 않을 테니까.

"그러면 됐다고 생각하겠지."

에이가 입 안 가득 스며드는 와인을 음미했다. 모든 게 끝을 향해 달려가고 있었다. 과연 얼마나 화려한 결승선이 기다리고 있을까? 그 답은 에이조차 알 수 없었다.

"우리 도련님이 원하시는 게 과연 뭘까?"

인간은 늘 새로운 기술과 정보에 목말라했다. 그러나 세상은 그리 단순하지 않았다. 진보된 과학과 기술이 탄생하는 와중에 사라지는 것도 반드시 존재했다. 인간의 삶 자체가 그러하듯이.

"그걸 정말 알고 싶으신 건가요?"

그래서 말하지 않았나. 때로는 아는 게 병이라고. 진실은 그것을 감당할 수 있는 자에게만 힘이 되어줬다. 아닌 자에게는 칼자루가 아닌 칼날이 되어 돌아왔다.

에이가 귀 뒤를 터치했다. 눈앞에 말끔한 차림의 비가 모습을 드러냈다. 익숙한 파란색 넥타이를 보며 에이가 천천히 와인을 마셨다.

"꽤 늦은 시간이네?"

"죄송합니다. 그래도 오늘 결과는 알려드려야 하지 않습니까?"

"아직은 모르지. 최소한 며칠 더 지켜봐야 할 거야."

성급한 확신은 금물이었다. 모든 일은 와인과 같았다. 과정이 복잡하고 기다림이 길수록 진하고 향기로운 결과로 나타난다.

"와인을 드시는군요."

비가 말했다. 에이가 풋, 웃음을 터트렸다.

"왜? 내가 샴페인이라도 미리 터트렸을까 봐 걱정돼? 미안하지만 아직 축배를 들 때는 아니야."

에이가 나른한 목소리로 말을 이었다.

"샴페인을 너무 일찍 터트렸다는 말이 있어. 뜻을 알고 있나?"

"네."

물론 비가 그 말을 모르진 않을 것이다. 다만 그 후에 오는 절망감이 어떤 느낌인지는 알 수 없을 것이다.

"회장님은 곧 출발하시지?"

"네."

비가 대답하고는 빠르게 덧붙였다.

"돌아오실 때까지 깨끗하게 다 정리해 두라고 하십니다."

결국 눈앞의 결승선은 이런 모습이었구나. 에이가 와인을 한 입에 털어 넣었다.

"그거 알아? 이 세상에서 가장 어려운 말이 뭔지."

술기운이 혈관을 타고 온몸으로 퍼져 나갔다. 몸에 서서히 힘이 빠지며 눈앞이 이지러졌다. 에이가 길게 한숨을 내쉬며 말을 이었다.

"바로 '적당히'야."

숫자와 공식, 정확한 프로그램으로 움직이는 건 기계들뿐이었다. 0.001만큼의 오차만으로 작동이 멈췄다. 오류가 발생하고 엉뚱한 결과를 도출해 냈다. 하지만 인간의 세계는 늘 '정확히'보다 '적당히'가 지배했다. 너무 칼같이 맺고 끊는 태도는 문제가 됐다. 한 치의 실수도 없으면 오히려 이상하다는 눈초리를 받았다. 적당한 때를 골라 적당히 행동해야 하며 적당한 결과를 보여주는 것이야말로 인간에게 최적화된 모습이었다.

"회장님은 지금이 가장 적당한 시기라 믿으시지."

"만약에 그 화면이 유출되지 않았다면…"

에이가 손을 들어 보였다. 그렇게 비의 말허리를 잘라냈다.

"아직도 모르네. 그래서 '적당히'가 어렵다는 거야. 인간의 마음이 바뀌는 바로 그때, 그 시점부터 가장 적기라 생각하니까."

과연 비가 이 말을 이해했는지는 알 수 없었다. 못 해도 상관없었다. 어차피 모르는 건 에이도 마찬가지였다. 다만 궁금했다. 회장은 왜 홍채나 지문이 아니라 간단한 몇 개의 숫자로 패스워드를 설정해 뒀을까.

"그럼 쉬십시오."

마지막 인사를 끝으로 비는 사라졌다. 우연한 사고로 정보가 유출된 건지, 아니면 일부러 유출시킨 건지는 오직 정답지를 손에 쥔 사람만이 알 것이다. 에이가 테이블 위에 와인잔을 내려놓고는 흠집 난 표면을 어루만졌다.

"그동안 수고했어. 그런데 이제 슬슬 새것으로 바꿔야 할 것 같아."

에이는 드라이한 와인을 좋아했다. 진하고 깊은 향을 선호했다. 그런 에이의 입맛에도 오늘 술은 쓰고 떫었다. 창밖의 도시는 단장한 무희처럼 화려하게 춤을 췄다. 흔들리는 불빛이 가까이 다가왔다가 비틀거리며 뒤로 물러섰다. 눈앞이 색색으로 이지러졌다.

"지금이 적당한 때라는 걸까?"

에이가 두 눈을 감았다. 이대로 영원히 깨지 않기를 바라며. 눈을 감아도 선명한 얼굴들이 차례로 스쳐 갔다.

6장

色

"벡터는 속도, 가속도, 힘과 같이 크기와 방향을 갖는 값이잖아요."

"그건 역학에서 말하는 벡터입니다. 분자생물학에서는 전혀 다른 의미로 사용됩니다. 분자생물학에서 벡터란 DNA 분자를 가리킵니다. DNA 재조합 과정에서 유전자를 인위적으로 다른 세포에서 복제하고 발현시키기 위해 세포 내부로 외부 유전자를 전달하는 데 사용되죠."

"역학에서의 벡터도 어려운데, 분자생물학까지… 무슨 소린지 하나도 모르겠어요."

"벡터는 유전자를 운반할 수 있습니다. 세포 내에서 복제할 수 있습니다. 벡터의 종류에는…"

마오가 턱을 괴고 한숨을 내쉬었다. 수업은 언제나 지루했다.

'너는 저 소리가 뭔지 이해돼?' 하고 물어볼 친구조차 없었다. 물론 AI 친구들은 존재했다. 발표 수업과 모둠 활동을 위해 만들어진 정교한 아바타들 말이다. 그들은 늘 친절하고 상냥하게 질문에 답을 해줬다. 마오가 원하는 건 정확한 답이 아니었다. 너는 이해하느냐고 묻는 짜증 섞인 투정에 '내가 어떻게 알아?' 하고 더 큰 짜증으로 대답하는 진짜 친구였다.

딱딱한 과학 시간이 겨우 끝났다. 마오가 허공을 터치하고는 자리에서 일어났다. 밖으로 나오자 아래층에서 익숙한 냄새가 올라왔다. 보보가 점심을 준비하고 있었다.

"아, 진짜 과학은 너무 어려워."

마오가 주방으로 들어서며 말했다.

"하지만 인간에게 과학이 없었다면 저도 존재할 수 없었겠죠."

"그래, 너에게 있어서 과학은 그야말로 신이겠네."

"마오 님에게는 아닙니까?"

의자를 끌어내던 손이 멈췄다. '뭐?' 하고 되묻는 마오에게 보보가 말했다.

"과학의 발전으로 인간의 수명도 늘어나지 않았습니까? 많은 질병이 정복되고 노화도 멈추지 않았습니까?"

"벌써 죽었어야 할 인간이 과학의 발전으로 아직 살아 있다는 소리로 들리네."

"아닙니다. 그런 의미와는 다릅니다."

보보가 인간이었다면 마오에게 사람 말을 꼬아 듣는다며 버럭 화를 냈거나 짜증을 부렸을 것이다. 상대의 말을 왜곡하거나 꼬아 듣는 것도, 그렇게 괜한 언쟁을 벌이는 것도 인간 사이에서 만 가능한 일이다.

"아! 지난번에 말씀하신 자료 찾았습니다."

보보가 말했다.

"자료라니?"

마오가 되물었다.

"악몽 때문에 잠에서 깬 새벽, 저에게 명령하셨잖아요. 도서관 고문서 자료에 접속해 보았습니다. 조사 결과 원 이야기에서 누락된 부분을 찾을 수 있었습니다."

"무슨 소리야?"

"오방새 전설의 새로운 버전, 찾아보라 하셨잖아요."

'내가 그랬다고?'라고 묻듯 마오가 제 가슴께를 가리켰다. 보보가 조사한 홀로그램 자료를 허공에 띄웠다. 오디오북 버튼을 누르자 음성이 흘러나왔다.

사람들이 입구를 막기 전 동굴 안에는 오방새 이외에도 또 한 명의 인간이 있었다. 미치광이라 불리는 걸인의 아이였다. 여자는 혹독한 겨울을 이기지 못하고 다리 밑에서 동사했다. 이제 막 걷기 시작한 아이는 마을 아낙들이 십시일반 젖동냥으로 키웠다. 그 아이가 자라 네 살이 되던 해에 마을은 오방새의 저주로 뒤덮였다.

"신의 노여움을 풀기 위해서는 피가 깨끗한 인간을 제물로 바쳐야 해."

무당이 서슬 퍼런 눈빛으로 말했다. 사람들은 강아지처럼 마을 곳곳을 떠돌아다니던 걸인의 아이를 떠올렸다. 그 아이를 불러다가 비단옷을 입히고 먹을 것을 주었다. 아무것도 모르는 아이는 동굴 안에서 노곤한 모습으로 꾸벅꾸벅 졸다, 이내 잠이 들었다.

사람들은 서둘러 동굴 입구를 막기 시작했다. 안에서 다급한 날갯짓 소리와 함께 어린아이의 울음소리가 들려왔다. 파닥거림과 찢어지는 듯한 괴성이 선명해질수록 사람들은 공포에 몸을 떨기 시작했다. 그러나 동굴을 막는 일을 멈추지 않았다.

"이게 다 무슨 소리야? 오방새의 전설에 인신 공양이라니. 내가 이걸 조사하라 했다고?"

보보는 메이드봇이었다. 주인의 명령 없인 도서관 서버에 접속해 자료를 찾지 못할 것이다. 로봇인 보보가 거짓말을 할 리 없으니, 이 자료를 부탁한 건 마오가 분명할 테다. 하지만 아무리 머릿속을 헤집어 봐도 기억나지 않았다. 오방새 설화의 다른 버전 따위 궁금해한 적이 없으니까.

"시계꽃 차를 드신 후 잠들기 직전에 부탁하셨습니다. 원래 신화와 설화라는 게 여러 버전이 있다고요. 오방새 전설도 그렇지 않겠느냐 하셨습니다. 혹시 다른 버전의 이야기가 있는지 조사해 달라 하셨죠. 어젯밤 마오 님이 병원에 가신 사이, 다행히도 누락된 이야기를 찾을 수 있었습니다."

보보의 얼굴에 물음표가 떠올랐다. '제가 뭘 잘못했나요?' 하고 묻는 듯한 표정이었다. 마오가 두 손으로 얼굴을 쓸어내렸다. 잠들기 전의 웅얼거림을 명령으로 받아들였을까? 하지만 단순히 실수라 하기엔 너무 구체적인 부탁이었다.

"보보, 너 괜찮아? 정말 어디 문제라도 생긴 거 아니야?"

프로그램 업데이트를 하며 어떤 오류라도 발생한 걸까.

"특별히 문제가 될 만한 시스템 오류는 감지되지 않았습니다. 제가 정확히 무슨 실수를 했는지 구체적으로 대답해 주시겠습니까?"

"아니야. 부탁했을 당시 내 음성 파일을 들려줘."

"음성 파일은 없습니다. 삭제하라 하셨습니다."

그날은 시계꽃 차를 마셨다. 그 뒤로 기억이 희미했다. 보보에게 무언가를 이야기한 사실은 어렴풋이 떠올랐다. 잠에 취해 한 웅얼거림이 스피커를 자극한 모양이었다. 하지만 우연의 일치라고 하기엔 어쩐지 께름칙했다. 삭제 명령까지 내렸다면 제법 또렷하게 말했단 뜻인데…

새벽이었다. 악몽에서 깨어난 직후였다. 심리적으로 불안했겠지. 다시 잠들며 아무 말이나 내뱉은 것 같은데, 왜 하필 오방새 전설을 물어봤을까.

보보가 식탁 위에 접시를 내려놓았다.

"당분간은 소화가 잘되고 위에 부담이 없는 식단으로 준비하라 말씀하셨습니다. 점심은 양송이를 넣은 소고기죽입니다."

식전에 듣기에는 썩 좋지 않은 이야기였다. 식탁에 놓인 허연

죽을 보니 문득 이 선생님이 구했다던 초콜릿 쿠키가 떠올랐다. 이럴 줄 알았으면 모르는 척 받아 올 것을 괜한 허세를 부렸단 생각에 마오는 뒷맛이 썼다.

"몸은 좀 어떠십니까?"

"보보, 벌써 몇 번째 물어보는 거야? 아침에 구석구석까지 전부 체크했잖아."

"이번에는 치료제에 큰 부작용이 없는 듯 보여 다행입니다."

"다행 아니야."

마오가 숟가락으로 그릇을 가리켰다.

"대체 언제까지 이런 걸 먹어야 해?"

"마오 님의 건강과 소화 능력을 생각해서 가장 적절한 맞춤형 식단을 제공하고 있습니다. 마오 님의 회복 상태에 따라 식단은 지금보다 종류가 다양해질 겁니다."

메이드봇은 짜증과 비아냥을 인지하지 못했다. 의문문은 그저 단순한 질문으로 받아들였다. 화를 내는 인간만 바보로 만들었다.

"그래, 아주 고마워."

"감사합니다."

자주 욱하는 사람에게는 메이드봇과의 대화가 꽤 효과적일 것이다.

"아까 수업하는데 밖이 좀 시끄럽던데 진솔 아저씨 왔었어?"

마오가 죽을 한 입 떠 넣었다. 그런대로 먹을 만했다.

"소방청에서 담당 어시드가 나왔습니다."

집 주변은 온통 숲이었다. 소방 점검 차 전문 휴머노이드가 정기적으로 방문했다. 화재에 대비해 소방 시스템이 완벽하게 갖춰져 있었지만, 혹시 모를 만일의 사태를 위해서였다.

"무슨 일 있어? 대부분은 왔다 갔는지도 모르게 조용하던데."

"옥상 발코니로 향하는 문을 낮에도 열어놓으라고 하더군요. 화재 발생 시 옥상으로 탈출해야 하는데 통로가 막혀 있으면 위험하답니다."

"그래서 뭐라고 대답했어?"

"그러마고 했습니다. 이제 마오 님도 다 컸으니까요."

창밖에 새벽 어스름이 비치기 시작하면, 특수 창은 햇살을 100퍼센트 차단했다. 옥상으로 올라가는 문은 자동잠금장치로 막아놓았다. 어린 마오가 자칫 햇살에 노출될까, 예방 차원에서 마련한 것이다. 마오는 일주일에 두어 번 태닝룸에 들어갔다. 미용을 위한 일광욕이 아닌, 인공의 안전한 빛을 쬐기 위해서였다.

"흡혈귀로 컸지. 낮에는 수업을 듣고 숙제하고 시험까지 보는 아주 불행한 흡혈귀."

"오늘은 오후 수업 없습니다."

보보가 말했다. 숟가락을 손에 쥔 채 마오가 고개를 들었다.

"왜? 오늘 무슨 날이야?"

"곧 진솔 님이 오실 겁니다."

그럼 그렇지. 저절로 쳇 소리가 튀어나왔다. 어제 치료제를 맞았으니 또 확인 차 오는 거겠지. 무리하지 말라는 의미일 텐데, 어 쨌든 수업을 안 한다는 건 반가운 일이었다.

잠시 뒤 방문자가 도착한다는 안내음이 울렸다. 진입로에 차 가 들어섰단 뜻이다.

"양반은 못 되겠네."

보보가 현관문 쪽으로 바퀴를 움직였다. 문이 열리며 어서 오 시라는 보보의 인사가 들려왔다.

"밥 먹는 중이었어요. 아저씨도 좀 드실래요? 위와 장에 아주 좋은 건강식이거든요."

밥은커녕 차 한 잔도 함께하지 않곤 하던 그였다. 치료제도 없 는 바이러스 감염자와 식사한다는 것이 께름칙하겠지. 다 알고 있으면서 마오는 때때로 유치한 심술을 부렸다.

"밥 먹는 건 힘들 것 같구나. 오늘 방문 목적은 따로 있어서."

등 뒤에서 나직한 목소리가 들려왔다. 마오가 피식 웃었다.

"RB 바이러스 감염자와 함께 밥을 먹는다는 게 생각처럼 간 단한 일은…"

반쯤 몸을 돌린 마오가 그 자리에 얼어붙었다. 주방 너머에 진 솔과 보보, 그리고 낯선 얼굴이 서 있었다. 마오가 천천히 자리에 서 일어났다.

"오해하지 마. 네가 RB 감염자라서 그런 건 아니다."

진솔이 빙그레 웃었다. 하지만 마오의 눈에는 아무것도 들어오 지 않았다. 마오가 멍한 표정으로 손에 쥔 숟가락을 떨어뜨렸다.

오늘따라 거울에 비친 모습이 끔찍했다. 하얀 머리는 부스스했고 얼굴은 창백했다. 깡마른 몸과 가는 팔다리는 부러진 나뭇가지처럼 생기가 없었다. 게다가 보풀이 일어난 트레이닝복 차림이라니.

곧 만나게 될 거란 할아버지의 말을 의심하진 않았다. 다만 이렇게 빨리 만날 줄은, 아무런 연락도 없이 불쑥 찾아올 줄은 몰랐다. 좀 점잖은 옷으로 갈아입었어야 할까? 사실 옷을 갈아입을 시간적 여유 따윈 없었다. 바닥에 아무렇게나 늘어놓은 옷가지를 정리하고, 던져놓은 과일 껍질도 버려야 했다. 눈에 보이는 너저분한 것들을 급히 옷장과 침대 밑으로 밀어 넣는데 밖에서 보보의 목소리가 들려왔다.

"저에게 미리 청소를 명령했으면 좋았을 텐데요. 손님을 너무 오랫동안 기다리게 하는 것도 큰 실례입니다. 마오 님 그만 문을 여시는 게 어떨까요?"

미리 알았더라면 백 번 천 번이라도 보보에게 방 청소를 명령했을 것이다. 하지만 이렇듯 불쑥 손님이 찾아오리라고는 손톱에 난 거스러미만큼도 상상하지 못했다.

마오가 깊게 숨을 내쉬고는 '들어오세요' 하고 나직이 말했다. 문이 열리자 낯선 얼굴이 빙그레 웃고 있었다. 전등 빛에 반사된 상대의 안경이 두 눈동자를 하얗게 지워버렸다.

무슨 이야기를 어디서부터 어떻게 시작해야 할지 막막했다. 어쩌면 상대도 마오의 유령 같은 외모에 겁을 먹었을지도 몰랐다. 그런데 정말 저 사람도 RB 바이러스에 감염된 걸까.

"미안한데 거기 좀 앉을래?"

방을 서성이던 마오가 주춤 멈춰 섰다.

"내 방도 아닌 곳에서 이런 말 하긴 좀 웃기지만."

상대는 어색한 미소를 지으며 가볍게 어깨를 으쓱했다. 그는 어젯밤 할아버지가 기다리던 바로 그 의자에 자연스레 앉아 있었다. 마오의 시선이 찬찬히 상대의 얼굴에 닿았다.

이곳에 온 사람이라고는 진솔과 할아버지가 전부였다. 또래의 소년이 찾은 적은 단 한 번도 없었다. 상대는 마오보다 머리 하나는 더 컸다. 호리호리한 몸매에 팔다리가 길고 가늘었다. 창백한 얼굴이지만 알비노는 아니었다. 안경 탓일까? 첫인상이 다소 날카로웠다.

너무 놀라서 아무 소리도 들리지 않았다. 정말 자신의 눈앞에 있는 또래가 홀로그램이 아닌 진짜인지 만져보고 싶었다. 진솔이 두 살 위라 했던 것 같은데…

"아, 미안…"

두 살 위라면 형일까?

"아니. 죄송합니다."

잘못 들은 건지도 몰랐다. 워낙 정신이 없었으니까. 키만 크다고 다 형은 아닐 텐데. 마오는 열여덟의 소년이 정확히 어떤 모습인지 알 수 없었다. 가상현실 속 아바타 친구들은 다양한 모습을 하고 있었다.

"앉아. 혹시 말 편하게 하는 거 싫어?"

톤이 굵고 낮았다. 마른 체격이지만 골격이 크고 단단해 보였다. 형이나 선배라 부를 수 있는 존재란 저런 느낌일까? 마오가 천천히 의자에 앉았다.

"아니요. 괜… 괜찮아요."

여긴 마오의 방이었다. 괜스레 주눅이 들 필요가 없었다. 눈빛이 편안한 것을 보아, 이미 마오에 대해 알고 온 모양이었다. 그런데 정작 마오는 상대에 관해서 아무것도 몰랐다.

"말 편하게 해. 나는 열여덟인데."

'너는?' 하고 묻는 눈빛에 마오가 열여섯이라 대답했다. 마치 얌전한 강아지가 된 기분이었다.

"이름은 강마오. 그쪽, 아니 그러니까…"

"형이라고 부르고 싶으면 그래도 돼. 그냥 그쪽이라 해도 되고. 내 이름은 하라야. 이름 불러도 상관없어."

"하라? 성은?"

"그냥 다들 이름만 불러서."

그건 마오 역시 마찬가지였다. 마오 주변 사람들도 마오를 성을 제외한 이름으로 불렀다. 그래봤자 몇 안 되지만. 두 사람 사이에 어색한 침묵이 흘렀다. 수업을 안 하게 되어 다행이라 생각했는데, 몇 배는 더 힘든 시간을 맞이했다.

"할아버지한테 들었어. 곧 그쪽, 아니 형을 만나게 될 거라고."

"회장님이 다른 RB 감염자가 있다고 했지? 죽지 않고 살아 있다고 말이야."

"우리 할아버지를 알아?"

멍청한 질문이었다. 하라가 할아버지를 몰랐다면 진솔과 동행할 수도, 숲속 집을 찾아올 수도 없었을 것이다. 이렇듯 마오와 함께 있는 것 자체가 불가능했다.

하라가 엷은 미소를 내비치며 마오를 바라보았다. 희귀 동물을 보듯 신기해하는 눈빛은 아니었다. 그 담담한 시선이 오히려 마오를 당혹케 했다. 분명 오늘 처음 만났는데 오래전부터 알고 지낸 듯한 친근함이 느껴졌다.

"그래, 회장님. 그리고 아까 나를 여기까지 안내한…"

"진솔 아저씨야. 우리 할아버지 비서. 그런데 내 일을 더 많이 봐주고 있어."

하라가 천천히 고개를 끄덕였다. 팽팽했던 긴장감이 풀리며 어깨에 힘이 빠졌다. 온기라고는 느낄 수 없는 이곳에 사람이 찾아온 것이다. 손을 뻗으면 만질 수 있고 귀를 기울이면 숨소리가 들리는, 가슴이 규칙적으로 오르내리는 마오와 똑같은 10대가 찾아왔다.

"형은 집이 어디야? 어디에 살아? 부모님은?"

보보의 말이 사실이라면 하라도 RB 바이러스에 부모님을 잃었을 것이다. 그런데 이렇게 아무렇지 않게 물어보다니. 마오가 아차 싶은 얼굴로 입술을 깨물었다.

"사는 곳은 여기서 좀 멀어. 부모님은 없어."

하라가 심드렁한 목소리로 말을 이었다.

"뭐 그렇게 나도 RB 바이러스에 감염되었고. 특별한 일이 없는 한, 집 밖에 나가지 않아. 못 나간다는 말이 더 맞겠지만."

많은 부분이 정확히 일치했다. 두 사람 모두 바이러스에 부모님을 잃었다. 그렇게 감염자가 되었다. 어쩌면 생존자라는 말이 더 맞을 것이다. 하지만 뭔가 이상했다. 똑같이 RB 바이러스에 감염되었는데, 하라의 외모는 달랐다. 가장 눈에 띄는 건 백색증이 아니라는 점이었다.

"혹시 형도 햇빛 알레르기 있어?"

"아니."

햇빛에 문제는 없지만, 폐와 심장은 자주 고장 난다 했다. 피가 잘 멈추지 않는 혈액응고장해도 있었다. 조금만 흥분해도 기침이 터져 나오고, 심할 경우 각혈을 했다. 자극적인 음식, 격한 운동은 일절 금물이었다. 특별한 일이 없는 한 집 앞 외출조차 불가능했다. 감기가 곧잘 폐렴으로 번졌다. 작은 상처도 쉽게 아물지 않았다. 백색증과 햇빛 알레르기만 제외한다면, 증상은 마오와 똑같았다.

"그리고 만일 내가 아이를 갖는다면, 그 아이도 RB 바이러스에 걸리게 돼. 나랑 똑같은 고통을 겪는 거지."

아직 거기까지 생각해 본 적은 없었다. 이런 모습으로는 친구조차 만날 수 없는데, 결혼해 아이를 낳는다니. 그건 너무 먼 얘기였다. 그때까지 살아 있을지조차 장담할 수 없으니까.

그 순간 마오는 문득 오방새 전설이 떠올랐다.

동굴에 다녀왔던 누군가는 하루아침에 노인이 됐다. 어떤 이는 검붉은 피를 토해냈다. 또 다른 이는 온몸에 종기와 부스럼이 일어났다. 눈이 먼 이도 있었다. 그렇게 모두 서서히 죽어갔다.

똑같은 바이러스에 감염돼도 사람마다 증상은 다른 모양이었다. 혹시 모체를 통한 간접 감염과 직접 감염의 차이일까.

"그런데 명색이 학생인데 왜 방에 책이 한 권도 없어?"

하라가 주위를 두리번거렸다.

"책?"

마오가 되물었다.

"종이책 말이야."

"요즘 종이책 읽는 사람이 있어? 다 HB지."

하라가 손끝으로 관자놀이를 긁적였다.

"나는 가끔 종이책 읽거든."

종이책은 몇몇 마니아들만 찾았다. 대부분은 HB, 즉 홀로그램 북hologram book을 구매하고, 직접 활자를 읽기보다는 낭독 기능을 이용했다. 종이책은 주문한 사람들만을 위해서 소량 제작되곤 하는데 HB와 비교해 열 배, 많게는 스무 배가 넘는 비용이 들었다. 산림이 줄어들면서부터 종잇값이 천정부지로 치솟았으니까.

"종이책 주문하려면 비용도 만만치 않을 텐데."

인쇄술이 발달하기 전 책은 권력자들의 전유물이었다. 숲이 황폐해짐에 따라 책은 또다시 몇몇 사람들만 소유할 수 있는 고가품이 되었다.

"좀 그렇지?"

하라가 멋쩍은 미소를 내비쳤다. 순간 방에 익숙한 알람 소리가 울렸다. 문밖에 보보가 왔다는 뜻이다.

"들어와."

보보가 테이블 위에 유리컵을 내려놓았다.

"따듯한 차와 말린 사과로 만든 칩입니다."

"고마워."

마오가 말했다. 메이드봇이 몸을 돌려 문을 빠져나갔다.

"귀엽네. 요즘은 보기 드문 기종이잖아."

"단종된 모델이야. 한번 고장 나면 수리도 힘들어."

하라가 호기심 가득한 표정으로 투명 유리잔 속을 내려다보았다.

"뭐야?"

"아, 이거 시계꽃 차라는 건데. 꽃이 시계를 닮았다고 해서. 좀 이상하지. 싫으면 다른 허브 차 준비하라고 할까?"

꽃잎에 머물러 있던 시선이 마오에게로 되돌아왔다.

"너 허브 차 좋아해?"

"좋아한다기보다 다른 음료에 비해 몸에 좋으니까."

"몸에 좋다라… 음, 나는 마셔본 적이 없어서."

하라가 턱을 쓰다듬으며 한쪽 입꼬리를 말아 올렸다. 의미를 알 수 없는 그의 미소가 마오를 긴장시켰다. 상대의 취향도 묻지 않고 차를 내왔다고 화가 난 것일까. 툭하면 예의를 운운하던 유교 메이드봇인 보보답지 않은 실수였다.

"미안해. 손님이 온 적이 없어서. 그냥 늘 내가 마시던 것으로 가져왔나 봐. 커피는 없는데 그럼 생과일주스는 어때? 보보가 금방 만들어 줄 거야."

"아니야. 괜찮아. 나 신경 쓰지 마."

어떻게 신경을 안 쓸 수가 있을까? 하라는 이곳에 방문한 첫 또래이자 RB 바이러스 보균자였다. 지금 마오의 모든 신경이 일제히 하라를 향해 있었다.

"형도 메이드봇 있지? 어떤 모델이야? 최신형이야?"

하지만 그럴수록 애써 태연한 척했다. 과한 관심은 오히려 상대를 불편하게 만들 테니까.

"응, 있어. 오래됐는데 네 것처럼 귀엽지는 않아."

하라가 사과칩을 들더니 이리저리 살펴보았다. 마치 사과칩을 처음 보는 사람처럼 집요하게 보더니, 손끝으로 말린 과일을 잘게 쪼갰다. 심심풀이 손장난 같기도, 긴장된 분위기를 그렇게라도 달래려는 것 같기도 했다. 바사삭 부서지는 말린 사과 조각처럼 수많은 질문이 마오의 머릿속을 가득 메웠다. 그러나 대체 어디서부터 출발해야 할지 알 수 없었다. 그건 상대도 마찬가지란 생각이 들었다. 하라가 손을 털고는 고개를 돌려 창밖을 바라보았다. 그 순간 늘어난 티셔츠 사이로 검붉은 멍이 보였다. 목을 시작으로 빗장뼈까지 멍은 넓게 번져 있었다.

"여긴 되게 조용하다."

마오가 서둘러 눈을 돌렸다. 비밀을 훔쳐본 듯 덜컥 가슴이 내려앉았다.

"요즘은 어때?"

창밖에 시선을 둔 채 하라가 물었다. 전부터 알던 사람처럼 친근한 목소리였다. 마오가 지금 어떻게 생활하는지 묻는 것 같기도 하고 몸 상태를 궁금해하는 것 같기도 했다. 어쩌면 둘 다인지도 몰랐다.

"어제 치료제를 1차로 맞았어. 그래서 지금 좀 멍해."

치료제 때문인지 긴장 때문인지는 알 수 없지만, 가슴이 뛰고 입 안이 바싹바싹 말라갔다. 하라의 고동색 눈동자가 천천히 되돌아왔다.

"치료제?"

마오의 존재부터 치료제까지 모든 것이 극비 사항이었다. 하지만 하라도 RB 바이러스 감염자였다. 설마 치료제가 마무리 단계까지 왔다는 사실을 모르는 걸까?

"아직 확실한 건 아니야. 참, 오늘 텔레비전에서 우리나라 화성 복권 당첨자 발표했다던데…"

화면을 켤 생각은 없었다. 실수했다는 생각에 아무 말이나 내뱉은 것이었다. 그러나 음성을 인식한 벽이 스크린으로 바뀌며 복권 당첨자 영상을 자동 재생해 주었다.

"드론 택배를 관리합니다. 복권은 재미로 한두 번 사본 적 있었죠. 그런데 마침 회사에서 그달에 생일을 맞이한 사람에게 기념으로 화성 복권을 한 장씩 나눠줬어요. 설마 될까 싶었는데…"

남자는 감격에 겨운 듯 울먹였다. 거뭇한 피부와 주름진 얼굴, 피부재생은커녕 인공피부조차 이식하지 않은 모습이었다. 텔레비전에서는 좀처럼 볼 수 없는 나이 든 외모였다.

화성 복권은 거액을 받는 게 아니었다. 그 대신에 화성에서 살 수 있는 거주권을 얻게 된다. 그래서 일단 당첨된 사람이라면 국적과 인종을 불문하고 당첨 사실을 최대한 언론에 빨리 노출하려 했다. 그러면 화성에 간다는 확실한 증거를 남길 수 있을 테니까. 남자도 같은 공식에 따라 각종 언론과 매스컴에 열심히 인터뷰 중이었다.

"양가 부모님 모시고 아이들과 함께 새 출발 할 수 있게 되었어요. 그곳에서는 주택이며 자립 정착금, 그 밖에도 일자리까지 다 제공된다고 하지 않습니까. 정말 열심히 산 보람이 있습니다."

마오가 서둘러 화면을 껐다. 스크린이 사라지며 다시 벽으로 돌아왔다.

"미안. 텔레비전을 보려던 게 아니었는데 갑자기 켜졌네? 나는 몸에 ESC를 넣지 못했어. 그래서 집에선 모든 게 내 음성인식으로 움직이게 세팅해 놨거든. 늘 이곳에서만 생활하니까."

어차피 밖에 나갈 일도, 연락할 친구도 없었다. 그 밖에 VR 게

임이나 TV 시청, AI 선생님과의 수업은 전부 집에서만 이루어졌다. ESC가 딱히 필요 없는 삶이었다.

"ESC는 나도 없어."

하라가 긴장된 표정을 지우고 엷게 웃었다. 마오가 두 손을 깍지 꼈다. 머릿속에 아무렇게나 뒤엉켜 있는 질문들을 풀어내야 할 시간이었다.

"나 보고 놀라지 않았어?"

솔직한 질문은 아니었다. 왜 나를 보고도 놀라지 않느냐 묻고 싶었다. 그런데 따지고 드는 듯한 뉘앙스라 한발 뒤로 물러섰다. 낯선 사람과 대화한다는 것은, 생각보다 조심할 것이 많았다. 눈치를 보고, 분위기를 살피고, 상대의 표정 하나하나까지 읽어내야 하니까.

"놀랐어."

하라가 끼고 있던 안경을 벗었다.

"너 되게 신비롭게 생겼잖아. 요정, 아니 엘프 뭐 그런… 기분 나빴다면 미안."

요정이면 어떻고, 유령이면 어떨까? 지금 중요한 것은 상대에게 어떻게 보이느냐가 아니었다. 그가 어떻게 자신을 알고 있는지, 할아버지와는 어떤 관계인지를 알아내는 것이다.

"있잖아. 사실 나 이거 없으면…"

하라가 손에 쥔 안경을 내려다보았다.

"색이 안 보여. 내가 보는 세상은 흑과 백, 약간의 갈색이 전부야. 지독한 색맹이거든."

"수술은…"

색맹은 수술로 얼마든지 치료 가능했다. 빛을 감지하는 센서를 안구에 넣는, 10분 정도면 끝나는 간단한 수술이라 들었다.

"나는 힘들어."

ESC조차 삽입하기 어려운데 수술 후 어떤 부작용에 시달릴지 알 수 없었다. 세상은 RB 바이러스를 정복하지 못했으니까.

"내가 안경을 벗고도 완벽하게 인식할 수 있는 사람이 바로 너야. 너는 여전하거든."

흑백의 세상에서 온몸이 하얀 아이는 그대로 보인다는 의미일 테다.

"눈은 RB 바이러스 때문에?"

글쎄, 하고 말하듯 하라가 어깨를 으쓱했다.

"레인보우 버드의 꼬리 깃털을 욕심낸 벌이랄까?"

아름다운 깃털을 탐한 대가로 누군가는 색을 잃었다. 또 다른 이는 색을 볼 수 없게 되었다. 오방새의 저주는 생각보다 치밀하고 잔인했다.

"나는 형을 몰랐어. 그러니까 얼마 전까지 말이야. RB 바이러스에 감염된 사람 중에 내가 유일한 생존자라 믿었거든."

"나도 너를 몰랐어. 내가 조금 더 일찍 알았을 뿐이지, 알게 된 시간 자체엔 별 차이 없을 거야."

"형도 할아버지가 말해줬어?"

"그렇다고 볼 수 있지."

안경을 벗은 하라의 암갈색 눈동자는 크고 맑았다.

"대체 왜 지금까지 아무도 얘기를 안 했을까?"

할아버지와 진솔, 그리고 선생님까지. 다들 알고 있었다. 그런데 정작 당사자들만 서로의 존재를 모르고 있었다.

하라는 부모님과 동굴 축제에 참여했고, 바이러스에 감염됐다. 만약 보보의 정보가 사실이라면, 할아버지는 언론의 눈을 피해 하라를 보호했을 것이다. 하지만 왜 굳이 마오에게까지 비밀에 부쳤을까? 무려 10년이 넘도록 두 사람은 서로의 존재를 몰랐다. 자신들이 세상의 유일한 RB 바이러스 감염자라 믿고 있었다.

"형은 그럼 지금 어디에 있는 거야? 형도 오랫동안 격리 생활을 했을 거 아니야. 나처럼 이런 외진 곳에서…"

마오가 말을 멈추고 천천히 숨을 골랐다. 흥분해 봤자 철없는 어린아이처럼 보일 뿐이었다. 바싹 마른 입 안이 모래를 삼킨 듯 퍼석거렸다.

"와, 다람쥐! 나무에 다람쥐가 있어."

벌떡 자리를 털어내던 하라가 테이블을 툭 건드렸다. 순간 유리컵이 넘어지며 허브 차가 쏟아졌다. 황급히 컵을 세워봤지만 이미 늦어버렸다. 하라의 옷은 흥건히 젖어버렸다. 그나마 이야기하는 사이 허브 차가 식어버려 다행이었다.

"어, 미안. 다람쥐를 실제로 본 게 처음이라서. 바보같이 호들 갑을 떨었네."

"아니야. 괜찮아. 여긴 숲이라 가끔 다람쥐랑 청설모가 나와. 그나저나 옷이 다 젖었네. 보보! 보보, 빨리 와."

마오가 서둘러 메이드봇을 호출했다.

"아니야. 부르지 마. 많이 안 젖었어."

하라가 손을 내저어 봤지만 이미 호출에 반응한 보보가 바퀴 소리를 내며 안으로 들어섰다.

"그냥 두세요. 제가 정리하겠습니다."

"옷이 젖었어."

보보의 초록색 렌즈가 하라에게 향했다.

"키와 몸무게, 골격까지 마오 님과는 차이가 있습니다. 최대한 비슷한 치수의 옷을 찾아드리겠습니다. 불편하시더라도 젖은 옷은 잠시만 입고 계세요."

한참 서랍장을 뒤적이던 보보가 옷 한 벌을 들고 돌아왔다.

"이 옷이 마오 님의 것 중에서 가장 큽니다."

엉겁결에 옷을 받아든 하라는 난처한 표정을 감추지 못했다.

"욕실에서 갈아입어."

"안 갈아입으면 네 메이드봇에게 잔소리 좀 듣겠다."

욕실로 돌아서는 그를 보며 마오가 빙긋이 웃었다. 이런 바보 같은 소동조차 어쩐지 반가웠다. 그래, 너무 서두를 필요는 없을 것이다. 형과 할아버지가 어떤 관계인지, 왜 뒤늦게야 두 사람을 만나게 허락했는지는 천천히 알아가면 될 테니까.

"모두 정리했습니다. 차와 간식을 다시 준비할까요?"

보보가 물었다.

"괜찮아. 나는 필요 없…"

마오가 말을 멈추고 흘낏 욕실을 곁눈질했다.

"허브 차 말고 다른 거 있지? 코코아나 생과일주스 말이야. 우선 형한테 물어볼게."

하라가 어떤 것을 원하는지 물어봐야 했다. 마오가 조심히 욕실로 다가갔다.

"저기 혹시 다른 마실 것…"

열린 문틈으로 옷을 갈아입는 하라가 보였다. 한순간 눈동자가 터질 듯 크게 부풀어 오르며 쿨럭 기침이 터져 나왔다. 마오가 두 손으로 입을 틀어막고는 황급히 돌아섰다.

"어떤 음료를 준비할까요? 코코아와 생과일주스 외에도 홍차나 레몬티도 있습니다."

보보가 바퀴를 굴리며 가까이 다가왔다.

"아니야. 차는 됐어. 대신 나 물 좀 줘."

"생체리듬이 갑자기 불안정해졌어요. 병원에 연락해야 할까요? 치료제 처방 후에 작은 신체 변화가 있어도 바로 연락하라는 지시를 받았습니다."

"나는 괜찮아. 갑자기 손님이 와서 놀랐을 뿐이야. 아무래도 물은 내가 직접 가서 마시는 게 좋겠어. 같이 내려가자."

곧 하라가 나올 것이다. 자신의 표정이 어떤지 마오는 알 수 없었다. 놀라움을 넘어 숨길 수 없는 당혹감이 묻어 있겠지. 계단을 내려가는 마오를 따라 보보가 부지런히 바퀴를 움직였다.

"보보, 혹시 손님의 생체리듬 읽었어?"

1층에 내려오기 무섭게 마오가 물었다.

"불가능합니다. 먼저 사용자의 기본 생체리듬 정보가 입력되어야 합니다. 그 기본 데이터를 바탕으로 하루하루 신체와 감정의 변화를 파악할 수 있어요. 제게는 손님에 대한 아무런 정보도 입력되어 있지 않습니다."

바보 같은 생각의 연속이었다. 낯선 타인의 생체리듬을 읽어 달라니. 개인정보를 해킹해 달라는 것과 별반 다르지 않았다.

"곤란한 문제가 있으십니까? 혹시 손님이 마오 님을 불편하게 한다면 말씀해 주세요."

확실히 문제가 있어 보였다. 그런데 그 대상이 하라라는 사실이 가장 큰 문제였다.

"나 먼저 올라갈게. 다른 건 필요 없어. 젖은 옷 세탁 좀 부탁해."

마오가 볼을 탁탁 두드리며 얼굴에 긴장을 풀었다. 의도가 어쨌든 상대방을 몰래 훔쳐본 건 나쁜 짓이었다. 새하얀 두 발이 서둘러 계단으로 올라섰다.

"너 정말 잘 먹어야겠어."

발끝에 묶여 있던 마오의 시선이 고개를 들었다. 눈앞에 팔다리가 드러나는 짤막한 옷을 입은 하라가 서 있었다. 목 언저리의 검붉은 멍이 자꾸만 눈길을 붙잡았다.

"괜찮아?"

"보는 사람이 안 괜찮겠지. 나는 괜찮아."

하라가 기분 좋게 웃었다. 마오의 입꼬리가 씰룩거렸다. 금방이라도 얼굴에 경직이 올 것 같았다.

"옷 거기다 넣어. 보보가 깨끗하게 세탁해 줄 거야."

짧은 옷소매 사이로 검붉게 멍든 팔이 보였다.

"이 방은 다 통창이네. 잘하면 밖에서 다 보이겠다."

방을 한 바퀴 둘러보며 하라가 말했다.

"특수 유리야. 밖에서는 안 보여. 햇빛도 차단해 주고."

"야광별이네. 방에 우주가 있구나? 너 의외로 취향이 귀엽다."

하라가 고개를 들어 천장에 붙어 있는 우주를 보았다.

"어릴 적에 진솔 아저씨가 붙여놓은 거야. 그냥 떼기 귀찮아서."

천장에 붙어 있는 스티커가 부끄럽다는 생각이 문득 들었다. 야광 스티커까지는 미처 생각하지 못했다. 진즉에 떼어버렸어야 했는데, 미루고 미루다 여기까지 왔다.

"떼어버릴 거야."

싱글거리는 눈빛이 마오를 향해 소리 없이 빈정대는 듯했다.

왜, 밤에 야광별 없으면 무서워서 잠이 안 오나 봐?

"언제 붙여놨는지 나도 몰라."

"이 귀여운 녀석은 뭐야?"

하라가 손에 쥐고 흔든 것은 고깔모자를 쓴 생쥐 목각 인형이었다. 아직도 이런 장난감을 좋아하느냐 비웃을 것 같아 서둘러 침대 밑에 넣어놨는데, 그게 어떻게 하라 손에 들어갔는지 모를 일이었다.

"미안. 발에 뭐가 걸려서 봤더니 이 꼬마가 있더라. 밑에 몇 마리 더 있는 것 같은데?"

미처 말릴 새도 없었다. 하라가 허리를 깊게 숙여 침대 밑 목각 인형들을 하나둘 꺼내기 시작했다. 말려 올라간 티셔츠 사이로 붉게 번진 멍이 드러났다.

"우와. 다섯 마리나 있었네?"

"그냥… 전부터 있었던 거야. 괜히 어린애 같다고 놀릴까 봐."

천장에 붙은 야광별은 미처 눈치 못 채고, 엉뚱한 목각 인형만 치워버렸다. 물론 그 녀석들마저 모두 다 들켜버렸지만.

"장난감이 뭐가 어때서."

하라가 또다시 천장에 붙은 야광별들을 올려다보며 말했다.

"동심은 좋은 거야. 아직 남을 이용할 줄 모른다는 거니까."

그 한마디가 묘한 울림이 되어 마오의 가슴을 건드렸다. 하라가 손에 쥔 다섯 마리 생쥐 인형을 테이블 위에 차례로 올려놓았다.

"무지개색이네?"

생쥐 인형이 쓰고 있는 모자를 말하는 것 같았다. 특수 안경을 썼는데도 색깔 구별이 잘 안 되는 걸까?

"저기, 이거 검은색, 흰색이랑 파랑, 빨강, 노랑인데? 그리고 다섯 마리밖에 없잖아."

마오가 하라의 눈치를 살피며 조심스레 입을 열었다.

"알아. 흑, 백, 청, 홍, 황. 옛날 사람들의 눈에는 무지개가 이 다섯 가지 색으로 보였대."

"다섯 가지 색?"

마오가 혼잣말을 하듯 나직이 읊조렸다.

"원래 그래. 사람도 로봇이랑 다를 게 없어. 입력된 대로 믿으니까. 무지개색이 다섯이라 하면 다섯이라 믿고, 일곱이라 하면 일곱이라 생각하지."

하라가 커다란 창문을 보며 큰 소리로 말했다.

"와! 그나저나 여기 경치 진짜 좋다. 공기는 정말 맑겠다."

"형이 사는 곳은 어디야?"

자신도 모르게 불쑥 질문이 튀어나와 버렸다. 하지만 마오는 오히려 다행이라 생각했다. 어쨌든 이렇게라도 다시 이야기를 원점으로 돌려야 했다. 어디에 사는지. 돌봐주는 이는 누군지. 새 치료제에 대해서는 알고 있는지. 대체 몸은 왜 그러는지.

하라의 몸 곳곳에 검붉은 멍이 들어 있었다. 마치 누군가에게 흠씬 두들겨 맞은 것 같았다. 하지만 누가? 물론 마오도 쉽게 멍이 들곤 했다. RB 바이러스 감염자가 겪는 후유증 중 하나이니까. 비록 그렇다 한들 상태가 너무 심각했다. 하라도 감염자라면 지금까지 치료제와 대체 약물을 주입했을 것이다. 분명 그럴 가능성이 농후했다.

혹시 치료 중에 발생한 후유증과 부작용일까. 그렇다면 어느 정도 이해는 됐다. 지금까지 여러 치료 과정을 거쳐오며 마오 역시 다양한 문제점을 경험했으니까. 발열과 기침은 시작에 불과했다. 피부발진과 근육통은 덤이었다. 두통과 가슴통증, 호흡곤란 뿐만 아니라 온몸이 마비된 적도 있었다. 혼수상태에 빠진 적도 있었다. 병원에 실려 온 지 일주일 만에 눈을 떴는데, 아무것도 기억나지 않았다.

'기억 안 나는 걸 다행으로 알아.'

병실에서 깨어난 후 가장 먼저 들은 소리였다.

어떤 부작용이 온몸을 멍투성이로 만들까? 외부적 충격 때문일까? 심하게 부딪혔거나, 어딘가에서 떨어졌거나, 누군가에게 폭행을 당했거나.

RB 바이러스는 국내는 물론, 해외에서도 잘 알려지지 않은 바이러스였다. 레인보우 버드는 한국에서만 서식했던 토종 조류였다. 이 새를 복원한 이들은 국내 생명공학 연구진들이었다. RB 바이러스는 전염력이 낮은 만큼 치사율이 높았다. 치료제조차 없었다. 하라 역시 격리 생활 중이라고 했다. 하루 대부분을 집에서만 생활하는 사람이 온몸이 멍투성이가 될 확률이 얼마나 될까?

"나도 형 사는 곳에 가보고 싶은데."

마오가 빠르게 덧붙였다.

"낮에는 힘들겠지만, 밤이라면 얼마든지 가능해."

창밖을 바라보던 하라가 몸을 돌려세웠다.

"내가 사는 곳에 오겠다고?"

"어떤 꼬맹이가 사는 방처럼 유치한 야광별이 붙어 있진 않을 것 아니야."

"대신 청소는 해야 할걸. 내가 방을 좀 지저분하게 써서."

"청소를 형이 직접 해? 메이드봇 있잖아."

"고장 났어. 어디 처박아 놓고 싶은데 그게 힘드네."

미간에 저절로 힘이 들어갔다. 마오가 표정을 굳혔다.

"무슨 소리야?"

"말 그대로야. 수리하는 데 시간이 좀 걸릴 것 같아."

하라가 씨익 하고 웃었다. 겨울을 닮은 미소는 차갑고도 선득
했다.

"어쨌든 집 안이 정리되는 대로 한번 초대할게."

마오가 하라를 향해 한 걸음 가까이 다가섰다.

"나 묻고 싶은 게 너무 많은데 어디서부터 어떻게 시작해야 할
지 모르겠어. 그런데 형은 전혀 궁금해하는 표정이 아니야. 나 보
고 놀라지도 않았잖아."

"너는 날 보고 놀랐어?"

"당연한 거 아니야? 나는 형의 존재를 상상조차 못 했으니까."

하라가 놀란 듯 과장된 표정을 지어 보였다.

"내가 그렇게 끔찍하게 생겼나? 나 나름 괜찮은 스타일이라
생각했는데."

"지금 이 상황에서 농담이 나와? 내가 얼마나…"

이상하게 목울대가 아려 왔다. 이 순간이 기쁘면서도 불안했
다. 하라의 몸에 남아 있는 상흔이, 태연한 표정 속에 숨긴 어떤
진실이, 자꾸만 마오를 초조하게 만들었다.

"형은 지금 어디에 있어? 누구랑 있어? 어디까지 치료받은 거야? 나는 지금 새로운 치료제를 처방받았어. 아직 2차가 더 남았지만, 선생님이 이번 것은 기대해 봐도 된대. 형도 이 선생님 알고 있지?"

결국 다 터트려 버렸다. 이런 스스로가 한심해 보였지만, 어쩔 수 없었다. 모든 상황이 화가 나 견딜 수 없었다. 마오는 의사가 아니었다. 그러니 직업윤리 따위 생각할 필요도, 그럴 이유도 없었다. 하라 역시 똑같은 바이러스의 감염자라면 분명 치료제에 대해서 알고 있을 것이다.

"그 치료제."

하라가 말을 멈추고 입술을 깃씹었다. 더는 이야기할 수 없다는 듯, 그러나 꼭 하고 싶다는 듯 간절한 눈빛으로 마오를 바라보았다.

"왜? 형은 몰라?"

다른 사람도 아닌 하라라면, 할아버지를 알고 진솔을 알고 선생님도 알고 있는 사람이라면, RB 바이러스 감염자라면, 치료제를 모르지 않을 것이다. 결코 모를 수 없을 것이다.

"천천히 얘기해 줄게."

"나에 대해선 어디까지 알고 있는 거야?"

"그것도."

"…"

"우리 오늘 처음 만났어."

"나는 그래. 형은 아니잖아."

하나부터 열까지 모든 상황이 혼란스러웠다. 그런데 이 짜증은 오직 단 한 사람만의 몫이었다. 마오가 붉게 충혈된 눈을 거칠게 닦아냈다.

"너만 그런 거 아니야. 나도 지금 머릿속이 터져버릴 것 같거든."

하라가 두 손으로 강파른 어깨를 움켜잡았다. 강한 악력에 마오가 살짝 몸을 떨었다. 하라의 시선이 스크린이 사라진 벽을 향했다. 그곳에는 시간을 나타내는 숫자가 깜빡이고 있었다.

"나 이 생쥐 인형 중에서 하나만 줄 수 있어?"

불안으로 흔들리던 눈빛이 사그라들었다. 하라는 어느 틈에 짓궂은 소년의 얼굴로 돌아와 있었다. 그래, 두 사람은 오늘 처음 만났다. 앞으로 또 만날 수 있지 않을까. 원한다면 얼마든지 서로를 볼 수 있지 않을까.

"원한다면 다섯 마리 다 가져가."

"아니야. 딱 한 녀석이면 돼."

하라가 다섯 마리 중 하얀색 고깔모자를 쓴 생쥐 인형을 집어 들었다. 천장의 야광별을 보며 어린아이 취급하더니, 정작 하라도 별반 다르지 않아 보였다. 많이 외로웠겠지? 오랜 시간 격리되어 생활했을 테니까. 더욱이 하라는 할아버지라 편히 부를 수 있는 존재도 없지 않은가? 마오가 이런 생각을 하는 사이 문이 열렸다. 보보가 안으로 들어섰다.

"옷은 세탁 후 건조까지 전부 다 끝냈습니다. 갈아입으셔도 됩니다.”

보보가 침대 위에 옷을 올려놓고는 서둘러 방을 나섰다. 철컥이는 바퀴 소리가 멀어지자 1층에서 보안 시스템이 울렸다. 뒤이어 방문자가 곧 도착한다는 음성 안내가 들려왔다.

“진솔 아저씨가 왔나 봐. 혹시 형 데리러 온 거야?”

하라가 생쥐 인형을 주머니에 넣고는 어깨를 으쓱했다.

“아마 그렇겠지?”

“이제 겨우 1시간 지났는데.”

“정확히 1시간이지.”

오늘 만남은 미리 시간까지 정해졌단 뜻일까? 누가 어떤 기준으로? 마오의 머릿속에 할아버지가 떠올랐다.

“혹시 할아버지가 정한 거야? 그럼 내가 연락해 볼게.”

“회장님 지금 집에, 아니 지구에 없어.”

할아버지는 화성을 가기 위해 지금쯤 달로 향하고 있을 것이다. 진솔은 할아버지 명령만 듣는 사람이었다. 시간이 더 필요하다 해봤자 소용없는 짓이다. 두 사람 모두 ESC가 내장되어 있지 않았다. 그 흔한 SNS 계정도 없다. 서로에게 연락할 방법이 없었다.

“나 초대한다고 했잖아. 내일 저녁은 어때?”

“우선은 내가 올게.”

“언제?”

하라가 마오의 머리를 살뜰히 어루만졌다. 그 모습이 마치 어린 동생을 달래는 형 같았다. 두 살 차이는 생각보다 더 컸고, 사람의 손길은 상상보다 더 부드러웠다.

"곧 올 수 있도록 노력할게."

아래에서 진솔의 목소리가 들려왔다. 하라가 문으로 눈을 돌렸다.

"무작정 찾아와서 놀랐지? 나도 돌아가서 정리 좀 해야겠어."

"뭐를?"

"너. 그리고 나."

누군가 계단을 올라오는 기척이 들렸다. 분명 바퀴 소리는 아니었다.

"잘 들어. 누군가가 어디에 사는지보다 어떻게 사는지를 먼저 생각해."

"뭐?"

"그건 너에게 있어서도 마찬가지야."

똑똑 노크 소리가 날아들었다. 하라가 괜찮다는 듯 고개를 끄덕였다.

"들어와요."

마오가 말했다. 문이 열리고 진솔이 안으로 들어섰다.

"정확하네."

하라가 툭 한마디 내뱉고는 성큼성큼 문을 향해 걸어갔다. 발걸음에 짜증이 묻어 있는 것이, 단단히 화가 난 모양이었다. 하긴 홀스크린 터치 한 번이면 모든 것이 가능한 시대에 상대와 연락조차 할 수 없다니. 이런 상황이라면 누구라도 짜증 날 것이다. 재빨리 돌아서는 진솔을 마오가 불러 세웠다.

"아저씨, 형은…"

"형?"

"어디에 사는지…"

"나중에 얘기하자."

진솔이 서둘러 하라의 뒤를 쫓았다. 1층에서 안녕히 가시라는 보보의 인사가 들려왔다. 마오가 창으로 다가가 마당에 서 있는 두 사람을 내려다보았다. 진솔의 손을 거칠게 뿌리치고는 차에 오르는 하라가 눈에 들어왔다. 작은 엔진 소리와 함께 두 사람을 태운 차가 숲속 집을 빠르게 벗어났다.

"뭐가 마찬가지라는 거야?"

하라는 온몸이 붉고 퍼런 멍투성이였다. 자신이 어디에 사는지, 누구와 함께 있는지조차 말해주지 않았다. 그저 알 수 없는 말들만 내뱉고는 도망치듯 자리를 떴다. 안경을 벗으면 색을 볼 수 없다고 했다. 하지만 마오 역시 하라의 세상을 볼 수 없었다. 그의 눈에 하늘이, 나무와 꽃이 어떻게 보이는지 알 수 없었다. 두 사람은 얇은 막에 가려진 전혀 다른 세계에 살고 있었다.

"왜 나와보지 않으셨어요? 손님이 방문 후 돌아갈 때는 최소 현관까지는 나와 인사를 하는 것이 기본 예의라 알고 있습니다."

보보가 또다시 잔소리를 시작했다.

"그 잘난 손님이라는 것을 배웅해 본 적이 없어서. 예의를 몰랐네."

"손님은 잘나고 못나고를 따질 수 없는 존재라고 알고 있습니다."

"그럼 어떤 존재지?"

보보가 멈춰 서서 초록색 눈을 깜빡였다. 분명 손님에 대한 정의를 찾는 중이다.

"손님이란 찾아와 줘서 고맙고, 만나서 반가우며, 함께 시간을 보내면 즐거운 상대입니다. 그러니 손님이 돌아갈 때는 예를 갖춰 배웅해야 한다고 생각합니다."

만약에 보보가 말하는 것이 진짜 손님의 정의라면, 하라는 그에 단 하나도 부합하지 않았다. 불쑥 찾아와 상대를 당황케 만들었고, 만나서 혼란스러웠으며, 함께 보낸 시간은 의문투성이였다.

"어차피 나는 해가 있는 시간엔 밖에 나갈 수도 없잖아."

"현관까지만 나오셨어도 충분히 배웅이 되었을 겁니다."

"됐어. 보보."

마오가 그만하라는 듯 손바닥을 들어 보였다.

"그 사람 손님 아니야. 오늘 처음 봤잖아. 약속도 없이 찾아왔고 어디 사는지도 몰라. 잘 도착했냐는 연락조차 할 수 없…"

갑자기 기침이 터져 나왔다. 열이 올라 얼굴까지 벌겋게 달아올랐다. 보보의 안테나에 빨간 경고음이 반짝거렸다.

"흥분하지 마세요. 생체리듬 곡선이 불안정해졌습니다."

마오가 털썩 무릎을 꿇고는 두 팔로 배를 감쌌다.

"보보, 나 기침할 때마다 배… 배가 찢어지는 것 같아."

"병원에 연락하겠습니다."

보보가 2배속으로 말하며 황급히 스마트룸으로 들어갔다.

"어서… 빨리."

앙다문 입술 사이로 신음이 새어 나왔다.

7장

歌

"스트레스로 인한 일시적 호흡기 이상 반응으로 확인됐어."

선생님이 허공에 홀로그램 차트를 띄우며 말했다.

"점심으로 뭘 먹었다고?"

"양송이 소고기죽."

마오가 짜증 섞인 시선을 피하려 괜스레 소매를 만지작거렸다. 선생님의 고개가 왼쪽으로 15도 정도 기울어졌다.

"자극적인 것과는 아주, 대단히, 그리고 몹시 거리가 먼 메뉴라 생각하는데. 그냥 하는 소리가 아니라 네 몸에서 급격한 복통을 일으킬 만한 그 어떤 문제도 발견되지 않았어."

"맛도 아주, 대단히, 그리고 몹시 안 좋았어요."

마오가 풀죽은 목소리로 말했다. 선생님이 손짓으로 허공의 차트를 지워버렸다.

“네가 잘 모르나 본데 나에게도 집이라는 곳이 있어.”

“…”

“거기에는 침대도 있고, 욕조도 있고, 안락한 소파도 있으며, 사랑하는 음악도 있지.”

선생님이 어금니를 깨물며 분노의 심지에 불을 붙였다. 조금만 더 건드리면 연구실 전체가 폭발해 화성까지 날아갈 것 같았다.

“벌써 집에 도착해 샤워를 마치고 소파에 편안히 누워 음악이나 듣고 있어야 할 내가.”

“…”

“누군가의 긴급 호출에 아직도 여기에 있네. 응?”

선생님이 검지로 콕콕 테이블 바닥을 찍었다. 마오가 또다시 옷소매를 만지작거렸다. 선생님의 고개가 왼쪽에서 오른쪽으로 기울었다.

“아무리 과학과 의학이 발전해도 결코 정복하지 못하는 병이 있지.”

“…”

“꾀병은 의술의 신인 아스클레피오스가 와도 고치지 못해.”

선생님이 연신 빈정거렸다. 잔뜩 풀죽은 얼굴로 마오가 입을 열었다.

“거짓말해서 죄송해요. 그런데 이 방법밖에는 생각나지 않았어요.”

“이런 황당한 연극이 아니더라도 나를 만나는 건 얼마든지 가능한데?"

"그럼 하라 형은요?"

툭 내뱉은 한마디에 선생님의 입가에 쓰디쓴 미소가 어렸다. 그 오묘한 표정이 무엇을 의미하는지 짐작 가능했다. 마오와 하라 두 사람이 만났다는 사실을 이미 알고 있다는 뜻이다.

"글쎄? 여기서 하라를 찾는 것도 이상하지 않아?"

"덕분에 선생님이 형을 알고 있었다는 사실은 확인됐네요."

"내가 모른다고 한 적 있었나?"

"또 다른 RB 감염자가 있다고 해준 적도 없죠."

"물어본 적 없잖아."

재미없는 탁구를 치듯이 싱거운 말장난이나 주고받자는 게 아니었다. 최대한 침착해야 했다. 괜히 감정을 앞세우면 아무것도 얻을 수 없다. 똑같이 감정을 드러내도 어른에게는 솔직하다고 하고, 아이에게는 유치하다고 하니까. 그럴싸한 모든 것이 어른의 전유물이었다. 그런데 정작 어른들이 만든 세상은 조금도 그럴싸하지 않았다.

"그래서 지금이라도 물어보려고요."

어른들은 오랜 시간 하라를 비밀에 부쳤다. 두 사람에게 서로의 존재를 함구했다. 우선 그 이유부터 알아내야 했다. 그리고 지금 하라가 어디 있는지 알고 싶었다. 그러나 그 답은 구하기 힘들 것이다. 쉽게 밝힐 수 있는 사실이라면 당사자가 먼저 얘기했겠지. 하라도 치료제를 알고 있는가, 하는 질문은? 그것 역시 그다음 문제다. 몸 상태에 대해 묻는다면 또 의료윤리를 들먹이겠지.

상대는 어른이었다. 부스스한 머리에 목이 늘어난 티셔츠, 낡은 슬리퍼를 끌며 3분에 한 번씩 하품하는 피곤함에 찌든 모습이지만, 그녀는 의학계에서 천재로 손꼽히는 엄연한 브레인이었다.

그녀는 마오의 개인 주치의이면서 동시에 RB 바이러스 치료제를 개발 중인 연구원이었다. 어수룩한 겉모습과 장난기 가득한 미소가 전부라 여기면 오산일 테다.

"할아버지와 얘기했어요."

치졸한 방법이지만 어쩔 수 없었다. 지금 선생님을 움직일 수 있는 건 한 사람밖에 없으니까. 그 권력자의 혈육이 누구인지 각인시켜 줄 필요가 있었다.

"무슨 얘기?"

선생님이 물었다.

"형에 대해서."

이쪽에서 반드시 여유를 보여줘야 했다. 그래야 더 많은 정보를 얻게 될 테니까. 원래 인간이라는 존재가 그렇다. 상대가 얼마나 무지한지는 관심이 없다. 상대가 얼마나 많은 정보를 알고 있느냐에 반응할 뿐. 이 선생님이라면 더욱 그럴 것이다. 안 풀리는 난제를 만났을 때 몇 배 더 흥분하는 스타일이니까. 할아버지가 대체 어떤 조건으로 붙잡고 있는지는 알 수 없었다. 하지만 그녀를 이 삭막한 연구실에 묶어놓는 건 거액의 돈이 아니었다. 그보다는 변이에 변이를 계속하는 바이러스 그 자체였다. 그것이야말로 진짜 천재들의 광기라는 것을 마오도 모르지 않았다.

천재가 탄생시킨 바이러스를 또 다른 천재가 막으려 했다. 결국 인간이란 제 꼬리를 먹어 들어가는 뱀과 같았다. 이 끊임없는 어리석음의 반복을 누군가는 진보라고 하고, 누군가는 파멸이라 불렀다. 마오는 때때로 궁금했다. 자신이 진보가 낳은 실패작인지, 파멸이 창조한 성공작인지.

"에이, 뭐야. 다 알고 있으면서 왜 다른 사람 퇴근도 못 하게 해?"

선생님의 짓궂은 표정을 보며 마오도 얼굴에 함박웃음을 그려 넣었다.

"에이, 너무하신다. 지금 퇴근 좀 늦게 한다고 이러시는 거예요?"

"…"

"누구는 햇빛 알레르기를 고치지 못해서 한낮에 외출도 못 하는데."

선생님의 입꼬리에 미세한 경련이 일어났다. 역시 계산이 틀리지 않았다. 천재들을 자극하는 건 돈도 권력도 아니었다. 그들의 자존심을 아주 약간만 건드리면 됐다.

마오가 자리에서 일어나 선생님을 향해 가까이 다가갔다.

"형은 멀쩡하더라고요. 적어도 겉모습은 그래 보였어요. 똑같은 바이러스에 감염됐는데 왜 나만 이렇게 됐는지 모르겠어요."

"그건…"

"짐작은 가요. 이 바이러스가 워낙 특이해서 감염된 사람마다 각기 증상이 다르게 나타난다고 하던데. 선생님도 이미 알고 계시겠지만 대신 형은 다른 문제가 있죠. 덕분에 저는 온전하게 보인다네요. 저는 색깔이 없으니까."

'안 그래요?' 하고 묻는 듯한 얼굴로 마오가 웃었다.

"선생님이 참 힘드시겠어요."

원하는 바는 절대 아니었다. 하지만 어쩔 수 없었다. 마오는 그녀의 자존심에 마지막 쐐기를 박았다.

"아주 오랜 시간 동안 문제가 풀리지 않아서. 참, 선생님이 찾던 낱말 퍼즐의 마지막 단어. 곡두예요. 신기루나 환영을 뜻하는 순우리말."

똑똑하다는 건, 단순히 머릿속에 얼마나 다양한 지식이 들어 있는지를 의미하지 않았다. 상대방의 말 속에 숨은 의미까지 읽어내는 지혜도 갖추어야 했다. 어쩌면 그녀에게 있어서 그리 어려운 일은 아닐 것이다. 평생을 보이지 않는 바이러스와 싸우고 있으니까.

"한 방 먹었네."

선생님이 풋 소리를 내며 웃었다.

"그런데 너랑 하라, 두 사람은 처음부터 완전히 달랐어."

"바이러스가요?"

"모든 것이."

이 한마디에, 그야말로 모든 것이 담겨 있었다. 하라가 누구인지, 지금 어디에 있는지, 몸 상태는 어떠한지까지. 하지만 그 어떤 것도 보이지 않았다. 마치 우주에서 바라본 지구의 모습과도 같았다. 그 안에 모든 게 들어 있었다. 전쟁과 기아, 환경파괴와 이상기온, 약탈과 범죄, 탐욕과 광기, 멸종과 돌연변이, 세균과 바이러스, 그로 인한 삶과 죽음까지. 그러나 멀리서 본 지구는 그저 동그랗고 푸른 별일 뿐이다. 하라가 그저 싱겁게 웃는 열여덟으로 보이는 것처럼.

"왜 얘기하지 않았어요?"

오랜 시간 두 사람은 서로의 존재를 알지 못했다. 할아버지와 진솔, 선생님까지 철저하게 비밀에 부쳤다. 분명 어떤 이유가 있을 것이다. 마오는 어른들의 그 빌어먹을 피치 못할 '이유'가 무엇이었는지 알고 싶었다.

"첫째는 너희 모두 RB 바이러스에 걸렸기 때문이야. 너도 말했잖아. 아무리 똑같은 바이러스에 감염되었다고 해도 증상은 사람마다 달라. 너희 둘이 만났다가 서로가 서로에게 어떤 해를 입힐지 아무도 몰라."

"그럼 갑자기 왜 만나게 했죠?"

선생님이 헝클어진 머리를 풀었다가 다시 동여맸다.

"이제 끝이 보이니까."

"끝이요?"

그녀가 몸을 돌려 정수기로 걸어갔다. 걸음을 옮길 때마다 하나로 높게 묶은 긴 머리가 좌우로 흔들렸다. 최면에 걸린 듯 어지러워졌다. 마오가 정신을 차리려 두 눈을 비비적거렸다.

"치료의 끝이 보인다는 거야."

선생님이 컵에 천천히 물을 따랐다. 쪼르륵 소리와 함께 물이 담겼다. 정말 목이 타는 걸까? 어쩌면 생각할 시간을 벌기 위해, 괜스레 머리를 다시 묶고 물을 마시는 건지도 몰랐다.

선생님의 동선을 좇으며 마오가 또다시 생각에 잠겼다. 안전을 위해 서로를 격려했다가, 치료제가 효과를 보이자 만나게 했다? 그렇게 단정 짓기에는 여전히 석연치 않은 구석이 있었다. 멍든 하라의 몸이 허공에 떠 있는 홀로그램 사진처럼 눈에 선했다.

'너만 그런 거 아냐. 나도 지금 머릿속이 터져버릴 것 같거든.'

그것은 하나의 경고였다. 아무에게도 이 사실을 말하지 말라는 메시지. 하라도 분명 이 어지러운 상황을 정리하기 위해 혼자서 분투하고 있을 것이다.

"형도 지금 치료 중이란 뜻인가요? 그럼 앞으로는 언제든지 형을 만날 수 있는 거죠?"

아무도 모를 것이다. 하라를 처음 만났을 때 마오가 어떤 기분이었는지. 무인도에서 사람의 발자국을 발견하고, 어두운 숲속에서 불빛을 본 것과도 같았다. 투명하던 유령에게 드디어 친구가 생긴 것이다. 자신만을 온전히 봐주는 진짜 사람을 만났다.

"치료 중인 건 맞아."

선생님이 말했다.

"그 이상은 말해줄 수 없어."

"언제 다시 만날 수 있어요?"

피로에 젖은 까만 눈동자가 마오를 가만히 바라보았다. 움푹 파인 두 눈은 텅 비어 있었다. 오방새가 사라진 동굴처럼 서늘한 어둠만이 남은 듯했다.

"서로에게 좋지 않을 거야."

"왜요? 치료제 효과 있잖아요."

치료의 끝이 보이기 시작했다며 그 덕에 서로를 만나게 해준 게 아니었나.

"한국의 첫 화성 복권 당첨자가 발표됐다던데 혹시 봤어?"

"갑자기 그건 왜…"

"지난번에 내가 한 말은 기억해?"

선생님이 의자에 앉아 등받이에 깊게 몸을 기댔다. 창밖으로 익숙한 밤이 찾아왔다. 낮보다 밝은 네온사인의 도시는 빛과 어둠의 경계가 뚜렷했다. 시간이 지나도 세상의 이치는 변하지 않았다. 밝음은 그만큼의 그림자를 숨기고 있었다. 과학이 발전할수록 딱 그만큼의 문제점이 드러나듯이. 그 결과 살아 숨 쉬는 유령이 탄생했다. 또 다른 누군가는 모든 빛과 색을 잃어버렸다. 그러나 세상은 조금도 개의치 않았다. 적어도 자신들은 유령이 될 일도, 색을 잃어버릴 일도 없으리라 믿는다는 듯이.

마오의 눈앞에 울먹이던 남자가 아른거렸다. 드론 택배를 관리하던 사람이었다. 자신에게 다가온 행운이 도무지 믿기지 않는다며, 화성에서의 새 출발을 손꼽아 기다린다 했다.

"왜요? 또 민간인 선발대 어쩌고 하는 음모론 얘기가 하고 싶어서요?"

빙고, 하고 외치며 선생님이 손가락을 튕겼다.

"그런 상상 재미있잖아. 나도 한때는 문학에 심취해 있었지."

"지금이라도 늦지 않았는데요?"

선생님이 힘없이 웃으며 고개를 내저었다.

"아니, 이제 다 알아버려서."

"뭘 다 알아요?"

"세상엔 소설보다 훨씬 더 놀라운 사실이 많다는 걸 말이야. 그러니 자연스레 문학이 시시하게 느껴질 수밖에 없잖아."

"그 놀라운 사실에 나도 포함되겠죠?"

햇빛을 볼 수 없는, 유령도 흡혈귀도 아닌 인간이 16년 만에 또래를 만났다. 그것이야말로 얼마나 놀랍고 말이 안 되는 현실이란 말인가.

"바깥은 연말 분위기로 휘황찬란하게 빛나는데, 여긴 완전히 다른 세상이네."

이 선생님이 허공에 홀스크린을 띄우고는 재생 버튼을 눌렀다. 곧이어 연구실 한가득 익숙한 멜로디가 흘러나왔다. 오늘 밤에 산타 할아버지가 다녀갈 테니 절대 울면 안 된다는 노래였는데, 정작 경쾌한 캐럴을 듣자 마오는 울고 싶은 기분이었다.

"저 크리스마스 캐럴 들을 기분 아니거든요?"

"미안하지만 퇴근도 못 하고 다시 연구실에 불려 온 나는 들을 기분이거든."

"지금 엉뚱한 얘기로 제 생각을 돌리시려는 거라면 미안하지만 그만두세요."

홍얼홍얼 캐럴을 따라 부르던 선생님이 두 손에 얼굴을 묻고는 훌쩍였다.

"와, 너무해. 이젠 간식도 안 통하고. 재미난 얘기도 소용없고. 이렇게 신나는 캐럴에도 기분이 풀리지 않는다니. 우리 귀엽던 마오는 대체 어디로 가버린 거야."

"꼬꼬마 마오는 오래전에 사라졌어요. 그러니까…"

"하지만 아직도 악몽을 꾸잖아."

선생님이 가렸던 손을 풀고는 히죽 웃었다. 지난번에도 무심한 듯 툭 꿈 이야기를 꺼냈었다. 며칠 전 악몽을 꾼 건 대체 어떻게 알았을까.

경쾌한 선율이 끝나자 이번에는 귀여운 아기 목소리가 흘러나왔다.

꿈속에 보는 화이트 크리스마스 또다시 돌아왔구나.

방울 소리 처량하게도 흰 눈 속을 썰매는 간다.

잠시 가사에 집중하던 선생님이 말을 이었다.

"놀라지 마. 너 이송된다는 긴급 호출이 떨어져서, 네 메이드 봇에게 그동안의 네 모든 자료를 전송해 달라고 부탁했어. 며칠 전 악몽을 꿔서 새벽에 깼다는 얘기가 기록되어 있었거든. 우리 마오 아직도 아기네 싶었지."

보보의 기록을 내버려 둔 건 마오가 분명했다. 그 내용이 선생님에게 전해진 모양인데 그걸 왜 하필 지금 들춰내는 걸까? 하라와는 아무 상관도 없어 보이는 이야기를.

"말 돌리지 말고 형 얘기해 줘요."

"너 오늘 정말 날 잡았구나. 와, 은근 무서운데?"

"그건 저도 마찬가지예요."

마오의 신경이 벼린 칼날처럼 날카롭게 곤두섰다. 그 사실을 선생님도 잘 느끼고 있을 것이다. 보보와 달리 그녀는 인간이니까. 오래전부터 마오를 잘 알고 있는 몇 안 되는 사람이니 말이다.

"나한테는 그럴 이유도, 의무도 없어. 하지만 몇 가지 힌트는 줄 수 있지. 너도 알다시피 내가 낱말 퍼즐을 좀 좋아하잖아. 흩어져 있던 것들이 하나의 모습으로 완성되었을 때 느끼는 희열이 엄청나다고. 원래 인생도 그래. 전혀 상관없어 보이는 것들이 시간이 지나면 다 연결되거든. '곡예사' 다음에 '곡두'가 나오는 것처럼."

선생님이 한쪽 눈을 찡긋해 보이고는 말을 이었다.

"너랑 하라가 과연 어떻게 연결되어 있는지 잘 생각해 봐. 너도 알다시피 눈에 보이는 게 전부는 아니니까."

낱말 퍼즐은 해당 단어를 유추할 수 있는 힌트를 제공한다. 한편 퍼즐은 완성된 그림을 상상해 보며 조각의 원래 위치를 찾으면 된다. 그런데 16년 동안 존재조차 몰랐던 상대와의 연결점을 찾으라니. 전체적인 그림을 보여준 적도, 작은 실마리나 힌트를 알려준 적도 없으면서.

"내가 무슨 얘기를 하는지 전혀 감이 잡히지 않는다는 얼굴인데. 사실 나는 지금껏 너에게 참 많은 것을 알려줬어. 다만 네가 그걸 눈치채지 못한 것뿐이야. 마지막 힌트를 주자면… 너와 하라 두 사람은 서로에게 없어서는 안 될 존재였지."

선생님이 캐럴에 맞춰 천천히 고개를 흔들었다. 그 가벼운 몸짓이 자꾸만 마오를 초조하게 만들었다. 머릿속이 엉망으로 뒤엉킨 사람은 비단 하라만이 아니었다. 이 선생님은 하라에게도 저렇듯 감정 없는 목소리로 같은 얘기를 했을까?

"똑같은 바이러스에 감염되더라도 누군가는 목숨이 위태로워지지만 또 다른 누군가는 자신이 바이러스에 걸렸는지조차 모를 수도 있어."

"…"

"후자는 몸속에 바이러스를 무력화시킬 만한 강한 항체가 있는 사람들이지. 진실도 똑같아. 진실을 감당할 수 있는 사람에게만 그 힘이 발휘될 수 있어."

바이러스와 항체, 숙주와 면역력, 팬데믹, 슈퍼전파자까지. 지금껏 수백, 수천 번 들어온 말들이었다. 그러나 한 번도 바이러스를 둘러싼 또 다른 진실이 있을 거라고 생각한 적은 없었다. RB 바이러스가 어떤 경로를 통해 인간에게 전파되었고, 어떤 사건들이 벌어졌으며, 그 결과 자신에게 무슨 불행이 닥쳤는지는 너무 잘 알고 있었다. 하지만 그것이 전부가 아니었다. 마오가 모르는 무언가가 빠져 있었다. 그것이 진실을 완성할 마지막 퍼즐일까.

"단단하지 않은 사람에게 진실은 오히려 치명적인 독이 돼. 그걸 감당할 수 있는 사람에게만 진실도 유용할 수 있다는 뜻이야."

어느새 아기의 목소리가 사라지고, 오케스트라 연주가 흐르고 있었다. 조금 후 연구실 가득 웅장한 합창 소리가 울려 퍼졌다.

거룩한 밤 별빛이 찬란한데 거룩하신 우리 주 나셨네.

단순한 성가대 합창일 뿐이었다. 그런데 노래가 시작되기 무섭게 마오는 숨이 잘 쉬어지지 않았다. 금방이라도 터질 듯 심장이 격렬하게 뛰기 시작했다.

"죄송한데 음… 음악 좀 꺼주세요."

오랫동안 죄악에 얽매여서 헤매던 죄인 위해 오셨네.

"왜 이 음악 마음에 안 들어?"

선생님이 싱긋이 미소를 내비치고는 손끝으로 톡, 마오의 코를 건드렸다.

"과연 우리 마오에게 진실을 견딜 만한 항체가 생겼을까 모르겠네."

갑자기 속이 울렁거렸다. 역겨운 느낌이 목까지 치받쳐 올라왔다. 누군가 배 속에 손을 넣고 헤집는 것 같았다.

"저, 잠깐 화장실 좀 다녀올게요."

우리를 위해 속죄하시려는 영광의 아침 동이 터온다. 경배하라 천사의 기쁜 소리.

그러나 이미 늦어버렸다. 마오가 왈칵 속을 게워내고는 그 자리에 힘없이 쓰러졌다. 흐릿한 눈앞으로 선생님의 얼굴이 이지러졌다. 세상이 또다시 까맣게 암전되었다.

　오 거룩한 밤. 구주가 나신 밤. 오 거룩한 밤. 거룩 거룩한 밤.

　문틈으로 피아노 선율이 흘러나왔다. 노랫소리는 경쾌한 화음으로 바뀌었다. 큰 북소리가 둥둥 가슴을 때렸다. 문을 밀려는데 허공에서 불쑥 손이 튀어나왔다. 고개를 돌린 곳에 까맣게 어둠이 뭉쳐 있었다. 사람은 보이지 않는데 단단한 악력이 팔을 꽉 움켜잡았다. 벗어나려 발버둥 쳐도 소용없었다. 손이 이끄는 대로 힘없이 끌려갔다.

　"가자."

　환한 빛이 쏟아지고 한가운데에서 누군가가 웃고 있었다.

　"가자고."

　하라가 길고 하얀 손을 내밀었다. 피아노 선율이 화살이 되어 귓가에 아프게 꽂혔다. 머리가 금방이라도 터질 듯 쾅쾅 울렸다.

　"치료제 부작용은 아닙니다. 스트레스로 인한 일시적 쇼크 증상이라고 볼 수 있습니다. 아무래도 일반인들보다 취약하니까요. 곧 깨어날 겁니다."

　지친 한숨 소리가 들려왔다. 마오가 무거운 눈꺼풀을 밀어 올리자, 흐릿하게 사람의 형상이 보이기 시작했다. 두 눈을 끔뻑일수록 얼굴은 점점 더 선명해졌다.

　"기분은 어때? 속은 괜찮아?"

마오가 천천히 상체를 일으켰다. 눈앞이 하얗게 부서져 내렸다.

"꾀병이란 말 취소."

선생님이 머그잔을 건넸다. 물을 마시던 마오가 쿨럭, 기침을 토해냈다.

"죄송해요."

컵을 움켜쥔 두 손이 파리하게 떨렸다. 가슴이 여전히 빠르게 뛰고 있었다. 혹여 연구실에 울려 퍼진 합창 때문이었을까. 대체 그깟 노래가 뭐라고. 절대 그럴 리는 없을 것이다. 선생님의 말처럼 극도의 스트레스로 인한 일시적인 충격임에 틀림없었다. 지금 돌아가는 상황 자체가 이보다 더 혼란스러울 수 없지 않은가. 고작 합창 소리 하나로? 그깟 노래 때문에? 말이 안 되는 소리였다.

마오가 고개를 내저으며 힘없는 미소를 내비쳤다.

"어라, 웃는 것 봐라?"

선생님이 삐딱한 표정으로 팔짱을 꼈다.

"뭐야? 어디까지가 진짜고 어디까지가 연기야?"

"그러게요."

묻고 싶은 쪽은 오히려 마오였다. 선생님이 말한 진실이란 무엇이며 자신이 잘못 맞춘 퍼즐은 무엇인지. 침대에서 내려오던 마오가 모서리를 꽉 움켜잡았다. 강한 현기증이 느껴져 똑바로 서 있기가 힘들었다. 괜찮은지 묻는 선생님에게 간신히 고개만 끄덕였다.

"그래도 처음보다 많이 좋아졌어. 너 여기 공기정화 시스템 보통으로 해놓은 거 눈치 못 챘지?"

마오는 적은 양의 미세먼지에도 호흡기 이상 반응을 일으켰다. 그래서 집은 물론 병원까지 그가 있는 곳이라면 어디나 무균실에 가깝게 조성되었다.

"정말요?"

"기침 안 하잖아. 호흡하는 데 크게 불편하지 않지? 물론 기절은 했지만. 적어도 공기오염에 의한 호흡기 이상 반응은 아니야."

선생님의 확신에 찬 표정으로 보아, 치료제가 개발된 건 진짜인 모양이었다.

"그럼 저 나중에는 햇빛도 볼 수 있겠네요?"

마오의 두 눈이 생기로 반짝였다. 선생님이 빙그르 뒤로 돌며 허공에 차트를 띄웠다.

"우선 오늘은 집에 돌아가도 괜찮을 것 같아. 치료제 부작용은 아니고 심리적인 문제니까. 안정을 취하면 곧 괜찮아질 거야."

"글쎄요. 과연 안정될까요?"

선생님이 말한 마지막 퍼즐은 분명 하라일 것이다. 다만 그 퍼즐을 어디에 넣어야 그림이 완성되는지는 여전히 미지수였다.

"네 메이드봇에게 부탁해."

"허브 차는 이제 지겨워요. 효과는 나쁘지 않지만, 맛은 나쁘거든요."

"그럼 허브 차 말고 다른 걸 부탁해 봐."

'뭘요?' 하고 마오가 눈으로 묻자 선생님이 꽉 주먹을 움켜쥐었다.

"한 대 때려달라고 하는 건 어때. 바로 기절해서 숙면에 들 수 있지 않을까?"

"병원에 실려 오겠죠. 덕분에 어떤 분은 퇴근을 못 하겠네요."

귓가에 언제나처럼 익숙한 웃음소리가 날아들었다.

"네 생각은 변하지 않았지?"

선생님이 물었다. 마오의 머릿속에 물음표가 떠올랐다.

"내 화성 음모론에 대해서 말이야. 그래도 이 계획이 나쁜 게 아니야?"

화성 이주 실험을 위해 선발대를 뽑고 그럴싸한 복권을 내세워 사람들을 속인다? 그거야말로 진짜 소설 같은 이야기였다. 하지만 복권에 당첨된 사람들에게는 몇 가지 공통점이 있었다. 우선 대도시 외곽의 빈민가에 살고 소득이 적으며 부양할 가족이 많았다. 다른 하나는 복권을 경품이나 행운권으로 받았다는 것이다. 그러니까 그 복권의 출처가 어디에서 비롯되었는지 정확히 모른다는 것이다. 만에 하나 천에 하나 선생님의 추측이 사실이라면. 정말 그렇다면…

"말 그대로 음모론일 뿐이에요. 만일 그게 사실이라 해도, 어쨌든 당첨된 사람들에게는 좋은 일 아녜요? 새로운 터전에서 살아갈 기회를 주는 거니까. 행운이잖아요."

마오의 이야기를 들으며 선생님이 빙긋이 입꼬리를 말아 올렸다.

"행운도 나름의 대가는 있지."

"대가?"

"내가 말했잖아. 난 의외로 너에게 많은 것을 알려준다고."

선생님이 잠깐만, 하듯 눈짓하고는 귀 뒤를 터치했다.

"곧 내려갑니다. 준비해 주세요."

올 때는 무인 구급차를 탔다. 진솔을 부를 시간적 여유가 없다고 판단한 보보가 곧바로 병원에 연락한 것이다. 지금이라면 진솔에게 보고가 되고도 남았겠지만.

"진솔 아저씨 왔어요?"

"아냐, 올 때처럼 갈 때도 병원차 이용할 거야."

"아저씨한테 연락 안 했어요?"

선생님이 어쩔 수 없다는 표정으로 어깨를 으쓱해 보였다.

"회장님께서 화성에 가셨잖아. 혼자 남아 처리해야 할 일이 많은 것 같아."

진솔에게 가장 중요한 업무는 바로 마오를 돌보는 일이었다. 할아버지가 없으니 더 신경 써야 하지 않을까? 병원까지 실려 왔는데 모른 척하다니. 은근한, 아니 노골적인 서운함이 밀려들었다. 마오가 꾀병을 부린 건 사실 진솔 때문이기도 했다. 하라를 알고 있는 사람은 총 셋이었다. 적어도 지금까지의 정황상으로는 그랬다. 그중 한 명은 화성으로 떠났다. 다른 한 명은 직업윤리를 운운했다. 그리고 마지막 한 명이 남아 있었다. 그런데 하필 오늘 같은 날 오지 않다니. 마오는 튀어나오려는 욕설을 혀 밑으로 구겨 넣고 밖으로 나왔다. 복도 끝에 전용 엘리베이터가 있었다. 문이 열리자 마오가 안으로 들어섰다. 배웅 나온 선생님이 팔랑팔랑 손을 흔들었다.

"잘 가. 행운을 빌게."

문이 닫히며 눈앞의 익숙한 미소도 사라졌다. 마오가 거울에 비친 자신의 모습을 바라보았다. 어떤 행운이 와야 이 모습에서 벗어날 수 있을까.

"그 행운의 대가는?"

거울 속 유령은 아무런 대답도 하지 않았다. 엘리베이터가 지하로, 지하로 계속해서 내려가기 시작했다.

◆ ◆ ◆

세상의 이치는 단순했다. 시작이 있으면 끝이 있기 마련이다. 또 만남이 있으면 헤어짐이 기다리고, 삶이 열리는 동시에 죽음으로 향하는 카운트다운도 시작된다.

"우리 도련님에겐 좋은 소식이지 않을까?"

술을 좀 줄여야 하는데. 늘 생각뿐이었다. 밤에는 와인 한 잔이 간절했다.

"회장님이 기뻐하실 겁니다."

비의 얼굴에는 해냈다는 안도감조차 없었다. 감정을 읽어낼 수 없는 무표정한 얼굴. 에이는 이따금 그런 비가 부러웠다. 지금 당장 그 아이의 목을 부러뜨리라 해도 따를 테지. 비에게 시간은 덧없이 흘러가는 것이었다. 아니다, 한곳에 멈춘 채 영원히 흐르지 않는 것일지도 몰랐다.

"그 아이까지 직접 만났으니 일이 점점 더 재미있어지겠어. 그래도 예상보다는 담담한 대면이었지? 아직 어린아이라 생각했는데, 우리 도련님 의젓하게 잘 컸지 뭐야."

생각보다 강한 아이였다. 이 프로젝트의 유일한 생존자이니까. 몇 번의 위기는 있었지만, 어쨌든 지금까지 잘 버텨냈다. 아직 살아 있다는 것이 그 증거였다. 그러나 문제는 지금부터였다. 오랜 시간 물속에 가라앉았던 것들이 서서히 떠오르기 시작했다. 계획했던 것보다 시간이 오래 걸렸다. 진즉 해결했더라면 괜한 소란은 없었을 텐데. 그 생각이 들자 울컥 짜증이 치솟았다. 에이가 서둘러 잔을 비웠다.

"회장님이 돌아오시기 전까지 모든 것을 정리하라 했지?"

"네."

그건 누구보다도 에이가 바라는 바였다. 모든 것이 따분하고 지루하며 귀찮아졌다. 세상엔 생각보다 즐거운 일이 많으니까. 한 가지 일에만 매달리기엔 유한한 삶이 너무 아까웠다.

"다시 만나고 싶어 합니다."

"누가?"

에이가 물었다.

"둘 다입니다."

비가 대답했다. 에이가 잔에 술을 채웠다.

"회장님은 뭐라 지시했지?"

"아무 말씀 안 하셨습니다."

술잔으로 향하던 손이 멈칫했다. 에이가 한동안 물끄러미 허공을 응시했다. 다른 사람도 아닌 강 회장이었다. 자신의 전부인 혈육의 일이었다. 그런데 아무 지시도 없이 화성으로 떠났다? 그건 비의 착각일 뿐일 것이다. 물론 그는 자신이 착각할 수 있다고 전혀 믿지 못하겠지만, 적어도 지금 상황을 보자면 그랬다. 오직 에이만이 회장의 검은 속내 뒤에 숨겨진 의도를 읽을 수 있었다.

"적당한 때가 오면 둘은 다시 만나게 될 거야."

"만나게 해도 된다는 말씀입니까?"

비가 이해할 수 없다는 표정으로 물었다.

"아니, 만나게 된다고."

둘은 결국 만날 수밖에 없는 운명이고, 지금이 가장 적기라 생각했겠지. 이것이 진짜 회장의 의중임을 비는 모를 것이다. 에이는 어쩐지 기분이 좋아졌다. 자꾸만 터져 나오려 하는 웃음이 분명 술 때문만은 아닐 것이다. 에이가 잔에 든 와인을 비웠다. 알코올이 혈관을 타고 온몸 구석구석까지 퍼져 나갔다.

8장

友

악몽에서 깨어난 후 시계꽃 차를 마셨다. 그러고는 곧바로 잠이 들었던 것 같다. 사실 잘 기억이 나지 않았다. 잠에 취해 웅얼거린 소리를 보보가 어떻게 명령으로 받아들였을까. 너무 낡은 기종이라 툭하면 잔고장을 일으킨다는데, 진솔의 말처럼 보보에게 혹여 무슨 결함이라도 생긴 게 아닐까.

보보에게 저장된 연락처는 단 네 곳뿐이었다. 첫 번째가 진솔, 그다음이 이 선생님이었다. 세 번째는 응급실, 마지막은 보보를 만든 메이드봇 회사의 서비스센터였다. 센터 연락처는 출고될 당시 메이드봇 소프트웨어에 자체 입력된 것이었다. 나머지 세 곳은 진솔이 직접 입력했다.

마오가 1층으로 내려와 보보 주위를 서성였다. 로봇의 눈치를 본다는 사실이 이상했지만, 어쩔 수 없잖은가.

"있잖아. 보보."

"필요하신 게 있으세요?"

마오가 뒷머리를 긁적였다.

"목욕하시겠습니까?"

보보가 커다란 초록색 눈을 끔뻑였다.

"갑자기 목욕은 왜?"

"머리가 가려워 보이십니다. 인간에게는 위생적이고 정갈한 몸가짐이 아주 중요하죠."

보보는 보이는 대로 판단했다. 상대의 말에 숨겨진 뜻이나 제스처까지는 이해하지 못했다. 머리를 긁으면 씻어야 하고, 웃으면 기분이 좋은 것이며, 눈물을 흘리면 슬프다 믿었다. 난처해서 긁적이고, 어색해서 웃고, 기뻐서 운다는 것이 정확히 어떤 의미인지 몰랐다.

로봇에게 의심이 없다는 건 욕망이 없다는 뜻이기도 했다. 보보는 인간을 통해 얻고 싶은 게 없었다. 그래서 멋대로 추측할 필요도, 넘겨짚을 이유도 없었다. 머리를 긁적이는 마오에겐 목욕이 필요하다고 생각할 뿐이었다.

인간도 처음에는 비슷하지 않았을까? 보이는 그대로 상대를 믿고, 솔직하게 자신을 표현하던 때가 있었을 것이다. 인간은 어쩌면 너무 많이 진화했는지도 몰랐다. 그 결과 스스로조차 믿지 못하는 존재가 되어버렸다.

"뭐든지 과하면 좋지 않은가 봐."

마오는 보보가 그래서 좋았다. 최신형이 아니라서, 사용자의 표정에서 감정을 읽어낼 수 있는 첨단 시스템이 장착되어 있지 않아서. 질문이 끝나기 무섭게 바로 대답이 튀어나오지 않아서. 인간 같지도 않고 로봇 같지도 않은 이 기묘한 느낌의 메이드봇이 마냥 정겨웠다.

"무슨 말씀이시죠? 조금 더 명확하게 이야기를 해주셔야겠습니다."

마오가 걸음을 옮겨 보보 앞으로 가까이 다가섰다.

"네가 내 건강을 걱정하듯이, 나도 너에게 좀 더 신경 써야 한다는 뜻이지."

"저에게 무슨 오류가 발생했습니까?"

보보가 고개를 돌려 거실을 한 바퀴 둘러보았다. 자신이 한 일 중 혹여 문제가 될 만한 게 있을까 찾는 것이었다. 마오가 상체를 숙여 보보와 눈높이를 맞췄다. 어느 틈에 이렇게 작아졌을까. 싱거운 생각이었다. 마오가 큰 것이다. 변하는 건 늘 인간이니까.

"보보. 그냥 확인만 하는 거야. 메이드봇 서비스센터에 연결해줄래?"

초록색 불빛이 천천히 깜빡였다.

"예, 연결해 드리겠습니다. 대신 제 전원을 꺼주시겠습니까?"

"…"

"업데이트에 문제가 있었을 수도 있습니다. 그 밖에 결함이 생겼을 수도 있겠죠."

보보가 뒤로 몇 걸음 물러섰다. 거실 가득 익숙한 바퀴 소리가 퍼져 나갔다.

"더는 수리가 안 된다는 진단이 나올 수도 있습니다."

"아니야. 그런 게 아니라니까."

"수명을 다한 메이드봇은 폐기처분 하셔야 합니다."

보보는 어쩌면 두려운 건지도 몰랐다. 더는 쓸모없다는 진단을 받을까 봐, 그 소리를 직접 듣게 될까 봐 무서운 모양이었다. 아니, 긴장한 쪽은 오히려 마오였다. 두려움을 느끼는 건 로봇이 아닌 인간일 테니까.

"폐기처분이라니. 무슨 그런 말도 안 되는 소리를."

낡은 메이드봇만이 폐기처분의 대상일까? AI와 로봇들에 의해 쓸모가 사라지고 있는 쪽은 오히려 인간이었다. 수리도 업데이트도 쉽지 않은 인간의 끝이 어딜지는 알 수 없었다.

"인간이라고 크게 다르지 않아. 쓸모가 없어지면…"

"인간에게 쓸모라는 표현은 적당치 않습니다. 인간은 절대 폐기처분 될 수 없는 존재인걸요."

인간에 대한 보보의 이토록 굳건한 믿음과 신뢰가 때때로 마오를 서글프게 했다.

"너 진솔 아저씨가 툭하면 업데이트시키잖아. 비슷한 거야. 내 메이드봇인데 자꾸 엉뚱한 사람이 건드리는 거 싫어."

"저는 어떤 결과가 나오든 받아들이겠습니다. 서비스센터로 연결하겠습니다. 전원을 꺼주세요."

전화 연결과 동시에 보보의 전원을 껐다. 거실 스피커에서 경쾌한 목소리가 흘러나왔다.

"안녕하십니까. 스타메이드봇 서비스센터입니다. 무엇을 도와드릴까요?"

"안녕하세요. 제 메이드봇에 문제가 생긴 것 같습니다. 원격으로 업데이트를 받았다고 해서요. 무슨 오류가 생긴 게 아닐까 하고요."

"예. 사용하고 계시는 메이드봇 모델명과 고유번호 부탁드립니다."

마오가 보보의 모델명과 고유번호를 말했다.

"고객님, 말씀해 주신 모델은 업데이트 기록이 없습니다."

분명 진솔이 원격으로 업데이트시켰을 것이다. 그런데 기록이 없다니. 말이 되지 않았다.

"얼마 전에도 했는데. 기록이 없어요?"

"죄송하지만 이미 단종된 모델입니다. 원격 업데이트 프로그램은 제공되지 않습니다."

"다른 프로그램을 다운로드한 기록은 없나요?"

새 버전이 아니더라도 몇 가지 기능만 선택적으로 바꿨을 가능성을 묻는 것이었다.

"고객님이 말씀하신 메이드봇은, 출고 이후의 기록이 저희 쪽에 전혀 없습니다."

상대는 똑같은 소리만 반복했다. 업데이트를 받은 기록도, 그 흔한 고장 문의 내역도 없다고 했다. 그럼 보보에게 새로 입력된 프로그램들은 누가 어떻게 바꿔놓은 걸까? 보보의 프로그램에 접근하려면 먼저 설정 암호를 풀어야 했다. 그건 사용자, 즉 마오의 생체 인식이 필요했다.

더 이상의 통화는 의미가 없었다. 기록 자체가 없다는데 더 물어 무엇 할까. 마오가 전원이 꺼진 보보를 바라보았다.

"혹시⋯"

마오는 여섯 살 때 처음 메이드봇을 만났다. 보보의 소프트웨어에 자체 입력된 게 비단 연락처뿐일까? 그 시절 마오는 보보에 대해 아무것도 몰랐다. 그때로부터 무려 10년이 흘렀지만 마오는 여전히 보보의 전부를 알고 있다고 자신할 수 없었다.

전원을 켜자 보보의 눈에 다시 초록색 빛이 들어왔다.

"잘 잤어?"

마오가 빙긋이 웃었다.

"그냥 전원을 꺼둔 것일 뿐입니다."

보보가 대답하고는 다시 물었다.

"저에게 어떤 결함이 있는지 찾아내셨어요?"

마오가 조심스레 보보를 품에 안았다. 처음 만났을 때의 부드러운 느낌이 떠올랐다. 각진 곳 없이 둥그런 몸에 말랑말랑한 감촉은 여전했다.

"아니. 전혀 문제없대."

괜한 의문을 제기한다면 또 모를 일이다. 이 따뜻하고 포근한

느낌을 영원히 잃어버릴지도. 두려움은 오직 인간만이 느낄 수
있고, 그걸 감당하는 것 역시 인간의 몫이었다.

9장

火

하라가 숲속 집에 다녀간 지도 어느덧 한 달이 흘렀다. 그사이 마오는 치료제 접종을 2차까지 마쳤다. 이번엔 처음과 달리 근육통과 고열에 시달리며 일주일 가까이 침대에서 벗어나지 못했다. 보보가 만들어 준 죽도 간신히 넘겼다. 단 며칠 만에 체중은 3킬로그램이나 빠져버렸다. 이 선생님은 약의 용량을 늘린 탓에 면역반응이 강하게 나타날 수 있다고 했다. 다행히 시간이 지날수록 컨디션은 조금씩 회복되어 갔다. 예전부터 늘 반복되어 온 일이었다. 한번 심하게 앓고 나면 몸은 서서히 평소대로 돌아왔다.

집 안의 공기정화 시스템을 보통 수준으로 낮췄다. 해가 떨어지면 보보와 함께 집 밖으로 나가기도 했다. 모든 것이 선생님의 지시 사항을 따른 것이었다. 보보는 그사이 정원을 공들여 가꾸고 사계절 내내 파릇한 잔디도 심었다. 숲속 집에만 이른 봄이 찾아온 것 같았다. 이전과 비교해 체력이 많이 좋아졌다. 그러나 햇빛 알레르기만은 여전히 해결되지 않았다.

시간은 생각보다 빨리 흘러갔다. 몸은 예전보다 가뿐해졌다지만 한동안 약 부작용에 시달려야 했다. 하루 대부분을 까무룩 잠에 빠져들었다. 결국 하라를 다시 만날 기회를 엿보는 일과 마지막 퍼즐을 찾는 일, 보보의 의문투성이 업데이트를 둘러싼 비밀을 파헤치는 일까지 무엇 하나 집중할 수 없었다. 계절은 한 해의 끝을 향해 부지런히 달려가고 있었다. 이제 내년이면 열일곱이 되는 것이다. 여전히 AI 선생님과 가상현실 속 친구들과 새 학기를 맞이하게 될까? 햇빛 알레르기만 해결된다면 일반 학교로 진학하는 것도 전혀 불가능하지만은 않았다. 마오의 가슴속에도 작은 기대와 희망이 싹트기 시작했다.

할아버지가 화성에 도착하기까지 한 달 정도의 시간이 남았다. 지구로 돌아오는 시간까지 계산하면 내년 여름은 되어서야 만날 수 있을 것이다. 건강해진 모습을 보면 많이 기뻐하시겠지? 마오는 생각만으로도 자신감에 어깨가 으쓱해졌다. 하지만 그전에 하라를 다시 만나야 했다. 아직 물어야 할 것들도, 들어야 할 이야기도 많으니까.

'회장님이 돌아오시기 전에, 다시 만나게 될 거다.'

며칠 전 진솔이 찾아와 말했다. 다만 정확히 언제인지는 알려주지 않았다. 늘 그렇듯 무작정 기다리라는 소리였다. 몸 상태가 좋아지자 흐릿했던 정신도 맑아졌다. 마오가 허공에 전자 칠판을 떠워놓고 하나둘 단어들을 적어나갔다.

레인보우 버드. 하라 형. RB 바이러스 감염자. 또 다른 생존자. 격리. 할아버지. 새로운 치료제.

펜을 툭 던져놓은 뒤 애꿎은 뒷머리만 긁적였다. 분명 전부 서로 관계가 있는 것들인데 가장 중요한 핵심인 연결고리를 찾을 수 없었다.

화성복권 당첨자. 행운의 대가. 음모론. 화성 거주 선발대.

또 다른 단서가 될까 싶어 선생님이 이야기한 것들도 써보았다. 하지만 하라와는 전혀 상관없어 보이는 것들뿐이었다. 괜한 말장난에 놀아난 기분이었다. 마오가 펜을 내던지고는 이마를 짚었다. 퍼즐이란 원래 그런 것이다. 단 하나의 낱말, 마지막 조각 없이는 절대 완성될 수 없었다.

처음부터 다시 찬찬히 생각해 보기로 했다. 두 감염자를 다른 공간에 분리시켜 둔 건 혹시 모를 바이러스 변이를 예방하기 위해서였을 것이다.

"그게 처음이 아니지. 형이 어떻게 할아버지를 알게 됐는지가 우선이야."

답은 간단했다. 하라의 부모님은 투어 이벤트에 당첨돼 동굴에 들어갔고 그렇게 레인보우 버드에 의해 감염되었다. 유일한 생존자는 아기였다. 그 아이를 책임진 건 인도적 차원이었을까? 어쩌면 죄책감 때문이었는지도 모르겠다. 어쨌든 그들을 죽음에 이르게 한 건 무지개 새의 저주였으니까.

여기까지는 대략적인 퍼즐이 완성되었다. 하지만 왜 여전히 하라와는 연락조차 못 하게 할까. 치료제에 대해 얘기했을 때 하라는 전혀 모르는 눈빛이었다.

"그럼 온몸에 멍이 든 이유는?"

생각은 뫼비우스의 띠처럼 한곳을 맴돌았다. 마오가 자리에서 일어나 1층으로 내려갔다. 청소를 하던 보보가 고개를 돌렸다. 공기정화 시스템을 보통으로 해놔서인지, 요즘 보보는 집 청소에 여념이 없었다.

"그만 좀 해. 그러다 나도 내다 버리겠다."

"공기정화 시스템이 약해졌습니다. 만약의 사태에 대비해 제 청소 기능을 상향 조정했습니다. 사실 이 기능을 써보는 건 처음이라 아직 테스트 중임을 말씀드립니다. 그보다 중요한 것은, 마오 님은 쓰레기나 먼지가 아닙니다. 절대 내다 버릴 수 없습니다."

"은근히 기분 나쁜데?"

"저는 사실을 말했을 뿐입니다. 제가 무슨 실수를 했나요?"

마오가 피식 웃고는 정수기에서 물을 따라 마셨다. 사람들이 죄다 보보 같기만 하다면 얼마나 좋을까 싶었다. 사실과 진실만 얘기해 준다면.

"그건 또 그것대로 곤란하겠다."

"뭘 말씀하시는 거죠?"

마오가 별거 아니라며 손사래를 쳤다. 그 순간 문득 선생님이 떠올랐다. 진실은 감당할 수 있는 자에게만 유용하다고. 그 말은 혹여 마오와 하라의 관계가 생각보다 복잡하단 뜻일까.

"혹시 내가 잠결에 너한테 또 부탁한 거 없어?"

"뭘 말씀하시는 거죠?"

보보가 같은 질문을 반복했다.

"왜, 지난번에 잠들면서 말도 안 되는 질문 했다며."

"말이 안 되는 질문이 정확히 무엇을 말씀하시는 건지 이해하기 어렵네요. 말이 안 되는데 어떻게 질문을 할 수가 있을까요?"

"그러게? 정말 말이 안 되네?"

생각해 보니 인간의 언어는 참으로 이상했다. 말이 안 된다면서도 묻고 답까지 내주었다. 전혀 재미있지 않은 상황에서 웃기지 말라 했다. 빤히 기분 나쁜 얘기를 꺼내며 언짢게 듣지 말라 했다. 이토록 앞뒤가 맞지 않는 대화가 통하는 곳이 또 인간 세상이었다. 그러니 문제가 끊이질 않는 거겠지.

"네가 지난번에 말한 오방새 설화의 숨겨진 이야기, 아이를 제물로 바친 인신 공양 말이야."

보보가 어떤 경로를 통해 뒷이야기를 조사했는지는 알 수 없었다. 잠에 취해 웅얼거렸다기엔 너무 구체적이었으니까. 음성 파일은 이미 모조리 삭제된 상태였다. 다만 그 이야기 끝에서 하라를 만났다. 이 모든 것이 단순한 우연일까?

"말이 안 된다 하셨는데요. 국립도서관 고문서 자료에서 직접 찾아낸 내용입니다."

한순간 마오의 등허리에 냉기가 흘렀다. 마치 얼음 손이 훑어내린 듯 소름이 끼쳤다. 단순한 느낌이 아닌, 또렷하고 무서운 감각이었다. 문제는 그 육감이 대부분 안 좋은 상황에서 발휘된다는 사실이다.

"보보, 너 좀 전에 청소 기능을 상향 조정했고 테스트 중이라 했지."

"네. 5분 전에 테스트를 끝마쳤습니다. 결과를 말씀드리자면, 우선 미세먼지 필터 기능이 기존과 비교해…"

"미안한데 결과는 나중에 들을게. 보보, 나 필요한 거 없으니까 내 방에 올라오지 마."

"알겠습니다."

마오가 계단을 두어 개씩 뛰어넘으며 2층으로 올라갔다.

"아직 완전히 회복되신 게 아닙니다. 격한 운동이나 몸에 무리가 가는 행동은 하지 않는 게 좋아요. 더불어 계단을 그렇게 뛰어오르는 건, 본인은 물론 다른 사람에게도 위협을 가하는 대단히 나쁜 행동임을 명심하시길 바랍니다."

등 뒤로 보보의 잔소리가 날아들었다. 그러나 마오의 귀에는 전혀 들어오지 않았다. 방으로 오자마자 마오가 전자 칠판을 불러들였다.

레인보우 버드. 하라 형. RB 바이러스 감염자. 또 다른 생존자. 격리. 할아버지. 새로운 치료제. 화성복권 당첨자. 행운의 대가. 음모론. 화성 거주 선발대.

'이 복권의 당첨자가 이미 정해져 있다는 생각…'

'화성 거주지에 미리 살아볼 테스터가 필요하니까.'

선생님의 목소리가 이명처럼 귓가에 울렸다. 마오가 칠판에 빠르게 글씨를 써 내려갔다.

처음 발견된 RB 바이러스. 치료제 개발과 테스터. 실험자.

'이 기능을 써보는 건 처음이라 아직 테스트 중임을 말씀드립니다.'

'회장님이 다른 RB 감염자가 있다고 했지? 죽지 않고 살아 있다고 말이야.'

'그 치료제… 천천히 얘기해 줄게.'

'잘 들어. 누군가가 어디에 사는지보다 어떻게 사는지를 먼저 생각해.'

"설마."

하라의 멍투성이 몸을 봤을 때도 이토록 놀라지 않았다. 그런데 몇 배 더 충격적인 사실이 눈앞에 펼쳐졌다. 투명한 갈색 눈동자가 터질 듯 크게 부풀어 올랐다.

'그렇게 일을 진행하자면 너무 많은 절차가 필요했을 거다. 쓸데없는 과정을 거쳐야만 했겠지. 무엇보다 치료제를 개발하는 데 필요한… 시간을 단축해야 했다. 어떤 수단과 방법을 동원해서라도 하루빨리 이 모든 문제를 해결해야 했어.'

할아버지가 말한 시간을 단축한다는 의미가, 수단과 방법을 가리지 않는다는 뜻이 설마 이걸까.

"아니죠? 할아버지, 설마 치료제 개발을 위해 진짜 사람을 테스터로 쓴 건…"

신약 개발이 무엇인지 모르지 않았다. 그 과정에서 빠질 수 없는 것이 임상시험이었다. 이 최종 단계 없이는 어떤 치료제도 세상에 선보일 수 없을 테니까. 그러나 마오는 특수한 경우였다. 세상은 RB 바이러스의 존재조차 몰랐다. 무슨 약인지, 어떤 병을 위한 치료제인지를 밝히지 않고서는 임상시험 대상자 선정이 불가능했다. 선생님은 기존의 항바이러스제를 이용한 칵테일 치료제를 개발한다고 했다. 이미 모든 검증이 완료된 약들만 쓴다고. 과연 그 말을 어디까지 신뢰할 수 있을까? 그동안 투여받은 치료제들이 모두 기존에 안정성 검사를 통과한 약들이라는 것을 누가 장담할까?

마지막 퍼즐이 서서히 제자리를 찾아갔다. 흩어져 있던 그림이 한눈에 들어왔다. 할아버지가 하라를 거둔 건 단순히 인도적 차원이나 죄책감 때문이었을까? 혹여 이 끔찍한 바이러스에 감염된 또 다른 인간이 필요한 것은 아니었을까?

마오가 자리를 털고 일어나 방을 서성였다. 헛된 망상이라 웃어넘겨야 하는데 생각을 거듭할수록 머릿속에선 빙고라는 영어 단어가 반짝이는 듯했다. 합리적 의심인 데다가 사실일 확률이 높았다. 만일 이 엄청난 추측이 사실이라면 할아버지는 왜 뒤늦게야 하라의 존재를 밝혔을까? 드디어 치료제가 완성되었다는 안도감에?

'나도 너를 몰랐어. 내가 조금 더 일찍 알았을 뿐이지 알게 된

시간 자체엔 별 차이 없을 거야.'

어쩌면 그의 존재를 밝힐 수밖에 없었던 피치 못할 사정이 있을는지도 몰랐다. 그것이 멍투성이 몸과 관계가 있을지도.

"아니야. 이상한 상상 하지 말자."

겉모습만 보자면 하라는 큰 문제가 없어 보였다. 오히려 마오보다 훨씬 더 단단하고 강해 보였다. 백색증을 앓지도 않고, 햇빛 알레르기도 없었으며, 또래보다 작거나 약하지도 않았다. 물론 또 다른 의미에서 색을 잃어버리긴 했지만.

"햇빛을 볼 수 있는 것만 해도 어디야."

여유가 있는 쪽은 오히려 하라였다. 첫 대면에서 덤벙대고 바보처럼 군 건 마오였다. 단지 하라가 두 살 연상이라서 그런 것은 아닐 것이다.

"어디까지 알고 있는 걸까?"

이 모든 황당한 추측이 진실이라면 앞으로 어떻게 되는 걸까? 만약에 자신이 RB 바이러스 치료제를 위한 테스터라는 사실을 하라가 알아챈 거라면.

서성거리던 발걸음이 한곳에 우뚝 멈춰섰다. 알 수 없는 분노가 스멀스멀 피어올랐다. 이 분노의 화살이 어디를 향하는지는 알 수 없었다. 지금까지 자신을 속여온 할아버지와 사람들? 갑자기 나타난 하라? 마오는 이 모든 사람들에게 화가 났다. 그러나 한편으로는 모든 이들이 이해되기도 했다. 어쩌면 이해하고 싶은 건지도 몰랐다. 당장 시급한 것은 어떻게든 하라를 다시 만나는 일이었다. 어디서 어떤 모습으로 살고 있는지 두 눈으로 확인해야 했다. 그러나 다시 만난다 해도 마오가 하라에게 해줄 수 있는 말은 별로 없었다. 무슨 얘기를 어떻게 할 수 있을까.

"아저씨는 이미 알고 있겠지?"

보보를 부르려던 손길이 허공에서 멈췄다. 진솔이 이 시각에 숲속 집까지 와줄지가 문제였다. 아무리 세심하게 원격진료를 보는 시대라 해도, 인간의 속마음까지 꿰뚫어 볼 수는 없었다. 선생님이 말한, 현대 의학으로도 정복할 수 없는 꾀병을 다시 불러내야 할지도 몰랐다.

달에 호텔을 짓고 화성에 대규모 관광단지를 조성하는 위대한 존재가, 보이지 않는 바이러스 앞에 힘없이 무너져 버렸다. 결국 인간이란 눈에 보이지 않는 것들, 형체가 없는 것들에 평생을 휘둘리며 살아가는 게 아닐까.

마오는 문득 생물 시간에 배운 병원균과 숙주 이야기를 떠올렸다. 그날 AI 선생님은 고양이 기생충인 톡소플라스마 곤디를 설명했다. 쥐가 이 기생충에 감염되면 천적인 고양이에게 매력을 느낀다고 했다. 그 때문에 고양이가 다가와도 피하지 않고, 오히려 고양이에게 제 발로 찾아간다고 했다. 그렇게 뇌를 잃어버린 좀비처럼 되어 자신의 천적에게 최후를 맞이하는 것이다.

인간도 이와 별반 다르지 않았다. 자신을 잃어버린 채 살아가는 이들도 많으니까. 누군가는 세균과 바이러스에 감염되듯 욕망과 탐욕에 지배당한다. 자신도 모르는 사이에 스스로를 벼랑 끝으로 내모는 것이다. 마오는 곤히 잠든 레인보우 버드를 깨운 부모님을 떠올렸다. 화성에 건설되는 대규모 관광단지를 상상했다. RB 바이러스 치료제 개발을 위해 할아버지가 한 일들을 하나하나 되짚어갔다.

그 순간 문밖에서 바퀴 소리가 들려왔다. 마오가 흠칫 놀라 몸을 떨었다. 잘못을 들킨 사람처럼 미친 듯이 가슴이 뛰었다. 젖은 손바닥을 바지에 훔치고서 마오가 문을 향해 소리쳤다.

"왜?"

"마오 님, 드릴 말씀이 있습니다."

"보보, 내가 방해하지 말라고 했잖아. 제발 나를 좀 내버려 둬."

내지른 고함에 당황한 건 오히려 마오였다. 보보는 메이드봇일 뿐이었다. 방해하려고 일부러 찾아온 게 아니었다.

"마오 님, 죄송합니다."

보보의 소프트웨어에는 다양한 지식이 내장되어 있었다. 그러나 스스로를 지킬 힘은 없었다. 화를 낼 수도 없고, 작은 변명조차 할 수 없었다. 그건 인간도 마찬가지일 것이다. 때로는 스스로조차 지킬 수 없는 상황에 놓일 때가 있기 마련이니까. 복권에 당첨됐다던 남자가 환영처럼 눈앞에 스쳐 갔다. 화성행 복권을 손에 쥔 채 환하게 웃던 주름진 그 얼굴이.

마오가 한숨을 내쉬고는 문으로 걸어갔다.

"보보, 화내서 정말 미안해. 내가 오늘 신경이 좀 예민해."

"알고 있습니다. 방해하면 안 된다는 걸 인지했는데요. 진솔님이 오셨습니다."

제 말 하면 온다는 호랑이가 따로 없었다. 혹여 보보처럼 머릿속에 센서를 내장한 게 아닐까? 그렇게나 만나고 싶던 상대가 정작 모습을 드러내자 마오는 어쩐지 불안해졌다. 그에게 무엇부터 물어야 할지 머릿속이 복잡했다. 어쩌면 진솔에게서 듣게 될 말들이 두려운 것인지도 몰랐다. 마오가 습관처럼 손톱 끝을 물어뜯었다.

"건강에 매우 안 좋은 습관입니다. 타인에게 불쾌감을 줄 수도 있습니다."

"왔으면 바로 올라올 것이지 왜 새삼스레?"

마오가 애써 태연한 척 물었다.

"혼자 오신 게 아닙니다."

"뭐?"

할아버지는 지금 화성으로 향하고 있다. 이 선생님은 한 번도 숲속 집을 방문한 적이 없었다. 유일하게 이곳을 아는 사람은 진솔, 그리고…

"지난번에 오신 그분도 동행했습니다."

얼음 손이 또 한 번 등허리를 훑어 내렸다. 오스스 팔뚝에 소름이 돋았다.

"추우세요? 겉옷을 더 드릴까요?"

서늘했다. 뒷머리가 쭈뼛 설 만큼 싸늘했다. 그러나 단순히 옷을 입는다고 해서 해결될 문제가 아니었다. 마오가 천천히 숨을 들이쉬며 벌떡이는 가슴을 가라앉혔다.

"보보, 허브 차 좀 준비해 줘."

"네. 알겠습니다."

돌아서는 메이드봇을 마오가 불러 세웠다.

"아니다. 보보, 차는 됐어."

오늘은 한가하게 차나 마실 분위기가 아니다. 게다가 마오는 아직 하라가 어떤 음료를 좋아하는지조차 알지 못했다. 물론 그 밖에 그에 대해 아는 바도 전혀 없었다. 제발 없기만을 바랄 뿐이었다.

"그렇게 하겠습니다. 두 분에게 올라오시라 말씀드릴게요."

보보가 다시 몸을 돌려 계단으로 내려갔다. 철커덕철커덕 요란한 소리를 내며 바퀴가 멀어질수록 가슴이 쿵쿵대는 소리는 더욱 가까이 들려왔다.

언제나 집을 벗어나길 원했다. 세상 속에서 사람들과 어울리고 싶었다. AI도 메이드봇도 아닌, 진짜 인간과 마음을 나누길 희망했다. 실없는 농담과 쓸데없는 잡담과 의미 없는 말장난들이 오가는, 그런 무의미한 시간을 보내고 싶었다.

물론 모르지 않았다. 세상이 어떤 곳인지, 얼마나 삭막하고 힘든지 잘 알고 있었다. 왜 인간이 같은 인간을 상대하는 것만큼 괴로운 일도 없다고들 하는지도 잘 알았다. 인간은 지극히 논리적이고 과학적인 논리로 세상을 구축했으면서도, 말도 안 되고 억

지스러운 상식 밖의 행동을 서슴없이 하는 존재였다.

로봇과 달리 인간은 생각을 하기에 말 한마디 건네기가 조심스러웠다. 전에는 상상조차 할 수 없었다. 사람을 마주하고 대화를 하는 시간이 이토록 힘들고 괴로울 줄은.

방으로 들어선 사람은 오직 한 사람뿐이었다. 한 달 만에 보는 하라는 눈에 띄게 수척해져 있었다. 안 그래도 마른 얼굴에 광대가 도드라질 정도로 살이 쏙 빠져 있었다.

"아저씨는?"

마오는 먼저 진솔의 행방을 물었다.

"아래층에서 기다리라 했어."

명령조의 차가운 말투였다. 어쩌면 화가 난 건지도 몰랐다. 마오가 꿀꺽 마른침을 삼켰다. 습관처럼 입으로 향하는 손을 주머니에 찔러 넣었다. 긴장한 모습을 들키고 싶지 않았다.

"몸은 좀 어때? 컨디션 안 좋다는 얘기 들었어."

하라가 말을 건넸다.

그 얘기가 누구에게서 비롯되었는지 알 것 같았다. 바로 1층에서 기다리고 있는 진솔이었다. 그가 기다리는 상대가, 하라인지 마오인지 알 수 없었다. 거칠게 진솔의 손을 뿌리치던 하라의 모습이 떠올랐다. 두 사람의 사이는 썩 좋아 보이지 않았다. 물론 마오 역시 진솔의 태도에 짜증 났던 적이 많았다. 그러나 단 한 번도 노골적인 적의를 내보인 적은 없었다. 진솔은 할아버지의 비서인 동시에 마오를 보살펴 주는 보호자와 다름없었다. 그런데 어쩐지 하라와 진솔은, 조금 다른 관계로 묶여 있지 않을까 싶은 예감이 들었다.

"형은 어때?"

여전히 형이라 불러도 되는 걸까. 걱정이 무색하리만치 하라는 활짝 웃으며 괜찮아, 하고 대답했다. 무엇이 어떻게 괜찮은지, 만약에 거짓말을 하고 있다면 몸과 마음 중 어느 쪽이 더 안 좋은지 묻고 싶었다. 그러나 마오는 이번에도 침묵했다. 하라의 상태만 봐서는 절대 괜찮지 않을 듯싶었다. 그의 입에서 무슨 말이 흘러나올지 두려웠다.

"더 일찍 오고 싶었는데, 쉽지 않았어."

"…"

"너도 아프다고 해서."

하라가 멋쩍은 듯 머리를 긁적였다. '너도'라는 말은, 그 역시 상태가 썩 좋지 않았다는 의미일 테다. 그런 생각이 들자 서늘한 기운이 척추를 따라 흘러내렸다. 하라에게 무슨 일이 벌어지고 있었다. 그런데 차마 물어볼 용기가 나지 않았다. 마오가 또다시 손톱을 잘근거렸다.

"괜히 왔나 봐. 표정을 보니 되게 귀찮은 것 같네."

"아니야. 그런 게 아니라. 갑자기 찾아와서 놀랐어."

"미안. 그런데 사실 너한테 미리 연락할 방법이 없어서. 너도 마찬가지겠지만…"

하라가 말끝을 흐리며 씁쓸하게 웃었다. 만약 그가 휴머노이드나 메이드봇이라면 뭐든지 물어볼 수 있을 것이다. 어떤 질문을 하든 오직 진실만을 말해줄 테니까. 그러나 눈앞에 있는 존재는 능숙하게 제 감정을 숨길 수 있는 인간이었다.

하라가 일어나더니 방을 한 바퀴 둘러보았다. 마오의 시선이 그의 움직임을 따랐다.

"몇 가지 물어봐도 돼?"

그가 고개를 돌려 마오를 곁눈질하며 물었다.

"사람들이 레인보우 버드를 복원시킨 일, 어떻게 생각해?"

레인보우 버드. 그래. 결국 이 모든 일이 그 새의 저주에서 시작됐다.

"뭘 묻고 싶은 거야?"

마오는 애써 모른 척했다. 질문의 의도를 정확하게 파악하지 못했으니까. 이럴 땐 뒤로 한발 물러나 상대가 먼저 다가오기를 기다려야 했다.

"말 그대로야. 너와 나를 이렇게 만든 사람들에 대해 어떻게 생각하는지 묻는 거야."

하라는 애써 무덤덤한 표정으로 자신을 이렇게 만든 사람들이라 불렀다. 그들은 마오를 낳아준 이들이었다. 마오는 하라의 고통, 분노, 공포가 무엇인지 알 것 같았다. 그렇다고는 해도 아무도 이런 결과를 예측한 것은 아니었다. 레인보우 버드를 복원시킨 사람들을 어떻게 생각하느냐고? 그들은 자신이 복원한 생명체에 의해 이미 오래전에 사라져 버렸다.

하라는 원론적인 질문을 하고 있었다. 그렇다면 마오는 더 이전으로 거슬러 올라가 묻고 싶었다.

"레인보우 버드를 복원시키려 하던 거였지, RB 바이러스를 불러내려 한 건 아니잖아."

낯빛을 살피니 대답이 썩 마음에 들지 않은 모양이었다. 하라의 싸늘한 눈빛 속에 무엇이 숨어 있는지 짐작할 수 있었다. 마오는 그의 경멸 가득한 시선을 피하는 게 싫었다. 더는 그럴 수 없었다.

"지금도 세계 곳곳에서는 멸종된 동식물이 속속 복원되고 있어. 레인보우 버드도 그중 하나였을 뿐이야."

"맞아."

하라가 툭 내뱉고는 짧게 웃음을 터트렸다.

"멸종시키고, 다시 불러내고, 마음에 들지 않거나 쓸모를 다하면 또다시 죽여버리고. 힘들게 살려낸 레인보우 버드도 결국에는 전부 사라져 버렸지."

허무하게 사라진 것이 어디 레인보우 버드뿐일까? 쓸모와 의미, 가치와 효용까지 모든 기준은 인간이었다. 산에 핀 풀 한 포기에게마저 그 기준을 들이댔다. 인간에게 이로우면 약초가 되지만, 의미가 없으면 잡초 취급했다. 빛나는 꼬리가 아니었다면 레인보우 버드도 다시 깨어나지 않았을 것이다. 아니, 애초에 멸종되지도 않았겠지. 과학기술과 혁신이라는 이름으로 얼마나 많은 것들이 탄생하고 사라지는지 아무도 모른다. 그 복잡한 과정에서 깨어나면 안 될 것들이 눈을 뜨게 될지 아무도 예상치 못한 것처럼. 세상은 마오와 하라의 존재도, 그리고 RB 바이러스도 처음부터 없었다는 듯이 굴었다. 이렇게 가까이에 존재하는데 애써 모르는 척 고개를 돌려버렸다.

"상아가 없는 코끼리, 더는 뿔이 자라지 않는 코뿔소, 진주를 품지 않는 조개가 너무 많아. 왜 그럴까? 나는 제발 인간이 모든 걸 내버려 뒀으면 좋겠어. 달이나 화성에도 가지 않기를 바라. 우주에 더 이상의 기지도 세우지 않았으면 좋겠고."

"…"

"미친 짓이라 생각 안 해?"

하라가 물었다.

"미친 짓이라고 단정 지을 수는 없어. 세상 모든 일이 늘 결과가 좋을 수만은 없잖아."

마오가 대답했다.

"결과?"

그 말을 끝으로 하라는 침묵했다. 그저 멍하니 해 지는 겨울 숲을 바라보았다. 하지만 그의 소리 없는 분노가 느껴졌다. 바람을 따라 나부끼는 나뭇가지들이 하라를 대신해 나직이 속삭였다. 너는 그렇게 말해선 안 돼. 초록을 지워낸 숲이 그렇게 마오를 책망했다.

하라도 진실을 눈치챈 지 얼마 되지 않았을 것이다. 완성된 퍼즐이 수면 위로 올라오기 전까지는 진솔과의 관계도 좋지 않았을까. 어쩐지 그랬을 것 같았다.

"언제 어떻게 알게 된 거야?"

마오의 차분한 음성이 조용한 방을 울렸다.

"두 달 전에. 어떻게 알게 됐는지는…"

하라가 잠시 어깻숨을 내쉬고는 말을 이어갔다.

"중요하지 않잖아."

그래. 진짜 중요한 것은 하라가 어디까지 알고 있는지다. 마오
의 퍼즐과 하라의 그림이 과연 일치할까? 아닐지도 모른다는 의
심이 점차 확신으로 변해갔다.

"그러는 너는 뭘 알고 있는데?"

질문이 화살이 되어 가슴에 날아와 박혔다. 마오도 크게 숨을
들이마시며 벌떡이는 가슴을 진정시켰다.

"너와 내가 똑같은 바이러스에 감염되고 똑같이 감금되고 똑
같이 사람들의 눈을 피해 숨어 지냈어. 아주 오랜 시간을 말이야.
그 밖에 우린 뭐가 다를까?"

질문인지 비아냥인지 알 수 없었다. 그 어느 쪽에도 대답하기
어려웠다.

"너는 한 번도 너를 이렇게 만든 사람들을 원망한 적 없어?"

시선을 창밖에 묶어둔 채 하라가 물었다. 무채색 숲이 보고 싶
은 걸까. 어쩌면 유령과 마주하는 이 시간이 괴롭고 힘든 건지도
몰랐다.

"결과적으로 최악의 상황이 됐지만, 아무도 이렇게 될 거라 예

상한 건 아니잖아."

지금 마오가 내놓을 수 있는 최선의 답은 오직 한 가지뿐이었다. 이제 와 과거의 일을 후회한다고 해서 달라지는 건 없을 테니까.

"관광객들을 불러모으겠다는 하찮은 이유로, 멸종된 동물의 DNA를 조작했어. 인류의 생사가 걸린 중차대한 문제가 아니었다고. 그 새를 멸종시킨 게 인간이야. 그런데 또 같은 이유로 새를 복원시켰어. 예쁘고 화려하고 신비스러우니까. 또다시 사람들 앞에서 반짝거리는 모습을 보여주겠다는 멍청하고 단순한 이유로 제 손으로 죽인 새를 땅속에서 다시 불러냈다고. 그 과정에서 엄청난 놈도 같이 깨웠지. 이게 결과를 예상치 못했다고 그냥 넘어갈 수 있는 일이라고 생각해? 이건 처음부터 아주 멍청하고 오만한 계획이었어. 잘난 과학기술을 앞세워 자신들이 신이라도 되는 양 으쓱거리다가 결국 그 과학 때문에 모두…"

"그 잘난 과학기술 덕분에,"

마오가 소리쳤다. 창밖에 묶여 있던 하라의 시선이 돌아섰다.

"나도 형도 아직 살아 있는 거야."

그 잘난 과학기술 덕분에 두 사람 모두 생명을 유지하고 있는 건 사실이었다. 동굴 투어로 부모님을 잃은 건 분명 안타까운 일이다. 그러나 여행을 하기로 한 건 그들 스스로의 선택이었다. 그들 역시 레인보우 버드를 직접 보고 싶었을 테니까. 어린 아들에게 화려한 꼬리 깃털을 보여주고 싶었으니까.

과학기술의 발전과 진화가 불러 올 부작용을 걱정하면서도, 그 편리함에 취해 사는 게 인간이었다. 인공장기와 인공피부를 만드는 것도 모자라, 인간과 똑같은 장기와 피부를 지닌 동물까지 태어나게 하고 있었다. 달을 식민지화하고, 머지않아 화성도 제2의 지구로 테라포밍할 것이다. 막대한 천연자원이 묻혀 있는 행성을 찾아낼 것이며 더 큰 우주를 정복할 것이다. 지금껏 인간의 역사가 그렇게 흘러왔다. 찾아내고 발견하고 개척하고 건설하며 유한한 삶마저 연장해 나갔다. 이 과정에서 처음의 의도와는 다른 것들이 탄생했다. 엄청난 오류와 실수로 인해 수많은 생명이 사라져 갔다. 오래전 동굴에 처음 들어간 사람들은 죽었지만, 그다음 세대는 아직도 살아가고 있었다. 이것이 잘난 과학기술의 또 다른 모습이었다.

하라가 힘없이 털썩 의자에 주저앉았다. 마오의 눈빛이 그의 앙상한 빗장뼈에 닿았다. 애써 아닌 척하지만, 하라는 몹시 지치고 힘들어 보였다.

"덕분에 너와 내가 살아 있다고? 그래서 더 문제라는 생각 안 들어?"

길고 가는 하라의 손가락이 마오의 가슴을 가리켰다.

"지금은 전염력이 낮아서 우리 둘 몸속에 가만히 숨죽이고 있지만, 이게 언제 사람들 사이로 빠르게 퍼져 나갈지 아무도 몰라. 항체 검사니 치료제 개발이니 하면서 툭하면 피를 뽑아댔잖아. 모르지. 지금 어디에선가는 이 괴상한 녀석들이 꿈틀거리며 또 다른 먹잇감을 노리고 있을지. 너나 나 때문에 머지않아 인류에 치명적인 놈이 퍼질지도 몰라. 치사율에다 전염력까지 높은 슈퍼 바이러스 말이야. 너도 알잖아. RB 바이러스는 감염된 사람마다 증상이 달라. 몸에 침투하는 즉시 전혀 다른 모습으로 변한다고. 똑같이 감염되더라도 똑같은 치료제로 나을 수 없어."

눈앞에 힘없이 앉아 있는 하라가 바로 그 증거였다. 백색증으로 고통받는 마오와 달리 하라는 하얗게 변하지 않았다. 게다가 햇빛에 심각한 알레르기도 없었다. 그러나 하라 역시 안경 없이는 마오와 같은 세상을 볼 수 없었다. 그러나 이제 치료제는 개발되었다. 그 과정이 불투명하다는 것이 가장 큰 문제였지만 두 사람을 제외하고서 아직 RB 바이러스에 감염된 사람은 없었다. 적어도 마오가 아는 한에선 그랬다.

"이것도 과학의 발전 덕분이라 할 수 있을까?"

하라가 한쪽 입꼬리를 말아 올리며 물었다. 창백한 입술 끝에 명백한 비웃음이 걸려 있었다.

"치료제, 개발되었어."

마오가 혼잣말을 하듯 작은 소리로 중얼거렸다.

"그래. 치료제. 그 치료제가 어떻게 개발되었는지… 너는… 너는 아무것도 모르잖아."

하라의 두 눈이 붉게 충혈돼 갔다. 그 모습이 뾰족한 정이 되어 마오를 때렸다. 가슴이 산산이 부서지고 깨지는 기분이었다. 조각난 파편들이 몸속 깊숙이 박혀 들었다. 하라도 알고 있었다. 치료제가 개발되었다는 것, 그리고 그 과정에 감춰진 진실까지도.

"나는 몰랐어. 지금도 잘 모르고 있어."

"…"

"대체 몸은 왜 그래? 너무 야위었잖아. 지난번에 몸에 있던 멍들은 다 뭐야?"

붉게 충혈된 두 눈이 촉촉이 젖어 들었다. 분노도 슬픔도 아닌 무엇이 하라를 뒤흔들고 있었다. 마오가 알고 싶은 건 바이러스나 치료제가 아니었다. 눈앞에 있는 사람, 바로 하라의 고통이었다.

"지금 중요한 건 그게 아니야."

하라가 지친 표정으로 짧게 한숨을 토해냈다.

"그럼 뭐가 중요한데?"

"우리를 이렇게 만든 사람들."

"그 사람들이…"

마오가 자리를 박차고 일어났다. 의자가 뒤로 넘어지며 쾅 소리를 냈다. 평소라면 보보가 달려왔을 것이다. 아래층이 조용한 이유는 분명 진솔과 함께 있기 때문이다.

차라리 보보가 와주기를, 그래서 이 모든 상황을 깨끗이 정리해 주기를 바랐다. 움켜쥔 하얀 주먹이 가늘게 떨렸다. 마오가 어금니를 꽉 사리물었다.

"원했던 결과가 아니잖아. 일부러 그런 게 아니라고. 그 사람들은 그저 자기 일을 했을 뿐이야."

두 사람은 사업가였다. 늘 새로운 아이템에 투자했고, 사람들이 열광할 만한 곳을 개발했다. 그것이 그들의 삶의 목표이자 인생 그 자체였다. 기업은 어떻게든 이윤을 창출해 내야 했다. 그 과정에서 때로는 위험한 도전도 필요했다. 멸종된 새를 복원하는 일이 이토록 끔찍한 결과를 낳을 줄 알았더라면 어느 누구도 시도하지 않았을 것이다. 세상 모든 불행은 아무도 예견할 수 없는 법이고, 후회는 늘 한 걸음 뒤늦게 찾아왔다. 그렇기에 후회後悔라 부르는 거겠지. 지나간 일을 아프게 되새김질해 봤자 바뀌는 건 아무것도 없다.

"나라고 뭐 그런 생각 안 한 줄 알아? 나를 봐. 나는 형보다 훨씬 상태가 심각해."

왜 그 새를 복원해 끔찍한 저주를 자처했을까? 대체 왜? 생각하고 또 생각하고 끊임없이 생각했다. 멸종동물 복원 사업만 진행하지 않았더라면, 지금쯤 전혀 다른 삶을 살고 있었을 것이다. 달에 여행을 갈 수도 있고, 화성행을 꿈꿔볼 수도 있었다. 아니다, 그까짓 화려한 삶은 아무래도 좋았다. 그저 또래들과 어울리고, 해변에서 까맣게 몸을 태우고 싶었다. 지독한 악몽에서 깨어났을 때 메이드봇이 아닌 진짜 가족의 품에서 위로받기를 바랐다. 사람들 대부분은 그렇게 하루하루 살아가니까. 하지만 그 모든 평범한 나날들을 마오는 결코 가질 수 없었다. 내가 잘못한 것도 아닌데 왜 나는 이런 끔찍한 현실에서 벗어날 수 없는 건데? 억울해. 날마다 이렇게 울부짖을 때마다 귓가에 새의 날갯짓 소리가 들려왔다. 너는 영원히 이곳에서 벗어날 수 없을 거라는 저주 가득한 외침이 온몸을 뒤흔들었다.

"그래서 뭐가 달라지는데? 자꾸만 그날을 복기해 봤자 지금 상태에서 변하는 건 없어. 어차피 받아들일 수밖에 없잖아."

"뭐?"

안경 너머 하라의 눈동자가 크게 부풀어 올랐다.

"알아. 형이 얼마나 나를 싫어하는지. 할아버지나 진솔 아저씨, 이 선생님까지 모두에게 화가 날 거야."

"그래 화나. 화가 나 미칠 것 같다고."

폭발하는 하라를 보자 마오는 되레 마음이 가라앉았다. 그의 분노가 충분히 이해되었다. 그러나 만일 진실을 몰랐다면 이토록 흥분했을까. 하라를 속인 건 변명의 여지가 없었다. 하지만 할아버지가 없었다면, 하라 역시 오래전에 합병증으로 죽었을 것이다. 그도 말하지 않았는가. 진실을 알게 된 지 얼마 되지 않았다고. 자신이 테스터라는 사실은 꿈에도 몰랐겠지. 목적은 잔인했지만, 덕분에 하라도 목숨을 지킬 수 있었다. 이것 역시 누구도 부정할 수 없는 명백한 진실이었다.

"그런데 그렇게 화가 날 일이야?"

마오가 꼿꼿하게 선 채 하라를 내려다보았다.

"어쨌든 형도 RB 바이러스에 감염됐잖아. 면역력이라고는 갓 태어난 신생아들보다 약해. 완벽한 공기정화 시스템이 없이는 단 하루도 살기 어려워. 누군가 곁에서 철저하게 관리해 주지 않으면 언제 어떤 합병증으로 죽을지 모르는 게 이 바이러스의 특징 아니야?"

하라가 마른침을 삼키자 붉어진 목울대가 툭 움직였다. 선명했던 멍 자국이 지워지고 셔츠 사이로는 푸르스름한 흔적만이 남아 있었다. 형은 지금까지 어디에서 어떤 시간을 견딘 거야? 목구멍까지 올라온 질문을 삼켜버렸다. 처음부터 대수롭지 않다는 듯 대답한 건 하라 본인이었으니까.

"무슨 얘기가 하고 싶은 건데?"

하라의 목소리가 가늘게 떨렸다. 폭발하려는 감정을 그렇게라도 억누르려는 모양이었다. 마오가 또 한 번 깊게 숨을 들이마셨다.

"누군가 형을 퀘퀘한 지하 골방에 가둬놨거나, 오래된 음식을 먹였거나, 몸에 염증이 생겼는데 조금만 방치했어도,"

"…"

"형은 지금 내 눈앞에 없었다는 뜻이야."

하라는 너무 멀쩡한 모습이었다. 화를 내고 소리치고 흥분할 정도로 건강했다. 마오가 하려던 말이 바로 이것이다. 하라의 목숨을 살려준 게 과연 누구인지 기억하라는 것.

그 순간 귓가에 키득거리는 웃음소리가 날아들었다. 하라가 어깨까지 들썩이며 웃고 있었다. 잔인하다는 거, 너무 이기적이라는 거 마오도 잘 알고 있었다. 하지만 틀린 말 한 것도 아니지 않는가.

"회장님 대단하네."

하라가 웃음을 멈추고 몸을 일으켰다. 이제 내려다보는 쪽은 상대가 되었다.

"자신만만했던 이유가 있었어. 이미 오래전에 다 예견했겠지. 그런 인간이니…"

"말조심해."

마오가 서늘한 시선으로 소리쳤다.

"아, 네, 그럼요. 고매하신 도련님 명령인데 여부가 있겠습니 까?"

하라가 두 손바닥을 들어 보이며 히죽 웃었다.

"내 마음대로 하라더니. 그 말뜻을 이제야 알겠어. 그래. 인 정하지. 내가 아직도 이 잘난 목숨을 유지하고 있는 건, 다 회장 님 덕분 아니겠어? 목숨 부지하고 싶으면 잔말 말고 조용히 찌 그러져 있어라, 무슨 짓을 했든 너를 살려준 사람 아니냐, 그러니 까…"

하라가 말을 멈추고 기침을 토해냈다. 스트레스로 인한 호흡 기 이상 반응. 진솔을 불러야 했다.

"흥분하지 마. 마음 가라앉히고 천천히 호흡해 봐. 조금만 참 아. 내가…"

뒤돌아서는 마오의 팔을 하라가 낚아챘다.

"나는 괜찮아."

이럴 때일수록 침착해야 했다. 상대를 자극하지 말고 진정되 길 기다려야 했다. 그래도 상태가 좋아지지 않으면 그때 진솔을

불러도 늦지 않을 것이다. 작은 스트레스에도 몸에 곧바로 증상
이 나타나는 것, RB 바이러스 감염자의 전형적인 특징이었다.

하라가 가슴을 들썩이며 크게 숨을 내쉬었다. 기침이 다소 진
정된 듯 보였다.

"마지막으로 하나만 더 물을게."

"…"

"너는 이 모든 상황이 전부 이해된다는 뜻이지?"

"어쩔 수 없었잖아. 그 얘기를 하고 싶은 거야."

"그래?"

하라가 힘없이 미소 짓고는 말을 이었다.

"회장님 말이 맞았어. 인간은 언제든 자신이 서 있는 위치에서
만 세상을 보곤 한다고. 그 시점에서 보이는 것만이 정의라 믿
는다던데, 그 말이 뭔지 이제야 알겠네. 어쩔 수 없었다? 되게 편리
한 말이잖아."

진한 고동색 눈동자가 마오를 내려다보았다. 이제야 친구를
만났다 믿었다. 그런데 그 헛된 바람이 산산이 무너져 내렸다. 눈
앞에 있는 하라는, 휴머노이드보다 더 무미건조한 표정을 짓고
있었다. 차갑고 시린 새벽 겨울과도 같은 모습을 한 채.

"회장님이 보여주려던 현실이 바로 이거였어."

그것이 정확히 무엇인지 마오는 알 수 없었다. 그렇지만 치료
제는 개발되었다. 그건 하라에게도 좋은 일이지 않을까? 그러나
마오는 쉽게 입이 떨어지지 않았다. 그의 마음속에 무엇이 들어

있는지 아무것도 보이지 않았다. 마오 역시 하라의 색을 전혀 읽을 수 없었다.

"내가 이 방에 들어설 때 많이 놀라더라. 그만큼 내 모습이 형편없었단 뜻이겠지."

하라의 시선이 창가에 놓인 네 마리의 생쥐들에게 닿았다. 그중 한 녀석을 마오가 그에게 선물했었다. 하얀 고깔을 쓴 생쥐 인형.

"그동안 다이어트를 했거든."

"다… 다이어트라니? 무슨 말도 안 되는 소리야?"

"음식을 거부하는 게 효과가 가장 빠르니까."

갑자기 너무 야윈 모습으로 나타나서 놀라긴 했다. 설마 일부러 단식했다고는 전혀 상상하지 못했다. RB 바이러스 감염자에게 균형 잡힌 식사는 무엇보다 중요했다. 보보가 만든 맛없는 죽이나마 참고 먹는 덴 다 이유가 있었다.

"그래야 너를 만날 수 있으니까."

마오는 머릿속이 어지러웠다. 모든 퍼즐이 제자리를 찾아갔다고 생각했는데, 아직 빈 공간이 남아 있었다. 그곳에 들어가야 할 조각이 보이지 않았다. 마지막 조각은 눈앞에서 히죽 웃는 이 사람이 쥐고 있었다.

"미안하지만 나도 어쩔 수 없었어. 대답이 됐겠지?"

문으로 걸어가던 하라가 주춤 멈춰 섰다.

"내가 어디에 사는지 알고 싶다고 했나? 곧 초대할게. 얼추 너저분한 것들은 청소를 해놨으니까."

지잉 소리와 함께 문이 열리며 껑충한 뒷모습이 사라져 버렸다. 애써 쌓아 올린 탑이 무너져 내리기 시작했다. 모든 것이 다시 원점으로 돌아가 버렸다.

"그게 무슨 뜻이야?"

마오가 서둘러 계단을 밟아 내려갔다. 1층에 하라와 진솔이 함께 서 있었다. 보보가 가는 두 팔을 들어 올리며 말했다.

"오늘은 배웅하시는군요."

마오가 재바른 걸음으로 하라에게 가까이 다가갔다.

"이런 식으로 떠나는 게 어디 있어?"

"나는 전부 다 말했어. 네가 어쩔 수 없었다는데 더이상 무슨 말이 필요해?"

"아니. 나는 아직 이해하지 못했어."

"너 혹시 말이야. 강마오라는 이름의 의미를 알고 있어?"

마법같이 소중한 아이라 했다. 할아버지에게 직접 물었고, 두 귀로 똑똑히 들었다. 그 이름에 다른 의미가 있을까? 비록 그렇다 한들, 하라와는 전혀 상관없는 일이었다.

"뭘 알고 있는 거야?"

기묘한 미소를 남긴 채 하라가 뒤돌아섰다. 그 옆으로 진솔이 바투 다가섰다.

"명령이야. 앞으로는 저 메이드봇 건드리지 마. 그 빌어먹을 허브 차도 더는 안 돼."

하라가 한마디 내뱉고는 까딱 고갯짓했다.

"배고프다. 집에 가자… 솔아."

네, 하고 선선히 대답하며 진솔이 앞장섰다. 그 한마디가 보이지 않는 주먹이 되어 뒤통수를 강하게 내리쳤다. 마오가 중심을 잃고 비틀거렸다.

"괜찮으세요? 안색이 창백해지며 심장박동수가 빨라지고 있습니다."

아무것도 들리지 않았다. '솔아' 하고 부르던 목소리만이 귓가에 맴돌았다. 진솔은 할아버지의 비서였다. 어른이고 보호자였다. 그런 그에게 어떻게 하라가 솔이라 부를 수 있을까.

"아니야. 그럴 리 없어."

환영처럼 진솔의 엷은 미소가 눈앞을 스쳐 지나갔다. 부드러운 눈빛과 낮은 목소리, 부스스 머리를 헝클어뜨리던 커다란 손과 책을 읽던 음영 진 옆모습도.

"우선 스마트룸에서 진료를 받아보시는 것이 좋겠습니다."

"아니야. 보보. 괜찮아. 나는 정말 괜찮아."

악몽일까? 어쩌면 치료제의 부작용인지도 몰랐다. 환영이 보이고 환청이 들리고 정신마저 혼미해지는 이 모든 상황이 약 때문인지도.

마오가 비척거리며 계단참에 올라섰다. 방문을 열기 무섭게 침대에 풀썩 주저앉았다. 창밖에는 짙고 농밀한 어둠이 깔려 있었다. 사방이 검은빛으로 뒤덮였다. 고개를 들자 머리 위에 우주가 반짝이고 있었다.

'야광별이네. 방에 우주가 있구나? 너 의외로 취향이 귀엽다.'

마오가 침대 밖으로 나와 의자를 밟고 올라섰다. 내년이면 어느덧 열일곱이다. 팔을 뻗으니 천장에 쉽게 손이 닿았다. 그사이 키가 제법 컸구나. 덕분에 반짝이는 우주가 눈앞에 가까이 있었다. 진즉에 떼어버렸어야 했는데 귀찮다고 미루기만 했다. 손끝으로 하나둘 별과 달을 떼어내기 시작했다. 푸른 지구를 떼어내고 은색 달을 거둬냈다. 보랏빛의 해왕성과 황금색 고리를 지닌 토성도 차례차례 지워졌다. 붉은 화성을 떼어내던 손이 허공에서 주춤 멈췄다. 밤이 찾아오면, 유독 천장의 붉은빛이 도드라지곤 했다. 단순히 화성 모양의 붉은 스티커 때문이라 믿었다. 할아버지가 개척할 미지의 땅이기에 다른 별보다 훨씬 빛나 보인다고 생각했다. 그런데 아니었다. 화성을 떼어내도 빛은 그 자리에 남아 반짝이고 있었다. 마오가 붉은빛을 물끄러미 바라보았다.

'잘 들어. 누군가가 어디에 사는지보다 어떻게 사는지를 먼저 생각해.'

화성이 사라진 자리에는 소형 렌즈가 남아 있었다. 카메라 렌즈가 360도로 움직이며 마오를 내려다보고 있었다. 섬뜩하리만큼 붉은 눈이, 이곳에 우주가 시작된 이래로 지금까지, 단 한시도 시선을 떼지 않았다.

'아니. 너는 몰라.'

할아버지와,

'똑같은 바이러스에 감염되더라도 누군가는 목숨이 위태로워

지지만, 또 다른 누군가는 자신이 바이러스에 걸렸는지조차 모를 수도 있어.'

선생님과,

'그래. 치료제. 그 치료제가 어떻게 개발되었는지… 너는… 너는 아무것도 모르잖아.'

하라의 목소리가 어지럽게 섞여 들었다. 귓가를 울리던 합창이 점점 더 크게 들려왔다.

10장

人

겨울밤이었다. 함박눈이 세상을 뒤덮었다. 화이트 크리스마스였다. 1년 중 사람들의 관심이 가장 집중되는 때. 보육원은 여느 때처럼 연말 파티를 열었다. 이제 막 후원자들을 위한 감사 공연이 시작될 참이었다. 3개월 전부터 틈틈이 연습한 합창곡이었다. 후원자 중 한 명이 가장 좋아하는 노래라 했다.

거룩한 밤 별빛이 찬란한데 거룩하신 우리 주 나셨네.

아이들이 영롱한 피아노 선율에 맞춰 합창을 시작했다. 맑은 음색이 강당 안에 부드럽게 퍼져 나갔다. 같은 시각 무대 뒤에선 천사 복장을 한 다섯 꼬마가 대기 중이었다.

오랫동안 죄악에 얽매여서 헤매던 죄인 위해 오셨네.

이제 전구 모양의 가짜 촛불을 들고 무대 위로 오를 참이었다. 하지만 다섯 천사를 기다리는 건 환한 무대도, 사람들의 사랑스러운 시선도, 공연이 끝난 후 먹게 될 각종 쿠키와 초콜릿도 아니었다. 무대 뒤 쪽문이 열리며 낯선 이들이 들이닥쳤다. 그들은 재빨리 천사들을 한 명씩 품에 안고는 그림자처럼 어둠 속으로 소리 없이 사라졌다.

경배하라 천사의 기쁜 소리. 오 거룩한 밤. 구주가 나신 밤.

다섯 천사가 등장해야 할 순간이었지만, 어찌 된 일인지 커튼 뒤는 고요하기만 했다. 당황한 성가대원들이 빠르게 눈짓을 주고받았다. 그러나 맑은 합창만은 끊이지 않고 계속되었다.

경배하라 천사의 기쁜 소리. 오 거룩한 밤. 구주가 나신 밤. 오 거룩한 밤. 거룩 거룩한 밤.

합창하던 아이들 중 어느 누구도 알지 못했다. 공연을 보던 손님들 중 그 누구도 눈치채지 못했다. 그날, 후원자들이 모은 기부금의 수백 배가 넘는 돈이 단 한 사람에게서 나왔다는 사실을.

그렇게 다섯 명의 아이는 눈 오는 성탄절 날 연구실에 도착했다. 전부 남자아이였다. 두 명은 여섯 살, 세 명은 네 살이었다. 정확히 어떤 기준으로 선발된 아이들인지는 알 수 없었다. 그런 것들을 에이가 궁금해할 필요는 없었다. 그저 한 명 한 명 검진하여 기저질환이나 지병이 없는지 확인했다. 건강에는 모두 이상 없어 보였다.

아이들의 이름은 차트에 기록되지 않았다. 에이는 오히려 다행이다 싶었다. 우는 아이에게는 사탕과 초콜릿을 건넸고, 모니터에 애니메이션을 띄워줬다. 단 한 명의 아이도 안아주거나 머리를 쓰다듬어 주지 않았다. 그건 아이들이 살아남은 후에 해도 늦지 않을 거라고 믿었다.

최 교수의 죽음은 과로사로 판명되었다. 먹고 자는 것도 잊은 채 줄곧 연구실에 파묻혀 지냈다. 생각해 보면 사신死神과 바이러스는 많은 부분이 닮아 있었다. 형체도 냄새도 없지만 늘 인간의 주위를 맴돌았고 자신이 노린 생명체에 소리 없이 침투했다. 최 교수를 죽음으로 안내한 신 역시 바이러스였다.

"대부분의 과학기술은 생명의 희생 덕분에 발전해 왔지. 그중 대표적인 예가 뭔 줄 아나? 바로 의학이야. 서로 죽고 죽이는 전쟁 덕에 의학이 발전한 거라고 해도 과언이 아니지. 그때는 넘쳐나는 것이 포로들이었고, 사람 목숨이 하루살이보다 못한 취급을 받았으니까. 바로 그 지옥 속에서 의학은 눈부신 성과를 이뤄낸 거라고."

그는 깨진 비커에 손이 베인지도 모른 채 바이러스를 배양했다. 그리고 정확히 3개월 뒤 갑작스러운 호흡정지로 사망했다. 주변인은 물론, 아내마저 최 교수의 죽음을 과로사라 믿었다. 그가 연구실에서 밤늦도록 마주한 사신의 정체를 아무도 몰랐다.

최 교수 없이도 연구는 계속됐다. 자료를 고스란히 건네받은 이가 새로운 실험을 계획했다. 소리 소문도 없이 묻힌 최 교수의 죽음처럼 누구도 알아서는 안 되는 실험이 극비리에 진행됐다.

연구실은 보안 유지가 생명이었다. 관계자를 제외하고는 아무도 들어올 수 없었다. 사방이 꽉 막힌 그곳에서 어린것들이 까르르거리는 소리가 들려왔다. 꼬마들의 이름은 들어온 순서대로 지정되었다. 일, 이, 삼, 사, 오라 부르기로 했다. 최대한 아이들과 거리를 두기 위해서였다. 천진한 웃음이 울음으로 변하다 이내 조용해졌다. RB 바이러스가 침투한 작은 몸들은 석 달이 채 지나지 않아 빠르게 쇠약해져 갔다.

이것이 최 교수가 말한 희생일까. 아이들을 통해 이 미지의 바이러스를 잡을 수 있다면, 그래서 치료제가 개발될 수 있다면, 인류에게 몇 배는 더 좋은 일이 아닐까? 에이는 그렇게 자문했지만 어떤 것도 정답이 될 수 없었다. 오답이라고도 말할 수 없었다.

온몸에 열꽃이 피고 밤새 기침을 하며 각혈하던 아이들은 하나둘 눈을 감았다. 아무런 약도 듣지 않았다. 아이들 전부가 바이러스에 패한 건 아니었다. 제일 어렸던 다섯 번째 아이는 지독한 싸움에서 살아남았다. 40도를 넘나들던 열이 서서히 떨어지기 시작했다. 몸의 열꽃이 줄어들고, 호흡도 안정돼 갔다.

이제 네 살, 만으로 세 살이었다. 이 작은 아이는 신이 지켜준 걸까. 마지막 천사의 노래를 부를 수 있도록. 사신과 천사 중 어느 쪽이 이 아이에게 미소를 보낼지는 누구도 장담할 수 없었다. 에이는 처음으로 아이의 머리를 어루만져 줬다.

"이거 내가 다 가져도 돼요?"

주인이 사라진 목각 인형들을 가리키며 아이가 말했다.

"그래. 얼마든지."

아이는 네 마리의 생쥐 인형을 차례로 줄을 세우더니, 자신이

가지고 있던 마지막 생쥐 인형을 곁에 놓았다.

"하나, 둘, 셋, 넷, 다섯 개예요."

작은 얼굴이 배시시 웃었다. 마지막으로 살아남은 다섯 번째 아이를 마오라 부르기로 했다.

한 아이가 살아남았다는 소식은 회장에게 곧바로 보고되었다. '연구는 지금부터'라는 말도 덧붙였다. 연구를 하다 보면 작은 스트레스에도 증상이 빠르게 악화될 수 있었다. 차가운 연구실이 아닌 안정된 공간이 필요했다. 물론 테스터가 외부에 노출되지 않을 범위 내에서.

"아직은 너무 어립니다. 자신이 어떤 상황에 놓여 있는지 전혀 모를 겁니다. 조금만 더 크면 더이상 초콜릿과 사탕으로 만족하지 않을 겁니다."

"살아만 준다면야, 무슨 짓이든 할 수 있지."

그가 바라는 게 다섯 번째 아이인지, 간신히 목숨이 붙어 있는 회장의 손자인지는 알 수 없었다. 다만 아이는 끝까지 살아남아야 했다. 그래야 신약 개발의 테스터가 될 수 있으니까. 나머지는 전부 다 회장이 알아서 해줄 것이다.

바이러스에 있어서 절대 규칙이란 없었다. 변이와 변종을 예측하거나 진화의 길목을 차단하는 일이 쉽지만은 않았다. 그건 인간 세상도 마찬가지였다. 절대적인 법과 규칙이 존재하는 것 같지만, 자세히 들여다보면 전혀 다른 법칙으로 세상은 움직였다.

회장은 늘 위에서 군림했다. 어느 누구의 눈치를 볼 필요도, 쓸데없는 행정 절차를 거칠 일도 없는 세계. 회장의 명령이 곧 법이었다. 모든 방법을 총동원해 오직 치료제 개발에 몰두할 것, 그것이 회장이 정한 세계의 규칙이었다. 연구실은 누군가에게는 지옥이면서 동시에 다른 이에게는 천국이었다.

첫 번째 치료제는 보기 좋게 실패했다. 투약받은 아이는, 온몸이 붉게 변하더니 일주일 사이에 머리부터 발끝까지 새하얗게 변했다. 색소결핍증은 멜라닌 세포에서 멜라닌 합성이 결핍되어 나타나는 유전질환인 경우가 많았다. 그런데 약을 투여한 아이에게서 멜라닌 합성이 되지 않는 문제가 일어났다. 게다가 선천적 알비노보다 증상이 훨씬 심각했다. 흡혈귀가 된 듯 약한 햇빛도 견디지 못했다. 만약 이 치료제를 회장의 손자에게 투약했더라면. 상상만으로도 에이는 손바닥에 땀이 났다. 부작용의 원인이 무엇인지 밝혀야 했지만, 회장은 오히려 다섯 번째 아이에게 생긴 햇빛 알레르기를 다행으로 여겼다.

"밖에 나갈 수 없으니 관리하기가 더 수월해졌잖아."

그 한마디에 에이의 뒷덜미가 서늘해졌다. 오방새의 저주는 단순한 설화라 치부할 수 없었다. 사람들이 잠든 새를 깨운 게 아니었다. 죽음의 사신이 직접 인간들을 찾아온 것이다.

시간은 빠르게 흘러갔다. 그사이 몇 번의 고비가 있었지만 다섯 번째 아이는 끝까지 살아남았다. RB 바이러스에 감염되지 않고 테스터가 되지 않았다면 어떻게 살았을까? 문득 궁금하곤 했다. 자신이 누구인지, 무엇을 위해 살아가는지조차 모르는 아이를 떠올리면 자꾸만 술이 생각났다. 에이는 맨 정신으로는 쉽게 잠들 수 없었다.

"빛이 밝을수록 그림자는 짙어지지."

모든 진실을 알게 된 건, 회장의 손자였다. 할아버지 서재에서 책을 읽다가 장난삼아 입력한 몇 개의 숫자로 그만 모니터의 패스워드를 풀어버린 것이다. 뭔가 재미있는 영상이라도 있을까 잔뜩 기대했는데, 모니터 속에는 또래의 소년이 있었다. 머리부터 발끝까지 새하얀 모습을 하고서.

"곧 치료제 나온다. 테스트 결과가 나쁘지 않아."

"대체 무슨 결과가 나쁘지 않다는 거예요? 저 말고 RB 바이러스에 감염된 사람이 또 있어요?"

또 다른 감염자는 없었다. 모두 100일 안에 사망했으니까. 다만 테스터는 있었다. 그중 유일하게 생존한 아이가, 모니터 안에 갇혀 있었다. 할아버지 컴퓨터 폴더에는 아이에 관한 모든 기록이 상세히 담겨 있었다. 지금까지 투약한 약들의 결과부터 아이의 심리적 문제에 대처할 방법까지. 아이가 마시던 캐모마일, 라벤더, 재스민, 국화와 시계꽃 차 속에 들어 있던 다량의 신경안정제와 수면제의 종류도 빼곡히 적혀 있었다.

"이 아이가 어디 있는지 당장 말해. 할아버지 완전히 제정신이 아니야. 전부 다 미쳤다고. 경찰에 신고할 거야."

모든 일을 계획한 사람은 소년의 예상보다 가까이 있었다. 치료제를 위해서라면 악마에게 영혼이라도 팔 수 있는, 스스로 기꺼이 악마가 되려는 사람은 바로 소년의 할아버지였다.

"말 안 해주면 내가 직접 찾으러 가겠어."

잔뜩 흥분한 소년은 결국 극한의 스트레스를 이겨내지 못했다. 몇 걸음 비척거리던 아이는 계단에서 쓰러져 버렸다. 다행히 뼈가 부러지진 않았다. 그러나 외상이 심각했다. 자칫 목이라도 꺾였더라면 생명마저 위험했을 것이다. 자식 이기는 부모 없다고 했던가. 냉혈한이라 불리던 회장조차 손주 앞에서는 한없이 작아졌다.

"그래. 원한다면 만나거라. 그렇지만 만나서 대체 어떤 얘기를 하려고? 그 아이는 자신이 너라고 믿고 있어. 치료제 개발을 위한 테스터란 사실을 전혀 모르고 있다고. 과연 진실을 알려주는 게 그 아이를 위해 좋은 일일까?"

일이 전혀 생각지도 못한 방향으로 흐르기 시작했다. 서로 간에 보이지 않는 벽을 사이에 두고 자라온 두 아이였다. 어느 한쪽이 먼저 죽어서도, 사라져서도 안 됐다. 그러나 이 법칙마저 서서히 깨지고 있었다. 이제 RB 바이러스를 치료할 수 있는 신약이 개발됐고, 임상시험마저 거의 끝나갔다.

"인간은 말이다. 제 눈높이에서 벗어나는 세상을 썩 달가워하지 않는 법이다."

회장의 말이 무슨 의미인지 어린 손자는 알 수 없었다. 적어도 마지막으로 살아남은 다섯 번째 아이를 직접 만나기 전까지는. 회장은 어쩌면 오래전부터 기다렸는지도 몰랐다. 자신의 유일한 혈육에게 이렇듯 자연스럽게 모든 것을 밝힐 그날을. 아니라면 그렇게 허술하게 마오에 대한 정보를 관리하지 않았겠지. 하필 왜 모니터의 패스워드를 손자의 생일로 지정해 두었을까. 그 이유는 오직 회장만이 알고 있을 것이다.

인간은 때때로 영원히 파묻힐 뻔한 진실을 불러냈다. 멸종동물의 DNA가 어딘가에 남아 다시 부활한 것처럼, 진실의 씨앗도 쉽게 사라지지 않는 법이다. 적당한 때가 오자 발아해 단단한 현실의 껍질을 뚫고 나와버린다. 그때가 언제가 될지 감히 호모사피엔스의 계산 능력으로는 가늠할 수 없다. 광활한 우주를 앞마당 삼아 뛰놀려 하지만, 그래봤자 제 코앞에 다가오는 작은 파편조차 피할 수 없는 나약한 존재들일 뿐이었다. 아마도 그게 인간이 여전히 신을 믿는 이유일 것이다.

이제 치료제는 개발되었다. 마지막 다섯 번째 아이의 운명이 어찌 될지는 알 수 없었다. 만일 회장의 손자가 두꺼운 베일을 걷어보지 않았더라면 그 아이는 이미…

"어쨌든 원하는 결과를 내줬으니 계약은 끝났지?"

에이가 묻자 비가 고개를 끄덕였다.

"이제 두 아이는 어떻게 되는 건가?"

에이가 다시 물었다. 그러나 비는 대답하지 않았다.

"도련님이 아니라, 마지막 남은 다섯 번째 아이에 대해 물어야겠지."

"계약이 끝났다고 먼저 말하지 않았습니까?"

여느 때 없이 차분한 음성이었다. 그들 일에 대해 관심을 끊으라는 경고였다. 당신과 나와의 관계도 오늘로서 끝이라는 소리였다. 다섯 번째 아이가 필요 없어졌다는 건, 에이 역시 쓸모가 다했다는 뜻일 테다.

"계약서에 명시된 조항들을 다시 한번 상기하시기 바랍니다."

"협박인가?"

"안내입니다."

치료제를 만들었으니 이제 자유를 누리면 그만이었다. 하지만 회장도 비도 모르는 게 하나 있었다. 에이는 단순히 거액의 돈 때문에 연구에 임한 것이 아니었다. 다섯 명의 아이에게 차례차례 RB 바이러스를 주입한 순간부터 에이는 내내 스스로를 다그쳤다.

'이건 누군가가 분명히 막아야 하는 일이고, 그러기 위해선 누군가의 희생이 필요해.'

아이들이 미소를 잃으면서 하나둘 쓰러져 갔다. 에이도 서서히 미쳐갔다. 무슨 짓을 해서라도 바이러스를 없애겠다고 다짐했다. 그러나 정신을 차려보니 괴물은 어느새 다섯 번째 아이의 몸 밖에서 제 몸체를 키워가고 있었다. 또 다른 괴물이 거울 속에서 퀭한 눈으로 에이를 노려보고 있었다. 에이는 어느덧 거대한 광기의 바이러스 그 자체가 되어 있었다.

"만약에 내가 계약에 명시된 조항을 잊어버린다면?"

에이가 물었다.

"잊어버리시면 안 됩니다. 절대로…"

비가 대답했다. 에이의 시선이 비의 단단한 두 팔에 닿았다. 마음만 먹으면 에이의 목 정도는 충분히 부러뜨릴 수 있을 것이다. 에이는 그것도 나쁘지 않겠다고 생각했다. 깔끔하고 고통 없는 마지막이 될 테니까. 더는 술에 취해 잠들지 않아도 될 것이다.

"이곳은 곧 폐쇄됩니다."

"이제 만날 일 없다는 뜻이군."

"다시 한번 말씀드리지만, 저희는 이 시간 이후로 만날 수 없습니다."

이 시간 이후로 비와 다시 마주하게 된다면, 그건 에이가 여전히 이 일에 관심을 뒀을 때뿐이다. 한마디로 계약위반. 그때는 단순히 경고만으로 끝나지 않을 것이다.

에이의 입가에 자조 섞인 미소가 지나갔다. 다시 만날 수 없는 상대는 비뿐만이 아니었다. 보이지 않는 벽을 사이에 두고 마주 봤던 두 아이와도 오늘부로 끝이다. 또 모를 일이다. 그중 한 명에 대해선 언론과 매스컴을 통해 간간이 소식을 전해 들을지도. 만일 그때까지 에이가 살아 있다면 말이다. 그리고 나머지 한 명은… 에이는 두 눈을 질끈 감아버렸다.

"그동안 수고 많이 하셨습니다. 회장님이 감사 인사를 꼭 전하라 하셨습니다."

비가 고개를 숙인 뒤 몸을 돌려세웠다.

"내가 한 일이 뭔지 알아?"

에이가 물었다. 문으로 향하던 비가 걸음을 멈춰 세웠다.

"네 명의 아이를 죽였습니다. 그리고 두 명의 아이를 살렸죠. 물론 지시에 따랐다는 사실은 잘 알고 있습니다."

"칼을 제대로 휘두르는군."

에이가 과장된 몸짓으로 심장을 움켜쥐었다. 그러나 이내 표정 없는 얼굴로 되물었다.

"내가 한 일의 의미를 묻는 거야."

RB 바이러스가 세상에 퍼져 나갔다면 엄청난 혼란이 왔을 것이다. 치사율이 높은 대신 전염력은 낮았다. 그러나 이 단순한 공식이 언제 깨질지는 아무도 알 수 없었다. 바이러스는 중국의 변검술보다 빠르게 제 몸을 변화시켰다. RB 바이러스의 가장 큰 위험이라면, 감염자 개개인별로 맞춤형 치료제를 개발해야 한다는 것이었다. 다행히 두 아이의 바이러스는 모양과 특징이 일치했다. 회장의 손자에게서 직접 뽑아낸 바이러스이니 같을 확률이 높을 수밖에. 그러나 만에 하나 이 바이러스가 세상에 퍼졌더라면 분명 힘 있는 몇몇 소수들만을 위한 치료제부터 먼저 개발됐을 것이다. 그 과정에서 RB 바이러스는 새로운 모습으로 계속 진화했을 테다. 혼란을 방지하기 위해선, 결국 네 명의 생명을 희생시킬 수밖에 없었다. 그러니 이것은 어쩌면 필요불가결한, 누군가 반드시 해야만 하는 일이었다.

"의미는 잘 모르겠습니다. 저는 그저 사실을 말했을 뿐입니다."

에이와 비의 두 눈이 허공에서 맞부딪쳤다. 먼저 시선을 피한 건 에이였다. 비가 뒤돌아 문을 빠져나갔다. 아무것도 남지 않은 텅 빈 공간에서 기괴한 웃음소리가 터져 나왔다.

"네가 뭘 알아?"

아니다, 비는 정확히 알고 있었다. 어쩔 수 없었다는 구차함도, 대의를 위해서는 희생은 감수해야 한다는 핑계도, 전부 인간의 치졸한 변명에 지나지 않는다는 사실을 말이다.

"…인간도 아닌 주제에."

비의 말처럼 에이는 네 명의 아이를 죽였고 두 명의 아이를 살렸다. 그리고 그 둘의 남은 인생에는 더 이상 아무런 의문도 품어서는 안 됐다. 그것이 인간들이 그럴싸하게 부르는 시스템이라는 사실을 모르지 않았다. 에이가 천천히 문을 향해 걸음을 옮겼다. 하나로 묶은 긴 머리가 시계추처럼 어지럽게 흔들렸다.

남겨진 것들

1층에 병원과 연결된 스마트룸이 있다는 점에서 집 구조는 별반 다르지 않았다. 크기는 숲속 집에 비해 두 배 정도 더 넓었다. 거실 문을 지나자 정면에 서재가 있었다. 빠끔히 열린 문틈으로 고가의 종이책들이 촘촘하게 꽂혀 있었다. 저곳에서 강 회장은 줄곧 마오를 관찰하고 있었다.

"2층에서 기다리고 있어."

언제나처럼 진솔이 앞장섰고 그 뒤를 마오가 따랐다. 계단에는 푹신한 카펫이 깔려 있었다. 단순히 실내 장식을 위해서가 아니었다. 누군가 또 계단에서 쓰러질지 모르니까. 한 걸음 두 걸음 디딜 때마다, 발끝에 포근한 느낌이 전해졌다. 그러나 가슴에서는 쿵쿵 천둥소리가 들려왔다.

"들어가."

진솔이 문 앞에서 몸을 돌려세웠다. 자신이 할 일은 여기까지라고 소리 없이 말하는 듯했다.

"아저씨."

까만 눈동자가 천천히 돌아섰다. 누구라도 비용만 투자한다면 젊음을 유지할 수 있는 세상이었다. 진솔 역시 그 혜택을 받는 사람 중 하나라 믿었다. 그런데 아니었다. 그는 늙을 수도 없고, 늙어서도 안 되는 존재였다.

'내 삶은 그저 연속일 뿐이야.'

그 말의 진정한 의미가 무엇인지 마오는 이제야 깨달았다. 진솔의 시간은 인간의 그것과 같은 속도로 흐르지 않았다. 그저 프로그램의 명령에 따라 행동할 뿐이었다.

"그냥 아저씨라 부를게요."

이제 아무래도 상관없었다. 진솔이 어떤 존재인지 크게 중요치 않았다. 자신이 누구인지도 모르는 주제에, 상대가 휴머노이드라는 사실에 더는 놀랄 필요는 없을 것이다.

"비밀이 풀렸어요. 어떻게 생체 인식 없이도 보보의 프로그램을 업데이트시킨 건지."

인간이 아닌 로봇이라면, 보보의 소프트웨어에 얼마든지 접근 가능했다. 마오는 그 사실을 전혀 눈치채지 못했다. 그것은 이미 눈치의 영역을 넘어선 일이었으니까.

진솔이 아무 말 없이 뒤돌아 1층으로 내려갔다. 진솔의 정체를 알았을 때 놀라지 않았다면 거짓말일 것이다. 강 회장에게는 이 엄청난 비밀을 함께 지켜줄 이가 필요했다. 그 존재는 절대 인간일 수 없었다. 그러니 진솔에게 서운해할 필요는 없었다. 왜 속였느냐는 질문은 무의미했다. 그는 단순히 프로그래밍 된 명령대로 따랐을 뿐이다. 속이고 감추며 그럴싸한 연기를 하는 건, 오직 인간만이 가능했다.

마오가 노크를 하자 스르륵 방문이 열렸다.

이곳이 어디인지 정확히 알 수 없었다. 연구소를 갈 때와는 전혀 다른 길을 오는 내내 차창 밖 풍경이 낯설었다. 한참을 달려 도착한 곳은 숲속 집과는 비교할 수 없을 정도로 큰 저택이었다.

"어서 와."

통창 너머로 반짝이는 야경이 펼쳐져 있었다. 아름답고 눈부셨지만 어쩐지 쓸쓸한 풍광이었다.

"앉아."

마오가 하라를 향해 가까이 다가갔다. 테이블 위에는 비스킷과 음료수가 놓여 있었다.

유리컵에 시선을 한참 두던 마오가 고개를 들어 건너편 책상을 바라보았다. 책상 위에는 나무로 만든 생쥐 인형이 놓여 있었다. 하얀 고깔을 쓴 녀석은 마오보다 먼저 이곳에 도착해 있었다. 다섯 마리의 생쥐가 어떤 의미를 갖는지 그 전엔 미처 몰랐다. 실험용 쥐. 어쩌면 피리 소리에 홀려 따라갔다던 그 쥐들인지도 몰랐다. 마오 역시 그 소리를 따라 결국 여기까지 왔다.

강하라, 그것이 그의 이름이었다. 죽은 부사장과 본부장의 아들이자 강 회장의 유일한 혈육. 그런 줄도 모르고 마오는 할아버지의 신임을 얻으려 했다. 생각할수록 스스로가 멍청하게 느껴졌다. 자신은 그저 꼭두각시였을 뿐이었고, 이젠 자신의 몸에 매달려 있던 가느다란 줄마저 모조리 끊어져 버렸다.

"이 주스는 마셔도 되는 건가?"

마오가 이렇게 묻고는 피식 웃었다. 처음 두 사람이 만났던 날, 하라는 다람쥐를 핑계 삼아 시계꽃 차가 든 찻잔을 쓰러뜨렸다. 그 속에 무엇이 들어 있는지 이미 알고서 한 행동이었다. 악몽에서 깨어날 때마다 보보가 주던 허브 차에는 강한 신경안정제가 들어 있었다. 시계꽃 차는 지난밤의 꿈을 흐릿하게 만들어 줬다. 무의식에 각인된 그날의 기억을 어떻게든 지우려는 거였다. 적어도 치료제가 완성되기 전까지는, 자신이 누구이며 어디에서 왔는지 절대 떠올려서는 안 될 테니까. 하지만 모든 진실은 절대 지워지지 않는다. 다만 의식 저 아래 침잠한 채 잊고 살았을 뿐.

보보에게 물어보려던 질문은 분명 이것이었다.

'나만 이런 걸까? 아니면… 다른 아이들은 모두 어떻게 됐을까?'

이 말을 내뱉는 순간, 모든 현실이 신기루처럼 사라져 버렸을 것이다. 그러니 의식 저 밑바닥으로 진실을 끌어내려야 했다.

"마오야."

마지막으로 살아남은 다섯 번째 아이. 그래, 적어도 강 회장에게는 마법 같은 아이였겠지. 덕분에 하라를 살릴 수 있었으니까.

천장을 보며 눈물을 흘리던 할아버지가, 그 순간 누구에게 진실을 고백했는지도 알게 되었다.

"그날 카메라로 전부 지켜보고 있었지?"

하라가 말없이 고개를 숙였다. 답은 그것으로 충분했다.

"갑자기 찾아온 것도 이상했는데 웬일로 눈물까지 다 보인다 했어."

마오의 입가에 자조 섞인 미소가 지나갔다. 앞으로 그를 뭐라고 불러야 할까? 눈앞에는 강 회장의 미래를 물려받을 사람이 서 있었다. 그런 생각이 들자 허브 차를 들이켠 것처럼 온몸에 힘이 빠졌다.

"많이 혼란스러운 거 알아."

"혼란? 뭐가?"

처음부터 진짜는 없었다. 모든 것이 거짓이고 연극이었다. 세상이 작은 입자로 산산이 쪼개지는 기분이었다. 마오가 눈을 들어 하라를 마주했다. 하라가 진짜 사람이 맞긴 할까? 혹여 그럴싸한 휴머노이드나 선명한 홀로그램은 아닐까?

"햇빛 알레르기부터 시작하자. 약물에 의한 부작용이라니까 충분히 치료 가능할 거야."

"누가 그래?"

"회장님 돌아오면 우선 네 치료부터…".

"할아버지라고 해. 진짜 할아버지잖아."

두 사람 사이에 겨울바람처럼 싸늘한 침묵이 흘렀다.

"모든 사람이 갑자기 역겨워졌지?"

유리잔에 고여 있던 마오의 눈동자가 고개를 들었다.

"이건 어쩔 수 없다는 생각 안 해봤어?"

"…"

"네가 나였을 때는 전부 이해했잖아. 테스터가 마오 네가 아닌 나라고 믿었을 때는, 한없이 관대했잖아. RB 바이러스를 불러낸 사람들도, 그 바이러스를 질병청에 신고조차 하지 않은 회장님도 모두 그럴 수밖에 없었을 거라 말한 건 바로 너였어."

하라가 깊게 어깻숨을 내쉬며 애써 흥분을 가라앉히려 했다.

"이제 입장이 뒤바뀌니, 갑자기 이 모든 게 용서가 안 되는 거야?"

마오는 문득, 화성 복권에 당첨된 사람을 떠올렸다. 만약에 선생님 말이 사실이라면, 남자는 행운을 거머쥔 게 전혀 아니었다. 민간인 화성 정착 프로젝트에 필요한 테스터일 뿐일 테니까.

'어쨌든 누군가 먼저 터를 잡아야 한다면…'

이렇게 말한 사람은 분명 마오 자신이었다. 빈민가에 사는 남자이니 그 대상이 돼도 나쁘지 않겠다 생각했다. 화성에 정착할 수 있는 기반을 만들어 준다는데 더 좋지 않을까. 그에 따른 위험 요소는 깊게 생각하지 않았다. 처음부터 생각하려 들지 않았다.

보이지 않는 총알이 한 발 두 발 머리를 관통하는 듯했다. 고통조차 느끼지 못한 채 삶을 마감하는 기분이었다. 하라는 정확하게 조준했고, 거침없이 방아쇠를 당겼다. 마오는 분노도, 울분도, 슬

품조차 느낄 수 없었다. 자신이 진짜 강 회장의 손자라 믿었을 땐 하라의 존재를 이해하려 했다. 자신보다 멀쩡한 그를 보며 뻔뻔하게 질투심마저 일었었다.

'형도 RB 바이러스에 감염됐잖아. 지금껏 살아 있을 수 있었던 건, 할아버지 덕분 아니야? 치료제의 혜택도 받을 거잖아. 할아버지가 아니었다면 형 역시 오래전에 죽었어.'

강 회장은 이미 마오의 마음을 정확히 꿰뚫고 있었다. 자신이 어느 위치에 있다고 믿는, 그 덧없는 신기루 속에 영원히 갇혀 있기를 바랐을 것이다.

누군가의 희생으로 세상이 더 좋아진다면, 당연히 그럴 가치가 있다고 믿는 게 인간이다. 그 누군가가 자신이 아니어야 한다는 절대적 조건하에서 말이다.

동굴에 아이를 제물로 바쳤던 마을 사람들도 다들 그 가치를 믿었을 것이다. 그로 인해 자신의 아이가 희생당하는 일은 없을 테니까. 강 회장이 보여주려 했던 건 지독히도 잔인한 현실이었다. 네가 있는 곳이 절대로 안전지대가 아니라는 사실, 언제고 그 희생양이 너로 바뀔 수 있다는 경고였다. 그 당연한 사실을 뒤늦게야 눈치챘다.

마오는 오랜 시간 침묵했다. 전원이 차단된 메이드봇처럼 아무 생각도 할 수 없었다.

"미안해. 너무 화가 치밀어서… 네가 아니라 나한테. 내 주변의 이 모든 상황이 화가 나 견딜 수가 없어."

하라가 주먹을 꽉 움켜쥐었다.

"내가 할 수 있는 일이 없었어."

"나를 찾아왔잖아."

하라는 무려 한 달 가까이 음식을 거부했다. 오직 마오를 다시 만나기 위해서. 약한 체력과 면역력으로 너무 위험한 도박을 했다.

"정말 마음에 들지 않았지만,"

마오가 쓴웃음을 삼켰다.

"가장 먹히는 방법이긴 했어."

하라는 강 회장을 누구보다 잘 알고 있었다. 자신의 할아버지가 가장 아끼는 존재가 무엇이고, 그것이 파괴될 때 얼마만큼 절망할지 꿰뚫고 있었다. 처음 마오를 만난 날 하라는 이런 말을 꺼냈다.

"만일 내가 아이를 갖는다면, 그 아이도 RB 바이러스에 걸리게 돼. 나랑 똑같은 고통을 겪는 거지."

그땐 너무 앞서간다 생각했다. 그런데 단순히 웃어넘길 얘기가 아니었다. 그의 할아버지는 이미 계획하고 있었겠지. 자신의 유전자가 후대에도 살아남을 수 있도록 수단과 방법을 가리지 않을 테니까.

"많이 혼란스러운 거 알아. 나도 아직 아무것도 정리되지 않았어…"

"치료제는?"

하라가 고개를 숙인 채 입술을 깨물었다. 그가 미안해할 일도,

괴로워할 것도 없었다. 마오가 아무것도 몰랐듯, 그 역시 테스터의 존재를 알지 못했다.

"약이 잘 들은 것 같네."

가슴속에 시린 바람 한 줄기가 지나갔다.

"이번에는 내 차례야. 무슨 짓을 해서든 네 햇빛 알레르기 치료해 줄게. 회장님 돌아오면 그것부터 말할 거야. 그 후에는… 내가 어떻게든 모든 걸 밝히도록 할게. 당장은 힘들겠지만, 어쨌든 내가 살아 있는 한 반드시 세상에 알릴 거야."

과연 회장이 순순히 부탁을 들어줄까? 하라가 그 엄청난 희생을 감당할 수 있을까? 미래에 그가 오르게 될 위치를 생각하면 절대 쉽지 않은 일이다.

하라가 조심스레 마오의 새하얀 손을 움켜잡았다.

"나에게도 사과할 기회를 줘."

"…"

"지금 당장 잘못을 되돌릴 수는 없어. 하지만 더 나빠지지 않도록 노력해야지."

자신이 하라라고 믿고 살아온 시간이 참 길었다. 마오는 결코 눈앞의 소년이 될 수 없었다. 단순히 치료제 개발을 위한 테스터였음을 말하는 게 아니었다. 하라처럼 사과를 한다는 것, 아닌 일에 아니라 말하는 것은 절대 쉬운 일이 아니었다. 그건 지금까지 자신을 회장의 손자로 믿고 살아온 마오에게조차 쉽지 않은 일이었다. 마오는 누군가의 희생을 당연시하고 때로는 옹호하기까지 했다.

어쩌면 세상을 움직이는 건 첨단 과학기술도, 의학의 발전도 아닐 것이다. 작은 희생조차 막아서려는 누군가의 연약한 두 팔인지도.

마오의 시선이 또다시 책상 위에 놓인 목각 인형에 닿았다. 피리 소리에 이끌려 하염없이 낭떠러지로 달려가는 다섯 번째 생쥐 앞을 누군가가 당당히 막아서려 했다. 하라라면 언젠가 제힘으로 모든 것을 밝힐지도 몰랐다. 자신을 희생하면서까지 마오를 만나러 온 이 대책 없이 미련한 소년이라면 분명히.

"우선 건강부터 챙겨. 건강해야 원하는 걸 할 수 있어."

"마오 너도 꼭."

창밖에 불빛들이 너울거렸다. 붉고 푸른 빛들이 한 무리의 새처럼 날아올랐다.

"눈 수술해. 이제 가능하잖아. 안경 정말 안 어울려."

마오가 말했다. 하라의 입가에 희미한 미소가 어렸다.

"네가 다시 색을 찾으면, 그때 나도 생각해 볼게."

이제 곧 해가 떠오를 것이다. 어둠과 밤의 빛을 몰아내는 한낮의 세상이 눈부시게 펼쳐질 것이다. 그러나 마오는 여전히 낮과 마주할 수 없었다. 하라 역시 한낮의 색들을 볼 수 없었다. 언제쯤 가능해질지 두 사람 모두 알 수 없었다.

"약속해."

마오가 새끼손가락을 들어 보였다. 하라가 고개를 크게 끄덕였다.

차가 숲속 집 앞마당에 멈춰 섰다. 문이 열리며 진솔이 내렸다. 마오가 그 뒤를 따랐다. 찬바람이 잠시 휘돌다 사라졌다. 계절은 겨울 한복판에 머물러 있었다.

"같이 안 들어가세요?"

마오가 손가락으로 현관을 가리켰다. 진솔이 물끄러미 시선을 맞췄다.

"왜 여전히 나에게 존대하지?"

내가 누군지, 아니 무엇인지 모르느냐는 질문이었다.

"말했잖아요. 계속 아저씨라고 부를 거라고."

"나는 인간이 아니다."

그래서 미워할 수 없었다. 배신감이나 원망도 느껴지지 않았다. 진솔이야말로 가장 정직하게 마오를 대해줬으니까.

"처음에는 놀랐어요. 그런데,"

"…"

"오히려 다행이라 생각해요. 아저씨가 인간이 아니라서."

마오가 히죽 웃었다. 진솔은 언제나처럼 웃지 않았다.

"보보에게 입력한 가족 이야기요. 정말 그럴듯했어요."

마오는 차 안에서 특유의 무표정한 얼굴로 책을 읽던 진솔을 떠올렸다.

"사실이 아니라 다행이네요."

동굴 투어는 없었다. 모든 것이 진솔이 만들어 낸 허구의 이야기일 뿐이었다. 그보다 현실은 몇 배 더 참혹했다. 언제나 세상이 소설보다 훨씬 더 놀랍다던 이 선생님의 말은 사실이었다.

그가 멍하니 새하얀 소년을 바라보았다.

"나는 또 올 거다."

"형이 부른다고 했어요?"

"아니."

마오의 얼굴에 머물던 미소가 사라졌다.

"회장님이… 화성에서 돌아오시기 전에… 오게 될 거야."

진솔이 머뭇거리며 말을 이었다. 비록 인공이긴 해도, 그의 까만 눈동자가 불안하게 흔들리는 것 같았다.

"이 메시지 사전에 프로그래밍 된 건가요?"

마오가 물었다.

"아니."

진솔이 대답했다. 마오의 입가에 다시금 미소가 번졌다.

"거봐요. 아저씨는 변함없잖아요."

"…"

"아, 그러고 보니 오늘은 넥타이를 안 맸네요. 형이 하지 말라고 했죠? 안 하는 쪽도 잘 어울려요."

이 말을 끝으로 마오가 뒤돌아섰다. 진솔이 다시 찾아온다 했다. 강 회장이 화성에서 돌아오기 전에… 아마 그날은 마오가 진솔을 보는 마지막 날이 될 것이다. 굳이 하지 않아도 될 이야기를, 어쩌면 절대 해선 안 되는 비밀을 털어놓았다. 이것이야말로 그가 인간이 아니어서 가능한 일이지 않을까. 그럴지도 모르겠다는 생각이 이상하게 마오를 안심시켰다.

마오가 현관을 향해 걸어갔다. 아무리 걸어도 차가 출발하는 소리는 들리지 않았다. 마오는 끝까지 뒤를 돌아보지 않았다. 앙상한 겨울 잔디가 바스락거리며 발밑에서 부서졌다.

"다녀오셨습니까?"

문을 열자 언제나처럼 보보가 달려왔다. 전에는 가벼운 외출만으로도 엄청난 피로가 몰려오곤 했다. 입술이 부르트고 근육통에 잠을 설쳤다. 그런데 거짓말처럼 모든 증상이 사라져 버렸다. 공기청정 시스템은 여전히 보통에 맞춰져 있었다. 치료제가 바이러스를 제대로 처리하긴 한 모양이었다. 이제 지독한 햇빛 알레르기만 빼면 몸은 여타 또래들과 크게 다르지 않았다. 언제쯤 이 하얀 저주에서 탈출할 수 있을까 늘 고민했는데, 백색증은 처음부터 치료할 이유조차 없는 병이었다. 하라가 앓고 있지 않았으니까.

어느 질병이 더 고통스러운지보다, 어떤 위치에 있는 사람이 앓고 있는지가 몇 배는 더 중요했다. 그것이 세상임을, 결국 마지막 다섯 번째 아이도 알아차렸다.

"씻으셔야죠. 갈아입으실 옷을 준비할게요. 목욕물도 받아놓겠습니다."

"잠깐만."

마오가 돌아서는 보보를 불러 세웠다.

"다른 지시사항 있으세요?"

원치 않게 기억이 조작됐던 건 보보도 마찬가지였다. 그럼에도 늘 곁을 지켜준 친구는, 이 오래된 메이드봇뿐이었다. 마오가 허리를 숙여 가만히 보보를 안아주었다.

"제가 무슨 실수를 했나요?"

마오가 웃으며 고개를 내저었다.

"아니. 그냥 너한테 미안해서."

"제게 사과할 일은 없으세요. 마오 님은 아무 잘못도 하지 않으셨습니다."

"보보… 너도 잘못한 거 전혀 없어."

로봇이기에 조그마한 이상이 있어도 결함을 찾았다. 그런데 정작 인간의 문제에는 무심히 지나갔다. 자신의 이상한 점을 모르고 잘못을 인지하지 못한 채 단지 인간이라는 이유로 멀쩡히 살아갔다. 어떤 의미에서 보면 로봇의 삶이 인간의 그것보다 더 상식적이지 않을까. 언제 어디서 어떻게 문제가 생겼는지 정확히 판단할 수 있으니까. 제 문제가 뭔지도 모르고 살아가는 인간보다야 곱절은 더 단단하고 정직한 삶이다.

"생체리듬 곡선이 완만합니다. 편안해 보이십니다. 그럼 목욕 준비 해드리겠습니다."

보보가 바퀴를 돌려 욕실로 들어갔다. 밤이 내려앉은 숲은, 하나의 커다란 그림자로 변해 있었다. 빠끔히 열린 욕실 문틈으로 몽글몽글 수증기가 피어올랐다. 따뜻한 물에 목욕을 하고 나면 오늘 밤엔 분명 편안하게 잠들 수 있을 것이다.

"보보, 내일 토요일이지? 나 늦게까지 잘 거니까 절대 깨우지 마."

마오가 욕실을 향해 걸어갔다.

어스름 새벽을 뚫고 한 걸음 두 걸음 하얀 발이 계단을 밟아 올라갔다. 심장은 금방이라도 튀어나올 듯 쿵쾅거렸다. 간밤에 길고 어지러운 꿈을 꾸었다. 그러나 눈을 뜨기 무섭게 휘발돼 버렸다. 보보는 오지 않았다. 악몽은 아닌 듯싶었다.

마지막 계단 끝에 굳게 닫힌 철문이 있었다. 문은 자정이 넘으면 자동으로 잠기곤 했다. 깊게 숨을 들이마신 후 버튼을 눌렀다. 전자음과 함께 문이 열렸다. 문득 얼마 전에 소방 점검차 집까지 찾아온 휴머노이드가 고마웠다. 그가 아니었다면 이 문은 내내 굳게 닫혀 있었을 것이다.

하얀 두 손으로 천천히 문을 밀었다. 삐거덕 소리와 함께 물기 묻은 찬 공기가 날아들었다. 숨을 깊게 들이마시자 폐 속까지 시렸다. 하지만 비로소 깨달았다. 이것이 새벽 온도와 향기라는 사실을. 귀를 기울이면 나무의 심호흡 소리마저 들리는 듯했다.

숲은 여전히 깊은 단잠에 빠져 있었다. 새들조차 아직 둥지를 벗어나기 전이었다. 멀리 허공에 치솟은 마천루에서 번져 오는 불빛들이 보였다. 40도를 넘나드는 고열에 시달릴 때면 제대로 먹을 수도 깊게 잠들 수도 없었다. 나를 좀 내버려 두라고 몸속 바이러스에게 사정이라도 하고 싶었다. 그렇게라도 쉬고 싶었으니까. 어쩌면 세상이, 자연과 또 다른 생명이 외치는 건지도 몰랐다. 제발 좀 나를 쉬게 해줘. 그러나 아무리 간절하게 빌어도 도시의 불빛은 단 한 번도 꺼지지 않았다. 앞으로도 영원히 사라지지 않을 것이다.

어둠이 흩어지며 동쪽 귀퉁이부터 붉은 기운을 내뿜었다. 하늘이 서서히 눈을 뜨기 시작했다. 눈부시게 아름다운 아침이 찾아오고 있었다. 마오는 자신이 너무 오랫동안 지긋지긋한 '거룩한 그 밤'에 갇혀 있었음을 깨달았다.

"이걸 이제야 다시 보네."

유리창 너머로 보던 새벽과는 느낌 자체가 달랐다. 해가 떠오르는 아침에 새벽 공기와 숲이 어둠을 몰아내며 기지개를 켜는 광경을 오랜 시간 보지 못했다.

문득 누군가의 얼굴이 떠올랐다. 그가 영원히 무채색의 세상에 남게 될까 봐 조금은 걱정이 되었다. 하지만 오늘 이후로는 그림자 속에 숨어들지 않을 것이다. 빛을 두려워하지도, 세상에 침묵하지도 않을 것이다. 눈앞으로 포드득 소리를 내며 작은 새 한 마리가 날아갔다. 하늘은 색색의 드론들이 지배했지만, 여전히 새벽 하늘을 가르는 건 부지런한 생명의 날갯짓이었다.

수많은 존재가 자신이 테스터인지도 모른 채 살아가고 있다. 더 높은, 그리고 더 많은 이들을 위해 사라져 가는 생명들이 있다. 다음 차례가 누가 될지는 쉽게 예측할 수 있다. 벌써 순번이 왔다. 눈치챘을 땐 이미 늦었다.

언젠가 수업시간에 AI 선생님이 말했다. 기나긴 지구의 생을 생각하면, 인간의 등장은 찰나에 지나지 않는다고. 어쩌면 이 세계는 우주와 자연이 잠시 시험을 하는 중인 게 아닐까? 인간의 등장이 어떤 결과를 보여주는지 말이다. 그 테스트의 결괏값은 이미 나왔다.

구름 사이로 붉은 해가 떠올랐다. 어둠이 빛으로 지워진다. 눈처럼 투명한 두 발이 난간 위로 올라섰다. 서서히 밀려드는 햇빛을 향해 두 팔을 벌렸다. 빛이 닿자 새하얀 얼굴과 목을 지나 팔과 발등까지 빨갛게 변해갔다.

몸이 조금씩 타오르기 시작했다.

"여명이구나."

마오가 웃으며 태양과 마주했다.

　아이를 낳기 전에는 거리의 유아차가 눈에 잘 들어오지 않았다. 작가가 되기 전에는 한 권의 책이 나오기까지 얼마나 많은 이들의 노력이 필요한지 알지 못했다. 10대들을 직접 만나기 전에는 그들의 다양하고 깊은 생각을 듣지 못했다.

　세상은 넓고 우주가 아무리 광활하다 해도 결국 인간은 자신의 눈높이로만 삶을 본다. 그것을 누군가는 경험이라 하고, 어떤 이는 가치관이라 하며, 또 다른 사람은 철학이라고도 한다.

　경험은 부족하고 가치관은 불안하며 철학은 빈약하기 그지없는 나는, 오늘도 작고 좁고 뿌연 창을 통해 세상과 마주한다. 그곳으로는 세상이 잘 보이지 않았다. 아니, 애써 못 본 척했다.

　'환경보호'란 어릴 적 귀찮고 따분했던 사생대회의 글짓기와 포스터 그리기 주제로만 알았다. 시간 내에 끝내지 못하면 선생님께 꿀밤을 맞곤 했다. 전염병과 팬데믹은 세계사 교과서를 통해서나, 소설과 영화에서나 경험할 수 있는 것들이었다. 나와는 전혀 상관없었고 앞으로도 쭉 그럴 것이라 믿었다.

그러던 어느 날부터 창 너머에 작은 얼룩들이 보였다. 그것들은 점점 더 커지더니 어느덧 코앞까지 성큼 다가와 있었다. 맑았던 하늘이 미세먼지로 뒤덮이고, 벌과 나비, 새와 동물 들이 사라져 갔다. 극심한 가뭄 뒤에 폭우가 쏟아지고 견딜 수 없는 더위가 지나면 모든 걸 얼려버리는 추위가 찾아왔다. 봄과 가을이 뒤집어 놓은 모래시계처럼 빠르게 줄어들기 시작했다.

전염병과 팬데믹은 어느새 일상이 되어버렸다. 바이러스, 치사율, 변이, 확진자, 격리, 백신, 치료제란 말들이 삶 깊숙이 밀려들었다. 이제 더는 꿀밤 한 대로 지나갈 수 없고, 교과서에 밑줄 긋는 것으로는 해결할 수 없다. 이렇게 된 건 결국 인간인 내가 더 넓은 창으로 세상을 보지 못했기 때문이다. 지금 당장은 크게 불편한 게 없으니까. 나에게까지 해가 오지 않으니까.

이제 유아차를 보면 빙그레 미소 짓는다. 절대 '요즘 아이들'이란 말을 쉽게 내뱉지 않으려 한다. 그리고 기후 위기와 전염병이 무엇인지도 깨닫게 되었다. 나와는 상관없다 외면했던 것들이 하나둘 내 삶에 균열을 일으켰다. 그제야 세상이 전혀 다르게 보이기 시작했다. 하지만 여전히 내 삶의 시야는 그리 넓지 않다. 다만 조금씩 넓히고자 부단히 노력 중이다. 그 과정에서 마오와 하라를 만났다.

소설에 대하여 한 가지 설명하고 싶은 것은, 각 장에 한자로 단 소제목에 대해서다.

먼저 프롤로그 대신 '사라진 것들'이라 쓴 것은, 본부장과 쿠의 죽음을 가리키기도 하고 앞으로 나올 소제목들 안에 담겨 있는 것들도 곧이어 사라지게 된다는 의미이기도 하다.

1장의 白은 백색증을 앓고 있는 마오를 상징한다. 사라지는 것들 중 눈이나 겨울을 가리키기도 한다. 북극의 하얀 빙하가 녹아내리고 있듯이.

2장의 林은 마오가 사는 숲속 집을 상징한다. 이것 역시 인간에 의해 사라질 자연을 의미한다.

3장의 鳥는 레인보우 버드, 그리고 사라져 가는 것들 중 동물을 상징한다.

4장의 星은 화성을 상징한다. 이 장은 마오가 이 선생님과 화성 복권 음모론에 대한 이야기를 나누는 장면이 주를 이루니까. 더불어 사라지는 것들 중 별을 뜻하기도 한다. 별은 이미 도시의 하늘에서 대부분 사라져 버렸다.

5장의 種은 번식을 의미한다. 이 장에서는 강 회장이 자신의 후대를 잇기 위해 어쩔 수 없었다고 변명하는 장면이 나온다. 다양한 종들의 멸종을 상징하기도 한다.

6장의 色은 색을 잃어버린 마오와 색맹인 하라를 상징한다. 둘이 드디어 만나는 장이다.

7장의 歌는 이 선생님이 마오에게 들려주는 캐럴 「오 거룩한 밤」을 상징한다. 노래를 들은 충격으로 마오는 정신을 잃는다. 숲과 동물과 자연이 사라지면 인간에게 있어서 노래도 사라질 것이다.

8장의 友는 마오와 보보의 우정을 나타낸다. 보보는 정말 인간보다 훨씬 따뜻한 로봇이다.

9장의 火는 마오와 하라가 서로에게 화를 내고 분노하는 장이다. 불은 프로메테우스 신화에서 인간의 문명을 상징한다. 이런 식으로 가다간 인간이 이룩해 놓은 문명도 다 사라진다는 이야기를 하고 싶었다.

10장의 人은 다섯 명의 아이들을 가리킨다. 사라지는 것들 중 마지막은 인간이 될 테다.

우리가 흔히 볼 수 있는 한자이지만 그 뜻은 참 다양하게 해석될 것 같다. 부디 소설을 읽는 또 다른 재미가 되었기를 바란다.

가장 적절한 곳에서 가장 정확한 이정표를 보여주신 허블 편집부에게 감사드린다. 덕분에 이야기의 그물이 훨씬 촘촘해졌다. 훌륭한 편집자와의 인연은 작가에게 가장 큰 행운이다. 그런 의미에서 나는 늘 네잎 클로버를 지닌 기분이다. 부족한 글쟁이에게 선뜻 손 내밀어 주신 동아시아 출판사와 한성봉 사장님께도 진심 어린 감사를 드린다. 그리고 사랑하는 가족에게는 언제나 마음 한구석에 가지고 있는 미안함을 전한다.

나는 소설을 쓰는 것보다 작가의 말을 쓰는 게 몇 배 더 어렵다. 이 글을 읽어주신 분들에게 어떻게 감사를 전할까, 늘 고민하기 때문이다. 책의 마지막 페이지를 넘겨주신 분들에게 고개 숙여 감사를 드린다. 여러분의 창은 나의 것보다 훨씬 크고 넓고 맑으리라 믿어 의심치 않는다.

2022년 11월
이희영

作품 해설

세상과 격리된 채 살아가는
작은 존재들을 위한 곡진한 진혼곡

강력한 스토리텔링과 흡입력 넘치는 문장으로 무장한 이 작품은 우리를 환상적인 SF의 세계로 이끈다. 누가 이토록 연약한 소년을 외딴 숲속에 홀로 방치해 두었을까. 누가 이 소년을 24시간 살균소독 중인 클린 하우스에 감금한 채, 삶의 기쁨을 모조리 빼앗아 가버렸을까. 이 질문은 자연스럽게 한 소년을 넘어 '우리 모두'의 문제로 이어진다. 24시간 바이러스로부터 차단된 소년 마오의 상황이 365일 팬데믹의 공포에 갇혔던 전 인류의 상황과 오버랩되는 것이다. 누가 이 지구를 거대한 팬데믹의 재앙으로 이끌었을까. 누가 우리를 끊임없는 사회적 거리두기와 항시적 비상사태로 이끈 것인가. 그것은 바로 '과학'과 '자본'의 힘으로 지구를 정복할 수 있다는 인간 스스로의 믿음이었다.

268

과학은 인간을 화려한 기술로 무장시켰지만 동시에 타인의 고통을 향한 연민과 공감을 잊어버리게 만들었으며, 자본은 '돈만 있으면 무엇이든 할 수 있다'는 환상을 심어줌으로써 돈에 눈이 멀어 공감 능력을 잃어버린 소시오패스형 인간들을 양산해 냈다. 이익에 눈멀어 반성도, 성찰도 하지 않는 인류의 탐욕이야말로 팬데믹보다 더 무서운 재앙이 아닐까 싶다. 이 소설은 눈부신 과학 기술이 약속하는 장밋빛 미래가 사실은 끔찍한 디스토피아일 수도 있다는 사실을 흥미진진하게 그려낸다.

햇빛조차 제대로 볼 수 없는 알비노 소년 '마오'의 눈에 비친 세상은 아름답지만 끝내 닿을 수 없는 환상 같은 것이었다. "진짜 등교를 해보고 싶었다. 홀로그램이 아닌, 눈부시게 반짝이는 여름 바닷속으로 뛰어들고 싶었다. 뜨겁게 달아오른 해변을 걷고 싶었다"라고 말하는 소년의 소박한 바람이 내 마음을 아프게 찌른다. 이 소설은 단지 머나먼 미래의 이야기가 아니라 '지금 우리의 현재'를 향해 절박한 물음표를 던진다. 마오에게 진정으로 필요한 것은 "24시간 살균과 소독, 공기정화를 하는 클린 하우스"가 아니라 따스한 사랑과 보살핌이 있는 곳, 살아 있는 존재들의 뜨거운 연대와 우정의 공동체가 아닐까.

우리는 이 소설을 통해 『페인트』와 『나나』를 잇는 또 하나의 명작이 탄생하는 순간을 목격한다. 이희영 작가가 빚어낸 잔혹하고도 아름다운 디스토피아의 세계로 여러분을 초대한다. 그리고 간절히 꿈꾼다. 외로운 소년 마오가 그토록 살고 싶어 하던 이 세상을 지배하는 원리가 과학과 자본이 아닌, 사랑과 우정과 연대와 공감이 되기를.

정여울(문학평론가, 『가장 좋은 것을 너에게 줄게』 저자)

　『테스터』를 읽으며 뜬금없이 파헬벨의 캐논 변주곡을 떠올렸다. 복잡하지 않은 선율이 여러 악기로 되풀이되는 것 같은데 그 겹쳐짐이 정교하고, 아름답고, 꿈결 같고, 왠지 슬프다. 빈틈없는 플롯 위에서 많은 상징들과 묵직한 문제의식이 자연스럽게 뒤섞인다. 신화와 SF를 결합한 소설가들은 이전에도 존재했으나, 이희영 작가는 전에 보지 못한 독특한 질감의 시공간을 만들어 보여준다.

　책장을 덮은 뒤 이 소설 안에 얼마나 어려운 질문들이 담겨 있는지 헤아리다가 놀랐다. 과학은 과연 가치중립적인가. 이기적이고 탐욕스러운 희망을 품느니 이성적이고 차분하게 절망하는 편이 나을까. 인류의 생존을 위해 내면의 인간을 죽여도 되나. 참혹한 사실을 강요하는 것과 배려를 위한 거짓말 중에 어느 것이 나은가. 무엇보다, 내가 서 있지 않은 위치에서 세상을 바라볼 수 있는 방법은 무엇일까. 매력적이고 여운이 긴 작품이다.

　　　　　　　　　　　　　장강명(소설가, 『재수사』·『표백』 저자)

테스터

© 이희영, 2022. Printed in Seoul, Korea

초판 1쇄 펴낸날 2022년 11월 28일
초판 11쇄 펴낸날 2024년 5월 20일

지은이   이희영
펴낸이   한성봉
편집   김학제·안태운·박소연
콘텐츠제작   안상준
디자인   최세정
마케팅   박신용·오주형·박민지·이예지
경영지원   국지연·송인경
펴낸곳   허블
등록   2017년 4월 24일 제2017-000050호
주소   서울시 중구 필동로8길 73 [예장동 1-42] 동아시아빌딩
페이스북   facebook.com/dongasiabooks
인스타그램   instargram.com/dongasiabook
트위터   twitter.com/in_hubble
블로그   blog.naver.com/dongasiabook
홈페이지   hubble.page
전자우편   dongasiabook@naver.com
전화   02) 757-9724, 5
팩스   02) 757-9726
ISBN   979-11-90090-76-6 43810

만든 사람들
책임편집   문정민
크로스교열   안상준
표지디자인   this-cover.com
일러스트   한수진
본문디자인   정명희
본문조판   최세정